Lauren Gibaldi • Die Nacht, in der wir uns wiedersahen

Foto: © KV Photography

DIE AUTORIN

Lauren Gibaldi ist eine Bibliothekarin, die auch schon als Redakteurin eines Magazins, Englischlehrerin an der Highschool, Buchhändlerin und Luftakrobatin (ehrlich!) gearbeitet hat. Sie hat einen Abschluss in Literatur und Bibliothekswissenschaften. Sie wohnt in Orlando, Florida, mit ihrem Mann und ihrer Tochter. »Die Nacht, in der wir uns wiedersahen« ist ihr erster Roman.

Lauren Gibaldi

Die Nacht, in der wir uns wiedersahen

Aus dem Englischen
von Anne Braun

cbt

Kinder- und Jugendbuchverlag
in der Verlagsgruppe Random House

MIX
Papier aus verantwortungsvollen Quellen
FSC® C014496
FSC
www.fsc.org

Verlagsgruppe Random House FSC® N001967
Das für dieses Buch verwendete
FSC®-zertifizierte Papier *Salzer Alpin*
liefert Salzer Papier, St. Pölten, Austria.

1. Auflage
Erstmals als cbt Taschenbuch September 2015

Die Originalausgabe erschien unter dem Titel
»The Night We Said Yes« bei HarperTeen, an imprint of
HarperCollins Publishers, New York.

Übersetzung: Anne Braun
Lektorat: Susanne Schindler
Umschlaggestaltung: Kathrin Schuler, Berlin
Umschlagmotiv: © Corbis/Adam Burn/fstop
MG · Herstellung: kw
Satz: Buch-Werkstatt GmbH, Bad Aibling
Druck: GGP Media GmbH, Pößneck
ISBN: 978-3-570-30974-2
Printed in Germany

www.cbt-buecher.de

Für meine Eltern,
die meine Träume immer gefördert haben.
Und für Samir, der meine Hand hielt,
als ich ihnen nachging.

1. JETZT

20.00 Uhr

Nach genau zehn Minuten und siebenundzwanzig Sekunden steht Meg vor meinem Haus.

»Du bist spät dran«, flachse ich, als ich mich auf den Beifahrersitz fallen lasse.

»Klappe!«, sagt sie und grinst. »Bereit?«

»Klar«, sage ich etwas zögernd.

»Es wird toll, glaub mir. Gerüchten zufolge soll es sogar eine aufblasbare Hüpfburg geben. Und wie ich dich kenne, kannst du einer Hüpfburg nicht widerstehen.« Sie wirft ihre blonden Haare über die Schulter, die auch so perfekt gestylt aussehen. Sie weiß, dass ich kein großer Fan von Partys bin, jedenfalls nicht *mehr,* und deshalb sprüht sie selbst vor Begeisterung und hofft, dass etwas davon auf mich abfärbt. Ich kann nicht anders, als über ihre Bemühungen zu lachen.

»Du kennst wirklich all meine Schwachpunkte«, sage ich und verschränke die Arme vor der Brust. Sie grinst in dem Wissen, dass sie gewonnen hat, und fährt rückwärts aus unserer Einfahrt. Ich betrachte die Straßenlaternen, die an uns vorbeigleiten. Es ist ruhig auf den Straßen, ein normaler Freitagabend, ein Abend, an dem ich lieber zu Hause als auf dem Weg zu einer College-Party wäre. Aber was soll's? Als wir uns dem Gelände der University of Central Florida – kurz UCF genannt – nähern, werden die Straßen immer voller und lauter. Autohupen, laute Stimmen. Überall College-Studenten, die das Wochenende einläuten und feiern gehen wollen. Meg liebt diese Atmosphäre … das habe ich früher auch getan.

Erst letzte Woche hat hier unsere Abschlussfeier stattgefunden. Wir waren so viele, dass die Zeremonie in der Basketballhalle der Uni stattfinden musste. Während wir dasaßen und darauf warteten, dass unsere Namen aufgerufen werden, haben sich viele meiner Klassenkameraden, darunter auch Meg, umgesehen und ihren zukünftigen Campus in Augenschein genommen. Mich hat das alles nicht interessiert; ich werde an der Florida State University in unserer Hauptstadt Tallahassee studieren, vier Autostunden nördlich von hier. Ich will weg von hier und etwas Neues sehen. Wenn man in einer Stadt oft genug verletzt wurde, hat man irgendwann die Nase voll. Meg nimmt mir diese Entscheidung immer noch übel – aber was kann man von seiner besten Freundin anderes erwarten? Und es gibt mir auch das gute Gefühl, dass sie mich liebt.

»Wir sind da«, sagt Meg und parkt den Wagen nicht wie alle anderen auf der Straße, sondern in der Auffahrt. Als Schwester des Gastgebers darf sie das.

»Es geht los!«, trällere ich so betont heiter wie nur möglich. Sie verdreht die Augen und steigt aus.

»El, wir haben noch drei Monate Ferien, bevor der Ernst des Lebens beginnt. Lass uns doch zumindest *versuchen,* ein bisschen Spaß zu haben, okay?«

»Ja, ja, ja«, sage ich und gehe hinter ihr auf das Haus zu. Okay, sie hat recht. Ich sollte es wirklich versuchen.

Das Wohnzimmer ist schon voller Leute, ein Durcheinander aus Schweiß, Alkohol und billigen Klamotten. Neben mir bewegt sich Meg bereits im Takt zur Musik. Dem dumpfen Hämmern der Bassgitarre, das aus einem iPod in der Ecke kommt, kann sie nicht widerstehen. Ich sehe, dass ein paar der Jungs bereits herüberglotzen; kein Wunder, sie misst – ohne Schuhe! – einen Meter fünfundsiebzig und sieht einfach umwerfend aus. Neben ihr bin ich so gut wie unsichtbar. Das mit dem Sich-in-den-Mittelpunkt-stellen habe ich auch einmal versucht, doch es lief gründlich schief.

»Sollen wir einen kleinen Rundgang machen? Evan suchen?«, ruft sie mir über die Musik hinweg zu und schaut dabei durch den Raum statt mich an.

»Klar«, sage ich. Sie nimmt mich an der Hand und zieht mich durchs Wohnzimmer, vorbei an etlichen Leuten, die in Grüppchen zusammenstehen und sich so angeregt unterhalten, dass sie uns gar nicht beachten.

»Meg! Ella!«, ruft Evan erfreut, als wir die Küche betreten.

Wir winken und gehen lächelnd auf ihn zu. Meg und

Evan waren schon immer ein Herz und eine Seele. Hat sicher damit zu tun, dass Meg sich früher oft für ihren großen Bruder eingesetzt hat, und bei einer dieser Gelegenheiten haben wir uns auch kennengelernt. Damals hatte ein Sechstklässler Evan als Weichei beschimpft und dafür verpasste Meg ihm einen Fausthieb ins Gesicht. Einen kräftigen. Ich war so hin und weg von ihr, dass ich losrannte, um Eiswürfel für ihre Hand zu holen. Ich hatte noch nie jemanden geschlagen, geschweige denn zuerst zugeschlagen. Ich war eher der Typ Mädchen, der leise in sein Kissen schluchzt. Doch weil ich jahrelang wegen meiner riesigen Brille gehänselt worden war, begriff ich genau, warum sie es getan hatte. Und seit jenem Tag sind wir beide unzertrennlich – die faszinierende Wonder Woman und ihre ständige Begleiterin Ella.

Evan drückt mich zur Begrüßung an sich.

»Freut mich total, dass ihr gekommen seid. Toll, nicht wahr?«, sagt er und sieht sich voller Stolz um. Er hat dieselben platinblonden Haare wie Meg und ist sogar noch ein Stück größer. Früher habe ich aus Spaß immer gesagt, die leiblichen Eltern der beiden müssten schwedische Riesen gewesen sein. Er hatte gekontert, meine Eltern müssten vom Zirkus sein, weil ich so klein bin.

»Neuer Rekord?«, fragt Meg, weil Evan Buch darüber führt, wie viele Leute in sein kleines Haus mit nur drei Zimmern passen.

»Noch nicht, aber der Abend ist noch jung«, sagt er und streicht sich die Haare zurück.

»Hey, wo ist dein neuer Lover? Ich will ihn unbedingt kennenlernen«, sagt Meg.

»Holt grad Pizza«, antwortet Evan mit einem verklärten Lächeln. »Ich bin am Verhungern. Ich habe den ganzen Tag nur geputzt und darüber ganz vergessen, dass der Mensch auch mal was essen muss.«

»Dann darfst du auch noch nichts trinken«, sagt Meg und nimmt ihm resolut sein Bier weg. »*Wir* schon …«

»Ja, ja, Schwesterherz«, sagt er und rollt mit den Augen. Dann greift er hinter sich und zaubert einen zweiten Becher für mich herbei.

»Also, wen kannst du uns vorstellen? Sind ein paar interessante Typen hier? Sprich: nicht gay?«, fragt Meg und nippt an ihrem geklauten Bier.

»Sieh dich um. Ich bin mir sicher, dass du jemanden findest, der deinen hohen Ansprüchen genügt«, antwortet Evan. Er lehnt sich an den Küchentresen. »Und du, Ella, übertreib's nicht mit dem Spaßhaben«, fügt er hinzu.

»Haha«, sage ich und grinse ihn verkniffen an. »Siehst du? Ich hab einen Wahnsinnsspaß.«

»Meg, sieh zu, dass du sie betrunken machst. Ich kann diesen Trauerkloß von Ella nicht mehr sehen.«

»Trauerkloß Ella wurde eine Hüpfburg versprochen. *Damit* könntest du sie glücklich machen«, sage ich.

»Hüpfburg kommt später, mit meinem Lover. Apropos … ich muss nachsehen, wo er steckt. Er ist schon seit … ähm, ungefähr vierzig Minuten weg. So langsam befürchte ich, er ist mit dem Pizzabäcker durchgebrannt.«

»Viel Glück bei der Suche«, sagt Meg. Evan umarmt uns beide kurz und widmet sich dann wieder seinen anderen Gästen. Weil das Haus so überfüllt ist, beschließen wir, in den Garten hinter dem Haus zu gehen. Feuchtigkeit umhüllt meine Haut, sobald ich den ersten Fuß ins Freie setze. Die Luft ist schwer, ein dichter Vorhang, durch den ich mich drücken muss. Es ist ein typischer Sommerabend in Florida, und ich bin augenblicklich froh, dass ich ein weites Top und Shorts anhabe. Ich binde die Haare zu einem Pferdeschwanz zusammen. Die warme Abendluft umspielt meinen Nacken.

Draußen ist weniger Betrieb. Zwar stehen einzelne Grüppchen im Garten herum, doch wir müssen nicht mehr schreien oder einander ins Ohr brüllen. Ich atme tief aus und merke, dass ich mich hier im Freien sehr viel wohler fühle als drinnen im Gewühl.

»Oh, hey.« Meg fällt etwas ein und sie dreht sich zu mir um. »Musst du morgen Abend eigentlich im Buchladen arbeiten? Falls nicht – irgendwo in der Stadt tritt eine Band auf, von der Jake ganz begeistert ist. Den Namen hab ich vergessen, aber wir sollten hingehen.«

»Ja, unbedingt«, sage ich, und meine Laune bessert sich sofort. Ich liebe gute Bands. »Jakes Empfehlungen sind meist ganz gut. Apropos – kommt er heute Abend?«, frage ich, den Bierbecher noch immer in der Hand. Dabei bin ich gar nicht durstig. Immerhin hat man seine Ruhe, wenn man schon etwas in der Hand hat.

»Nein, die Jungs haben eine Aufnahme.« Meg wirft ihre

Haare in den Nacken. Ihr Schmollmund verrät mir, dass sie sich bei dem Gedanken an Jake automatisch fragt, ob irgendwelche weiblichen Groupies ungebeten in die Aufnahmesession platzen werden. Auweia, ich hätte nicht fragen sollen.

»Hey, komm, wir sehen mal nach, was an der Tiki-Bar abgeht«, sage ich, um das Thema zu wechseln. Inoffiziell mag es ja ihr Job sein, mich vor fiesen Kerlen zu beschützen, aber mein Job ist es, sie vor sich selbst zu beschützen.

»Au ja, cool.«

Die Bar, die Evan selbst gebaut hat, besteht aus dunkelbraunen Hartholzplatten und einem Strohdach, beleuchtet von richtigen Tiki-Fackeln. Es gibt sogar einen Barmann – ein blonder, muskulöser Typ mit einem breiten Lächeln. Seine Augen sind etwas glasig, als hätte er schon ein Glas zu viel intus, und sein verschmitztes Dauergrinsen wirkt etwas *zu* aufgesetzt. Er trägt ein hautenges T-Shirt und ist wahrlich nicht mein Typ (zu massig), doch Meg scheint er zu gefallen. Sie zieht die Schultern zurück, ihre Augenbrauen schießen nach oben. Oh weh, das verheißt nichts Gutes.

»Hey, du bist Meg, richtig?«, fragt er, als wir auf ihn zugehen.

»Ja, und wer bist du?«, fragt sie, legt den Kopf schief und blinzelt ihn an.

»Anthony, Freund von Evan.«

»Oh, hallo, Anthony, Freund von Evan. Das ist Ella, Freundin von mir.«

»Hey«, sage ich und schüttele seine leicht klebrige Hand, und ich weiß, dass Meg sich fragt, welche Art von »Freund« von Evan er wohl ist. »Und? Studierst du hier?«

»Ja, hab gerade angefangen. BWL im Hauptfach. Und ihr?« Ha, er meint nicht mich, sondern nur Meg.

»Schauspielakademie«, antwortet Meg, ungeachtet der Tatsache, dass sie noch nicht mal eingeschrieben ist. Na ja, ein unwichtiges Detail.

»Oh, das klingt ja interessant.« Er grinst und legt sich fast auf den Bartresen, um näher bei ihr zu sein. Definitiv *nicht* schwul. Ich grinse in mich hinein, denn ich weiß bereits, wie es weitergeht. Für den Armen gibt es keine Rettung mehr. »Hab ich dich schon mal in 'nem Film gesehen?«

»Noch nicht, aber bald.« Selbstbewusst stützt sie eine Hand in die Taille.

»Kann es kaum erwarten.«

Da vibriert mein Handy in der Hosentasche.

Im Aufnahmestudio. Jake hat schon alle Girls hier angemacht. Hat zehn Minuten gedauert. Neuer Rekord?

Ich beiße mir auf die Unterlippe und klicke Barkers SMS schnell weg, damit Meg sie nicht sieht. Mein Gewissen regt sich, aber warum sollte ich sie runterziehen? Das braucht sie nicht, nicht nach allem, was sie und Jake hinter sich haben. Besser, sie lässt sich von Anthony ablenken und denkt, Jake wäre ganz harmlos am Gitarrespielen. Als ich mein Handy zurück in die Tasche stecke, bin ich wieder mit dem sich anbahnenden Flirt konfrontiert.

»Oh, hey, darf ich euch meinen Mitbewohner vorstellen? Matt. Matt, das sind Meg und Ella«, sagt Anthony da plötzlich.

Ich schaue noch nach unten, als ich diese Worte höre. Er spricht den Namen aus, als wäre er nichts Besonderes, aber woher soll er auch wissen, was er für mich bedeutet? *Matt.* Natürlich ist er es nicht, *kann* es nicht sein, aber immer, wenn ich diesen Namen höre, kommt mein Herz ins Stolpern, und ich halte instinktiv die Luft an. Es ist, als wäre mein Kopf überfordert von der Vorstellung, was passieren würde, wenn er zurückkäme, und statt brav weiterzuarbeiten, tritt er in Streik und taucht ab. Genau wie Matt es getan hat. Aber ich weiß, dass er es nicht sein kann. Er ist es nicht und wird es auch nie sein.

Doch dann höre ich Meg nach Luft schnappen.

Ihre Hand schießt nach unten und krallt sich um meine Finger.

Erst da wacht mein Herz auf und setzt zu einem Trommelwirbel an, als wollte es mir zeigen, dass es noch lebt und dass ich auch lebe und endlich den Kopf heben soll.

Also tue ich es, und ich schwöre, dass mir die Luft wegbleibt.

Denn er ist es. Hier. Steht einfach so vor mir. Als wäre er nie weggegangen. Als sei es ein ganz normaler Abend und als wolle er einfach Hallo sagen.

Und weil ich nicht weiß, wie ich reagieren soll, starre ich

ihn nur an. Ich habe einen dicken Kloß im Hals und weiß nicht, ob ich kotzen, weinen, schreien oder lächeln soll.

Deshalb stehe ich nur da, wie vom Donner gerührt, und höre ein Wort aus seinem Mund kommen.

»Hey …«, sagt er.

2. DAMALS

VOR EINEM JAHR
20.00 Uhr

»El, dreh auf!«

Ich rannte durch Megs Zimmer zu ihrem Laptop, um die Lautstärke aufzudrehen. Musik füllte den Raum und deckte alles mit einem Teppich aus Melodien und Gesang zu. Lächelnd tänzelte ich ins Badezimmer zurück, wo wir uns gerade schön machten.

»Ich liebe diesen Song. Er ist die perfekte Einstimmung auf den heutigen Abend«, sagte Meg, während ich mitträllerte. Wir stylten uns, um uns für die erste Sommerparty des Jahres aufzubrezeln. Mit diesem Ritual hatten wir im vergangenen Jahr angefangen, als wir merkten, dass unser gemeinsames Vorbereiten auf eine Party oft besser war als das, was danach kam.

»Um wie viel Uhr fängt es noch mal an?«, fragte ich und gab Meg ihren Lippenstift zurück. Sie musterte mich prüfend und griff dann nach einem Papiertuch.

»Abtupfen!«, befahl sie und drückte mir das Tuch in

die Hand. Ich gehorchte brav, denn in Sachen Mode und Make-up war Meg definitiv die Expertin. »Jake sagte, die erste Band fängt um halb neun an«, fuhr sie fort, »und deshalb nehme ich an, dass seine Band erst gegen halb zehn dran ist. Wir sollten also gegen neun dort sein. Nicht zu früh, aber früh genug, um davor noch ein bisschen mit den Jungs zu quatschen.«

»Und es ist wirklich okay für dich?«, hatte ich schon mindestens fünfmal gefragt und schreckte auch vor einem sechsten Mal nicht zurück. Jedes Mal hatte sie mit einem halbherzigen »Ja« oder »Klar« reagiert, was eigentlich keine richtige Antwort war. Meg neigte dazu, unliebsame Fragen zu ignorieren, daher habe ich im Laufe der Zeit die Wiederholungstechnik erlernt. Und in diesem Fall brauchte ich eine ehrliche Antwort von ihr, denn ich wollte nicht mit ansehen, wie sie verletzt wurde. Okay, ich wusste, dass sie sich – meistens – recht schnell wieder von Tiefschlägen erholte, trotzdem hätte ich sie ihr gern erspart.

»Zum siebzehnten Mal – ja, es ist okay für mich. Wir reden ja noch miteinander und alles. Es ist schließlich Jake. Obwohl Schluss ist, kann ich … du weißt schon, ihn einfach nicht abhaken.« Sie starrte in den Spiegel, zog ihre Lippen mit einem sehr viel dunkleren Lippenstift nach, der sie ganz anders aussehen ließ als sonst. Das tat sie gern, wenn sie sich wie eine andere Person fühlen wollte. Dieses Talent ging mir leider völlig ab; ich konnte mich nicht verwandeln und so tun, als sei alles okay, wenn es das nicht war.

»Ich mach mir ja nur Sorgen«, gab ich zu und packte meine Schminksachen wieder ein, um ihrem Blick auszuweichen. Anfang des Jahres hatte Meg mit Jake Schluss gemacht, dem Leadsänger und Gitarristen der Pepperpots, einer Pop-Punk-Band, mit deren drei Mitgliedern wir befreundet waren. Die Beziehung war eigentlich von Anfang an zum Scheitern verurteilt gewesen, deshalb war kein Mensch überrascht – auch ich nicht. Die beiden waren sprunghaft und übertrieben temperamentvoll. Beide waren starke Persönlichkeiten, und oft genügte schon ein Zündfunke, dass es zu einer Explosion kam. Ich hatte eigentlich gedacht, dass es gleich bei ihrem ersten Krach zu Ende wäre, als Meg Jake buchstäblich in einen Müllcontainer warf. Es gab gleich wieder eine Versöhnung mit allem Drum und Dran, leidenschaftlich wie immer, aber trotzdem. Und obwohl ich ihnen meinen Segen gab – das *musste* ich schließlich als Megs beste Freundin –, blieb ich skeptisch. Nicht ohne Grund.

»Mir geht's gut«, behauptete sie stur. »Wie schon gesagt, wenn er meint, er müsse nach jeder Show mit jeder Kuh rumflirten, weil er sich für einen großen Rockstar hält und denkt, ein toller Leadsänger sei quasi dazu verpflichtet, dann soll er doch! Ich habe nur keinen Bock, mir das anzusehen.« Sie holte tief Luft, schüttelte angewidert den Kopf und griff nach dem Haargel. »Ich habe ihn echt geliebt, aber leider war er es nicht wert.«

»Immerhin hat er aufgehört, dich zurückerobern zu wollen«, sagte ich und verkniff mir den Zusatz »fürs Erste«.

»Ja, aber es war cool, dass er zwei Songs über mich geschrieben hat«, sagte sie mit einem erzwungenen Lachen. »Kann nicht jedes Mädchen von sich sagen.«

»Stimmt. Schließlich war nicht jedes Mädchen mit einem selbsternannten Rockstar zusammen«, scherzte ich, während ich meine dunkelbraunen Haare bürstete.

»Wie wahr. Jetzt, wo das ganze Trennungsdrama rum ist, können wir eine neue Seite aufschlagen. Und das Leben geht wieder seinen gewohnten Gang.«

»Oh ja, bitte kein Drama mehr in nächster Zeit.« Wir waren alle schon ewig miteinander befreundet – Meg, ich, Jake und Barker, der Drummer –, doch die Trennung der beiden hatte eine Mauer errichtet, Meg und ich auf der einen Seite und die Jungs von der Band auf der anderen. Manchmal hatte ich zwischen den Fronten gestanden und für beide Seiten die Botin gespielt. Ich hatte die Jungs vermisst; sie waren auch *meine* Freunde.

Ausgerechnet eine Klassenfahrt brachte die Mauer zum Einsturz. Ein schlecht inszeniertes Stück von Shakespeare war der Anlass, dass wir wieder miteinander redeten, weil wir unbedingt diskutieren wollten, welcher Schauspieler der übelste war. Ab da war alles wieder beim Alten. Ich war froh, dass wir wieder befreundet waren – meine Clique war so etwas wie meine Familie. Ich fühlte mich wieder »ganz«.

»Außerdem«, sagte Meg und betupfte sich die Lippen mit einem Papiertuch, »müssen wir uns eher um dich Sorgen machen.«

Ich seufzte. »Ach was.« Ich beschäftigte mich lieber mit

Megs Problemen, das lenkte mich von meiner eigenen Trennung ab, die noch nicht sehr lange zurücklag … und weitaus fragwürdiger war.

Als Nick mit mir Schluss machte, war es nicht auf die übliche »Es liegt nicht an dir, sondern an mir«-Art. Es war so was von *un*typisch, dass ich eine ganze Weile brauchte, um es zu verdauen. Wir trafen uns wie verabredet nach der Schule an seinem Auto. Als ich auf ihn zuging, saß er mit seiner Gitarre auf dem Kofferraum.

»Hallo«, sagte ich und beugte mich über die Gitarre, um ihm einen Kuss zu geben. Doch er blickte nicht auf, sondern schaute weiter auf seine Gitarre. Irritiert richtete ich mich wieder auf und fragte: »Stimmt was nicht?«

»Ella, hör mal …« Die Tatsache, dass er meinen vollen Namen sagte und dann noch »hör mal«, ließ meinen Magen verkrampfen, und ich wusste augenblicklich, was kommen würde. »Meine Band geht bald auf Tour.« (Lüge. Seine Band, No Signal, würde erst in zwei Monaten auf Tournee gehen, und dann auch nur in der Nähe von Orlando, wo wir wohnten.) »Und wir werden langsam richtig groß.« (Lüge. Kein Mensch kannte sie.) »Unter diesen Umständen kann ich mir keine Freundin leisten.« (Lüge. Wenig später hatte er eine andere.) »Deshalb würde ich vorschlagen … dass wir in Zukunft einfach nur noch gute Freunde sind. High five?«

Nachdem ich meinen Unterkiefer vom Boden aufgekratzt hatte, drehte ich mich wortlos um und marschierte davon. Mal ehrlich – was soll man dazu sagen, wenn einem vorgeschlagen wird, auf »nur noch gute Freunde« abzuklatschen? So viel dazu.

»Bist *du* sicher, dass es heute Abend okay ist für *dich?«*, gab Meg meine Frage zurück.

»Was? Ach so. Ich dachte gerade an Nicks High-five-Vorschlag. Er hat es geschafft, dass mir die Lust am Abklatschen für immer vergangen ist«, sagte ich kopfschüttelnd.

»Sollen wir das Abklatschen in Zukunft auch aus *unserer* Freundschaft streichen?«, fragte sie kichernd, und ich verdrehte die Augen.

»Als ich gestern mit Jake am Süßigkeiten-Automaten stand, kam Nick mit seiner Neuen vorbei, und Jake hat prompt mit mir abgeklatscht – weil es Snickers im Automaten gab. Ich glaube nicht, dass Nick es so lustig fand wie wir«, erzählte ich lachend.

»Ich bin froh, dass du dich inzwischen darüber lustig machen kannst, aber wenn er – okay, wir – dich damit nerven sollten, sag Bescheid«, sagte sie sehr ernst, und das fand ich richtig süß von ihr. Denn obwohl es mir nichts ausmachte, über das Abklatschen Witze zu reißen, war die Trennung noch nicht lange her und die Wunde noch lange nicht verheilt. »Ehrlich, als ich erfuhr, dass er dich betrogen hatte, hätte ich ihn umbringen können.«

»Aus irgendeinem Grund würde ich dir sogar zutrauen, dass du diese Drohung wahrmachst«, sagte ich grinsend. »Ich habe auch mit dem Gedanken gespielt.«

Dass Nick so unerwartet Schluss gemacht hatte, war schon hart genug, aber das mit dem Fremdgehen machte es noch schlimmer. Es war ein schreckliches Gefühl, mich so … abgewiesen zu fühlen. Ehrlich – so was ist total erniedrigend. Die ganze Sache war erniedrigend. Aber solange ich nicht daran dachte, dass ich nicht nur abserviert, sondern auch betrogen worden war, ging es mir eigentlich ganz okay. Dann konnte ich mir vorstellen, eines Tages einen Jungen zu treffen, der nie auf die Idee käme, mit einem High-five mit mir Schluss zu machen. Dann konnte ich mir vorstellen, dass der Nächste besser sein könnte. Das *musste* ich mir einreden, denn nach dem, was ich mit Nick erlebt hatte und Meg mit Jake, hätte ich sonst alle Hoffnung verloren. Auch wenn ich nicht unsterblich in Nick verliebt gewesen war oder so, war er immerhin mein erster fester Freund gewesen.

»Er wird heute Abend sicher auch kommen, oder?«, fragte Meg. »Dann kann ich ihn immer noch umbringen, weißt du?«, fügte sie mit finsterem Blick hinzu. Ich lachte über ihr Angebot.

»Kein Grund, zu den Waffen zu greifen. Und ich weiß es nicht genau – nehme es aber an«, sagte ich und spürte, dass ich doch etwas nervös wurde. »Aber … trotzdem, es wird bestimmt ein netter Abend. Du brauchst dir wirklich keine Sorgen um mich zu machen«, versicherte ich Meg. »Ich bin darüber hinweg. Nick ist mir wirklich total egal.« Resolut zog ich den Reißverschluss meines Schminktäschchens zu, um meine Aussage zu unterstreichen. Gut, Nick würde vermutlich da sein, aber er stand definitiv nicht auf meinem Programm für den heutigen Abend. Ich ging einfach nur mit meiner besten Freundin zu einer Party. Ich würde Spaß haben und basta. Ablenkungen in Form von Jungs würde ich tunlichst aus dem Weg gehen. Ich wollte ein bisschen Abenteuer, kein Drama, doch mit Meg bekam man in der Regel beides.

»Gut. Außerdem wirst du endlich Matt kennenlernen.«

»Den neuen Bassisten der Pepperpots? Zu blöd, dass sie den alten verloren haben.«

»Schon, aber Matt soll angeblich viel besser sein. Jake hat ihn schon mal bei einem Auftritt gesehen und sagt, er sei phänomenal. Außerdem ist er ein heißer Typ.«

»Oh-oh, Jake hat gesagt, er sei heiß?«, witzelte ich.

»Haha. Ich glaube, du wirst auf ihn abfahren. Er trägt eine Brille mit schwarzem Gestell.«

»Das ist eine Grundvoraussetzung«, sagte ich grinsend. Das stimmte nicht ganz, doch Meg wusste, dass ich auf diesen Streber-Look stand. Nick passte nicht in dieses Raster, und deshalb hätte ich eigentlich von Anfang an wissen müssen, dass es nicht hinhauen würde. Nick war eher wie Jake, mehr der Typ Frontmann-Rockstar. Er entsprach mehr Megs Geschmack als meinem.

»Ach, da fällt mir ein …« Meg ließ ihre Haarbürste fallen und rannte in ihr Zimmer. Sie kam mit einer edlen magentaroten Einkaufstüte zurück, aus der silbernes Seidenpapier quoll. »Schau rein!«

»Was ist das?«, fragte ich verblüfft.

»Überraaaaaschung!«, rief Meg und wackelte mit den Augenbrauen.

»Muss ich mir Sorgen machen? Du weißt schon – der Goldfisch.«

»Das reibst du mir wohl noch ewig unter die Nase, nicht wahr?«, stöhnte sie, und ich grinste, als ich daran zurückdachte, was sie mir nach dem Tod meines Hundes geschenkt hatte. Es war nicht das genialste Geschenk gewesen, da der Goldfisch schon drei Tage später tot war, aber total nett gemeint von ihr. »Okay, wie kann man seinem Ex am besten eins auswischen?«, fragte sie und sah mich erwartungsvoll an.

Ich zuckte die Schultern, zupfte an dem Seidenpapier herum und überlegte, was sie sich wohl diesmal ausgedacht hatte. »Ein Exekutionskommando? An der Schule fiese Gerüchte in die Welt setzen? Millionen von Spam-Mails schicken?«

Sie seufzte gequält. »*Umwerfend* gut aussehen!«

»Ach so.« Ganz offensichtlich hatte ich in Sachen Mode noch einiges von Meg zu lernen. Ich liebte ihren Unterricht – man bekam nie Hausaufgaben und der Lehrstoff war total interessant. Und manchmal gab's sogar Geschenke.

Mit schief gelegtem Kopf griff ich gespannt in die Tüte. Ich ertastete etwas Weiches, Glattes … und zog ein megacooles grünes Top heraus, das genau die Farbe meiner Augen hatte.

»Meg!« Ich fiel ihr um den Hals. Manchmal kannte sie mich besser als ich mich selbst. Ich wäre im Leben nicht auf die Idee gekommen, mir so was zu kaufen, aber als ich es nun sah und in den Händen hielt, spürte ich sofort, dass es wie für mich gemacht war. Jetzt sah ich dieser Party gleich viel gelassener entgegen.

Meg und ich waren ein eingeschworenes Team. Wir gingen miteinander durch dick und dünn und waren immer füreinander da. Sie hatte mich bisher durch jedes Tief gelotst und ich sie. Sie wusste, dass ich es nicht mochte, im Mittelpunkt zu stehen, und mich auch gern um Entscheidungen drückte. *Ich* wusste, dass ich, wenn ich in ihrem Zimmer das Poster von The Clash von der Wand nehmen würde, darunter das von Jack Skellington vorfinden würde, ein Relikt aus ihrer Goth-Phase mit fünfzehn, und eine weitere Lage darunter ein Barbie-Poster aus ihrer Pink-Phase mit sechs. Meg war echt gut darin, ihre Vergangenheit mit einer neuen Schicht zuzudecken. Manchmal wusste ich nicht, welche Schicht wie lange hängen bleiben würde, und manchmal wusste ich nicht, welche Schicht gerade ganz oben war, doch das war unwichtig. Irgendwann bekam ich es schon mit.

»Auf den heutigen Abend!«, sagte sie und hielt mir ihren ausgestreckten kleinen Finger entgegen.

»Auf heute Abend«, sagte ich und verhakte meinen kleinen Finger mit ihrem – ein Ritual, das wir schon ewig praktizierten –, ihre schneeweiße Haut an meiner olivfarbenen. Es sollte uns immer daran erinnern, dass wir füreinander da waren und zusammenhielten, egal, vor welchem Problem oder welcher Hürde eine von uns auch stand.

»Und was ziehst *du* an?«, fragte ich, während ich immer noch mein brandneues Shirt bewunderte. Es war echt wunderschön.

»Hast du nicht gesehen, dass drüben noch eine andere Tüte liegt?« Ich drehte den Kopf, und tatsächlich: Auf ihrem Bett lag eine identisch aussehende Einkaufstüte. Darin war unser Partyabend versteckt und wartete nur darauf, ausgepackt zu werden.

Megs Eltern liehen uns ihren silberfarbenen Passat. Als Meg den Zündschlüssel umdrehte, scrollte ich mich durch ihr iPod, um die besten Songs für diesen Abend zu finden. Die meisten waren schon ältere Punk-Songs aus den Neunzigern, die Jake für sie heruntergeladen hatte; sie hatte sie nie gelöscht. Er konnte ihr zwar das Herz brechen, doch ihre Musik konnte er ihr nicht mehr wegnehmen. Der erste Song, den ich aussuchte, war schnell und fetzig, und wir kannten ihn beide auswendig. Er erinnerte uns weder an Jake noch an Nick, sodass wir lauthals mitsingen und uns ganz der Vorfreude auf den heutigen Abend hingeben konnten. Unser Gekicher und Gejohle schallte durch die Straßen und teilte jedem Haus mit, dass wir noch wach und zu allen Schandtaten bereit waren. Mit Meg zusammen zu singen war leicht – wir hatten nicht die allertollsten Stimmen, doch das hielt uns nicht davon ab, uns in der Behaglichkeit (und im Schutz) des Wagens wie Rockstars zu fühlen. Ich *liebte* es.

Nach ein paar ähnlichen Songs schalteten wir einen Gang runter, um nicht heiser auf der Party anzukommen.

»Ich freue mich total, die Band mal wieder zu hören, nach ihrer Zeit ohne Bassist«, sagte ich.

»Ich auch.« Meg sah geradeaus, da wir uns einer roten Ampel näherten. »Er hat eine Neue, weißt du.«

»Wer?« Verblüfft starrte ich sie an, und ich hätte geschworen, dass sie feuchte Augen hatte. »Jake? Echt?«

»Ja, irgendeine Tussi, die er in einem Club aufgerissen hat. Wo sonst?« Ihre Augenbrauen senkten sich kurz, als würde sie nach Antworten suchen, die sie nicht finden würde. Doch schon nach einer Sekunde war sie wieder ganz die Coole und tat so, als sei alles im grünen Bereich. Sie war eine wahre Meisterin darin, ihre Gefühle zu verbergen, und ich musste mich oft durch mehrere Schichten graben, bevor ich *die* Meg entdeckte, die Trost brauchte.

»Na ja, an dich kommt sie nicht ran, das steht fest«, sagte ich, um sie zu trösten.

»Hey, klar, ich will … ich will sie nur nicht zusammen sehen. Verstehst du? Es ist wie bei dir und Nick. Es ist okay, dass es jetzt eine andere gibt. Aber man muss es uns ja nicht unter die Nase reiben.«

»Echt, das würde ich Jake auch gar nicht zutrauen«, antwortete ich über die Musik hinweg. Und wie auf Kommando kam plötzlich eine andere Melodie, das Instrumentalstück eines Film-Soundtracks. Perfekt. »Er ist zwar ein Arsch, aber kein Angeber. Eure Trennung macht ihm ebenfalls zu schaffen.«

»Kann sein. Nick dagegen …«

»… ist nur ein Arsch und fertig. Tja, auf ihn können wir

uns vermutlich auch freuen«, sagte ich und versuchte, das ungute Gefühl zu ignorieren, das mich plötzlich überfiel.

»Tut mir leid.«

»Na ja, mein Fehler. *Ich* habe ihm vertraut.«

»Weißt du, ich wollte es dir schon länger sagen, aber irgendwie war nie der richtige Moment. Wir anderen haben ihn richtig gehasst.«

»Wirklich?« Ich riss die Augen auf. »Ich habe zwar gewusst, dass ihr ihn nicht direkt *liebt,* aber dass es so heftig war, ist mir neu.«

»Er ist … ein Widerling. Okay, manchmal war er ganz nett zu dir, aber im Grunde warst du ihm egal. Bei ihm ist alles Show, nichts dahinter.«

»Warum hast du es mir nie erzählt?« Ich war ein bisschen eingeschnappt und verletzt. »Ich dachte, wir zwei würden uns *alles* sagen.«

»Ich weiß, aber du warst so … happy mit ihm.« Sie sah mich an. »Ich wollte es dir gleich nach eurer Trennung sagen, aber dann hast du das mit der anderen erfahren und … ich weiß nicht, ich wollte dieses Thema nicht mehr anschneiden. Du warst … wieder du selbst. Und ich wusste, es würde dir wehtun, es zu erfahren.«

»Warum sagst du es dann jetzt?«, fragte ich, noch immer irritiert. Ich fühlte mich irgendwie hintergangen.

»Weil ich jetzt weiß, dass es für dich vorbei ist. Ich weiß, dass du über ihn hinweg bist.« Sie machte eine kurze Pause. »Aber falls ich deinen nächsten Freund nicht mag, bist du die Erste, die es erfährt – versprochen.«

»Würde ich dir auch raten«, sagte ich, und wenn ich zurückdachte, fiel mir auf, dass meine Clique tatsächlich nie mit Nick hatte zusammen sein wollen und ihn so gut wie nie einbezogen hatte. Vielleicht hätte ich merken können, dass sie ihn hassten. Andererseits hätte ich ihn auch selbst durchschauen können. »Na ja, du hast recht, ich will ihn nicht zurück oder so, aber ich wünschte, du hättest es früher mal erwähnt.«

»Hätte das etwas geändert?«

»Kann sein … weiß nicht.« Meg war eigentlich der Typ, der einem klipp und klar sagte, was sie dachte. Jetzt zu erfahren, dass sie ihre Meinung über Nick für sich behalten hatte, versetzte mir einen kleinen Stich. Ich fühlte mich irgendwie hintergangen. »Du weißt, dass ich großen Wert auf deine Meinung lege.«

»Und *ich* lege Wert darauf, dich glücklich zu sehen«, erklärte sie. »Ich wollte ihn dir nicht vermiesen, verstehst du?«

»Ja, klar.« Vermutlich hätte ich nicht auf sie gehört, auch wenn sie es mir erzählt hätte. »Dann aber bitte das nächste Mal«, sagte ich.

»Versprochen.« Sie nickte. Wir brauchten keine Entschuldigungen wie andere Leute. Wir hakten ein Thema einfach ab, wenn es besprochen war, und alles war wieder gut. Das war irgendwie natürlicher. Für den Rest der Fahrt hörten wir der Musik zu. Meg und ich brauchten nicht immer Worte.

Die Party fand bei unserem Freund Ross statt, in einem großen zweistöckigen Haus in einer Vorortsiedlung. Autos säumten die Gehsteige und waren die ganze Straße entlang – nicht immer vorschriftsmäßig – geparkt. Keiner der Nachbarn war unterwegs, die Straße wirkte wie ausgestorben. Doch vor Ross' Haus hatten wir den Eindruck, als wäre die halbe Stadt schon hier und wartete nur auf uns.

»Wie seh ich aus? Okay?«, fragte Meg, als sie ausgestiegen war. Von ihrem Gefühlsausbruch vorhin war ihr nichts mehr anzusehen. Ich musterte sie kurz und nickte. Wir waren bereit. Das war mein Lieblingsmoment jedes Partyabends – wenn der Abend noch unausgepackt vor einem lag und voller Möglichkeiten war. Noch konnte alles passieren.

Es war gar nicht so einfach, zur Haustür zu kommen, weil etliche Leute davorstanden. Meg lächelte ihr typisches, etwas herablassendes Lächeln – das besagte, dass sie sich für das hier viel zu gut war – und bahnte sich selbstbewusst ihren Weg. Ich heftete mich an ihre Fersen und fühlte mich prompt ein Stück größer. Megs Selbstwertgefühl färbte manchmal auf mich ab, was ich in vollen Zügen genoss. Überall waren Leute, die in kleineren oder größeren Gruppen zusammenstanden und wild durcheinanderredeten.

»Okay, und wie weiter?«, fragte Meg, als wir im Hausflur standen.

»Küche?«, schlug ich vor, nahm ihre Hand und zog sie hinter mir her. Ich war schon mal hier gewesen und kannte mich aus. Die Küche war heller als der Rest des Hauses, aber ebenfalls voller Leute. Hier, in diesem kleinen Raum, hatten sich an die zwanzig Leute versammelt. Die meisten standen um das Fässchen in der Ecke herum und zapften schaumiges Bier. Ich konnte die Band in einem anderen Zimmer spielen hören, einen gecoverten Popsong, der mir irgendwie bekannt vorkam, und sie brüllten die Lyrics fast. Nicht umwerfend, aber auch nicht schlecht. Immerhin waren wir nicht zu spät gekommen.

Meg schnappte sich zwei leere Plastikbecher und ging los, um uns was zu trinken zu holen.

»Hey!«, rief da jemand von der anderen Seite des Raums. Ich kannte diese Stimme und drehte mich um. Es war Barker, der sich gerade in die Küche drängte. Er trug ein Oingo-Boingo-Shirt, das bestimmt aus einem Second-Hand-Laden stammte, und eine braune Cordhose. Er war halb Indie, halb Professor, und irgendwie war das bei ihm eine gute Mischung.

»Hey, Barker!«, rief ich und winkte ihm zu. »Wir sind nicht zu spät dran, oder?«

»Nein, die Jungs drüben haben gerade erst angefangen, wir haben also noch Zeit. Hey, ich möchte dir Matt vorstellen, den neuen Bassisten.«

Barker drehte sich um und packte den Jungen hinter ihm am Arm. Verlegen blickte ich an mir runter, um mein Oberteil zu überprüfen, und während ich noch daran herumzupfte, kamen plötzlich rote Converse-Sneakers in mein Blickfeld. Sie sahen aus wie meine, und das fand ich lustig. Der fremde Junge trug eine dunkelblaue Jeans, die ziemlich verwaschen aussah, aber nicht so wie die, die man neu in den Geschäften kaufen kann. Seine Jeans sah so aus, als hätte er sie wirklich schon oft getragen. Sein schwarzes T-Shirt saß ziemlich eng und war mit dem Namen einer Band bedruckt, von der ich noch nie gehört hatte. Erst dann sah ich sein Gesicht, die dunkelbraunen Wuschelhaare und die Brille mit dem schwarzen Gestell. Er war groß, größer als ich, und als sich unsere Blicke trafen, hellte sich seine Miene auf. Okay, Meg hatte recht, er war wirklich süß.

»Matt, das ist Ella. El, Matt.«

»Hey«, sagte er und lächelte mich an. Es war ein süßes Lächeln, etwas schief und schüchtern.

»Hi«, grüßte ich zurück und spürte, dass dieser Abend spannend zu werden versprach.

3. JETZT

20.30 Uhr

»Hi«, bringe ich mit Müh und Not über die Lippen und starre ihn an, als wäre er ein Gespenst. In einer Million Jahren wäre ich nicht auf die Idee gekommen, Matt hier auf Evans Party zu treffen. Ich hätte im Leben nicht gedacht, dass er zurückkommen würde. Als er damals fortging, nahm er alles mit; seit jenem verhängnisvollen Tag habe ich nur eine riesige Leere verspürt, eine klaffende Wunde in meinem Herzen, und an jedem einzelnen Tag wurde ich daran erinnert, dass mir etwas fehlt. Das merke ich auch jetzt, und die Leere wächst noch mehr an, während mein Herz rast und meine Hände zittern.

»Hey? Das ist alles? Mehr hast du nicht zu sagen?«, faucht Meg und funkelt ihn empört an.

»Ach, ihr kennt euch?«, sagt Anthony und blickt unsicher zwischen Meg, Matt und mir hin und her.

»Hey, Meg«, sagt Matt, fährt sich durch die Haare und weicht Megs Blick aus. »Wie geht es dir? Wie geht's Jake? Ist er … hier?«

»Nein, ist er *nicht.* Du würdest aber wissen, wie es ihm geht, wenn du dir jemals die Mühe gemacht hättest, ihn zurückzurufen. Oder *sie*«, fügt sie mit einem vielsagenden Blick auf mich hinzu und drückt gleichzeitig meine Hand. Es stimmt zwar alles, was sie sagt, doch ihre Worte sind wie kleine Pfeile, die sich tief in meinen Körper bohren. Ich weiß nicht, was ich sagen soll, deshalb halte ich mir nur schützend meinen freien Arm vor den Bauch, als könnte ich jeden Moment auseinanderbrechen und in Einzelteilen auf den Boden fallen, sodass Matt auf mir herumtrampeln und das zu Ende führen kann, was er begonnen hat.

»Hab ich was verpasst?«, fragt Anthony und schaut immer noch ratlos von einem zum anderen, in der Hoffnung, dass ihn endlich jemand aufklärt. Sein hoffnungsvoller Blick erlischt, als ihm dämmert, dass er sich seine Pläne in Sachen Meg vermutlich abschminken kann. Und ich stehe reglos zwischen ihnen, wie vom Donner gerührt, und versuche mich nicht zu übergeben.

»Ich glaube, *er* hat was verpasst«, faucht Meg und zeigt auf Matt. »Ungefähr ein halbes Jahr.« Anklagend blickt sie ihn an. »Wie konntest du abhauen und dich nie mehr melden?« Die Verachtung in ihrer Stimme ist unüberhörbar.

»Meg, bitte«, flüstere ich und drücke ihre Hand. Und genauso schnell, wie sie sich aufgeregt hat, beruhigt sie sich wieder und schüttelt den Kopf. Es ist meine Sache, nicht ihre.

»Weißt du was?«, sagt sie zu Matt. »Vergiss es.« Sie wendet sich an Anthony. »Komm, wir sind hier überflüssig.«

Als sie mir ihre Hand entzieht, hämmert mein Herz noch schneller, lauter. Sie muss meine Kämpfe nicht für mich ausfechten, aber mich allein hier im Regen stehen lassen sollte sie auch nicht. Ich weiß nicht, ob ich mit dieser Situation allein umgehen kann. Meg dreht sich noch einmal um. »Du solltest mit ihr reden«, sagt sie zu Matt. »Sie hat eine Erklärung verdient. Jake übrigens auch.«

Ich blicke ihr nach, als sie empört mit Anthony abzieht, der versucht, ihr einen Arm um die Schulter zu legen. Unwillig schüttelt sie ihn wieder ab; er müsste doch merken, dass sie nicht angefasst werden will, wenn sie so aufgebracht ist. Achtung, brennendes Dynamit!

Bangen Herzens drehe ich mich wieder zu Matt. Ich fühle mich total überrumpelt; wie soll ich nach sechs langen Monaten plötzlich wieder mit ihm *reden?* Er starrt auf seine offenen Schnürsenkel, um mich nicht ansehen zu müssen. Seine Schnürsenkel sind nie gebunden, fällt mir da wieder ein, und diese Erinnerung trifft mich wie ein Schlag ins Gesicht. Wie er immer seufzte, wenn ich ihn darauf hinwies. Und wie ich daraufhin immer lachen musste … und ihn wegen dieser kleinen Macke umso mehr liebte.

Er bückt sich, um die Schuhe zu binden, umständlich und langsam, und als sie geschnürt sind, bürstet er sie noch kurz mit der Hand ab. Mir ist nach Heulen, nur weil *er hier* ist. Denn es führt mir vor Augen, dass es wirklich passiert ist und nicht nur ein böser Traum war. Ich würde ihn gern berühren, um mich zu vergewissern, dass er vor mir steht. Ich schließe die Augen, weil eine Woge von Emotionen in mir hochsteigt, die ich zu verstecken versuchte, als ich einen auf tapferes und taffes Mädchen machte und mir einredete, das Leben gehe weiter. So viel Kummer. Einsamkeit. Schmach …

»Ähm, wie geht es dir?«, fragt er, nachdem er sich wieder aufgerichtet hat.

Wie es mir geht? Fast hätte ich über diese Frage gelacht. Ich bin total fertig. Mein Herz weiß nicht, ob es einen Höhen- oder einen Sturzflug machen soll, und mein Körper drängt gleichzeitig zu ihm und zieht mich von ihm weg. Ich weiß nicht, was richtig wäre; warum ist Meg nicht da, um es mir zu sagen? Doch wie könnte ich das alles aussprechen? Also schlage ich tapfer die Augen wieder auf und sage: »Gut, und dir?«

»Ganz okay«, antwortet er und vergräbt die Hände in den Hosentaschen. Ich finde ihn immer noch total süß. Es bringt mich fast um, ihn vor mir stehen zu sehen, so lässig, so *hier*. Er rührt sich nicht von der Stelle, steht immer noch gut einen Meter weit weg, an der Bar, wo Anthony vorhin gestanden hatte. »Ziemlich peinliche Situation, nicht wahr?«

Mein Körper entspannt sich etwas und ich bin plötzlich erstaunlich ruhig. Ich ringe mir ein zustimmendes Lächeln ab. Es war schon immer seine Art, das Offensichtliche auszusprechen, wenn es nötig war. Ich mustere ihn. Er sieht anders aus, aber nicht wirklich. Die Brille ist neu: ein dünner Rahmen statt des dicken schwarzen von früher. Damit sieht er älter aus, reifer. Doch die Augen dahinter sind immer noch dieselben. Es sind die Augen, in die ich mich verliebt habe. Grün mit braunen Sprenkeln. Selbst jetzt im Dunkeln sehe ich sie im Schein der Tiki-Lichter funkeln. Die alte Vertrautheit stellt sich wieder ein, und ich stelle ihm die erstbeste Frage, die mir auf der Zunge brennt.

»Was machst du hier?«

»Ich wohne wieder hier. Ich werde an der UCF studieren. Bin erst vor drei Tagen angekommen«, sagt er und sieht mich endlich an. Ich habe den Eindruck, als wolle er mir mit diesem Blick etwas sagen, wozu ihm die Worte fehlen. Und während mein dummes Herz einen Purzelbaum schlägt, wünsche ich mir, sein Blick würde sagen: *Ich bin deinetwegen zurückgekommen, die Monate ohne dich waren schrecklich, lass uns zusammen durchbrennen und für immer zusammenbleiben.* Doch das *darf* ich mir nicht wünschen. Ich will mir nicht noch einmal falsche Hoffnungen machen – nicht nach dem, was er mir angetan hat. Wie ich ihn dafür gehasst habe! *Daran* muss ich denken und nicht daran, wie sich seine Lippen anfühlten.

»Oh«, sage ich, weil mir nichts anderes einfällt.

Da er meine Verlegenheit offenbar spürt – Kunststück! –, tritt er einen Schritt näher und überwindet damit die Kluft, die uns seit dem Tag seines Verschwindens getrennt hat.

Als er näher kommt, zieht sich mein Magen zusammen, und ich mache instinktiv eine abwehrende Handbewegung. Das Bild des Briefes, den er mir geschickt hat – den ich prompt zerrissen und verbrannt habe –, schießt mir durch den Kopf, und ich kann diesen Moment nicht vergessen. Ich kann nicht mehr die naive und verletzliche Ella sein, die sich nach jener verrückten ersten Nacht rettungslos in ihn verliebt hat. Diese Ella gibt es nicht mehr.

»War nett, dich wiederzusehen«, sage ich nervös und halte Ausschau nach einer Fluchtmöglichkeit.

»Oh«, sagt er und schaut wieder auf den Boden. »Ja, okay, dich auch.«

»Man sieht sich«, füge ich hinzu, doch meine Worte haben nichts zu bedeuten, und ich nehme an, dass er das weiß.

»Ja, wäre cool«, sagt er und nickt, noch immer ohne mich anzusehen.

»Tschüss«, murmele ich und drehe mich weg. Ich weiß, er ist noch hinter mir, ich spüre ihn und seinen Blick. Doch ich habe keine Ahnung, was das alles bedeutet. Ich habe keine Ahnung, warum er überhaupt mit mir geredet hat, nach so langer Zeit. Wir – das ist vorbei, wir sind Vergangenheit. Dort hätten wir auch bleiben sollen.

Ich gehe zum Haus zurück, wo Meg an der Tür steht. Sie wirkt etwas *zu* cool, *zu* gelassen. Ha, sie hat natürlich spioniert.

»Na, wie lief's?«, fragt sie, sobald ich die Tür zumache.

»Puh«, stöhne ich und weiß, dass sie diesen Laut besser versteht als langatmige Erklärungen. Ich lehne mich an die Wand, schließe die Augen und warte darauf, dass meine Hände aufhören zu zittern und sich der Kloß in meinem Hals auflöst. Ich sehe Matt immer noch vor mir, seinen fast gequälten Gesichtsausdruck, mit dem er auf den Boden starrt. Nein, ich werde nicht weinen. Nicht hier und nicht jetzt.

»So toll?«

»Warum ist er überhaupt hier?«, jammere ich, total frustriert wegen ihm, wegen mir und wegen allem.

»Hast du ihn nicht gefragt?«

»Doch. Er wird an der UCF studieren. Sprich: Er ist zurück. Für mehrere Jahre.«

»Im Ernst?«

»Im Ernst.« Ich schlage die Augen wieder auf.

»Hätte man nicht erwarten können, dass er einem von uns Bescheid sagt?« Meg wird wieder sauer. Ich weiß, dass sie meinetwegen sauer auf ihn ist, aber auch wegen Jake und seiner Freundschaft mit Matt, die Matt offenbar so wenig wert war wie die Beziehung mit mir, als er von heute auf morgen wegzog und sich nie mehr gemeldet hat. »Mal ehrlich – der hat vielleicht Nerven! Taucht einfach so mir nichts, dir nichts auf der Party meines Bruders auf! Was zum Teufel soll das? Er muss doch gewusst haben, dass wir auch hier sind. Wie bescheuert! Kotzt mich total an, dass er glaubt, er könne sich einfach wieder bei uns einschleimen.«

»Stimmt!« Ich lasse mich von ihrer Empörung anstecken und mache da weiter, wo sie aufgehört hat. »Was denkt er sich überhaupt? Kreuzt hier auf und macht einen auf kleinlaut und schüchtern! Denkt er, wir könnten wieder Freunde sein oder was? Das kann er sich abschminken!«

»Wo ist er jetzt?«

»Noch draußen.« Ich stelle mich neben sie an den Tresen und lehne den Kopf an ihre Schulter. »Warum fühle ich mich so beschissen?«

»Weil *er* beschissen ist!«, faucht sie, und ich muss leise lachen. Auf Meg ist echt Verlass, wenn es darum geht, mich zu trösten. »Und weil er dir etwas bedeutet.« Sie seufzt.

»Ja, das hat er, aber das ist Monate her«, sage ich kopfschüttelnd, doch ihr strenger Blick lässt mich schnell damit aufhören, die Coole zu spielen.

»Nach der Trennung von Nick, wie lange hast du da gebraucht, um darüber hinwegzukommen?«

»Hm, einen Tag oder so.« Stimmt zwar nicht *ganz*, aber in etwa.

»Und nach Matt?«

Ich würde gern »einen Tag« sagen, doch das wäre gelogen. Es hat länger gedauert, sehr viel länger. Und jetzt, nach unserem Wiedersehen, fürchte ich, dass meine Gefühle für ihn nie ganz weg waren. Deshalb schweige ich lieber, doch Meg sieht mich wieder so streng an.

»Genau«, sagt sie. »Es ist beschissen, dass es noch wehtut. Doch es tut nur weh, weil er immer noch so wichtig für dich ist.«

Sie hat natürlich recht, auch wenn ich es nur ungern zugebe.

»Kann sein«, murmele ich. Ich starre durch den Raum an die Wand, an die ich mich vorhin gelehnt hatte. Ich kann Meg nicht in die Augen sehen, noch nicht, weil ich eigentlich genau weiß, was ich tun müsste. Doch ich bin innerlich noch nicht bereit dazu. Ich weiß, dass Meg meiner richtigen und logischen Schlussfolgerung zustimmen würde, obwohl sie – wenn es um ihr eigenes Leben geht – oft nicht die richtigen und logischen Schlussfolgerungen zieht. Im Moment möchte ich mich aber lieber in meinem Kummer suhlen, weil es leichter ist, als aktiv etwas zu tun.

»Du solltest noch mal zu ihm gehen.«

»Warum?« Ich sehe sie noch immer nicht an.

»So schlimm ich es auch finde, dass dieser Mistkerl wieder aufgetaucht ist und obwohl ich ihm am liebsten den Hals umdrehen würde: Du brauchst eine Erklärung! Du hast ein halbes Jahr damit verplempert, dich zu fragen, warum er so plötzlich verschwunden ist. Jetzt hast du die Chance, es zu klären. Deshalb habe ich euch vorhin auch allein gelassen.«

»Verstehe.« Ich seufze und schließe erneut die Augen. »Und was ist mit Jake?«

»Oh, dem habe ich schon eine SMS geschickt. Er hat auch bereits geantwortet. So viele Kraftausdrücke in einer einzigen SMS kannst du dir gar nicht vorstellen!«

Ich lache. »Doch, kann ich.«

»Außerdem ist die Party hier echt lahm. Tut mir ja leid für Evan, er hat sich so viel Mühe gegeben.«

Endlich sehe ich sie an. Sie lehnt mit der rechten Hüfte am Tresen und sieht mich an. Ihre perfekt geschminkten Lippen umspielt ein leichtes Lächeln, und ich weiß genau, dass sie mich so herausfordern will, noch mal raus zu Matt zu gehen. Dieses Provokations-Spielchen spielt sie gern, doch im Moment weiß ich nicht, ob ich sie dafür liebe oder hasse. Besonders weil sie mich damit an die vielen kleinen Mutproben erinnert, zu denen Matt und ich uns immer gern gegenseitig herausgefordert haben, wenn es darum ging, etwas Neues zu wagen oder etwas anders zu machen oder auch etwas zu tun, das wir uns nicht zutrauten. Wie damals, als er mich dazu brachte, einen Artikel bei der Schülerzeitung einzureichen, obwohl ich befürchtete, sie könnten ihn ablehnen. (Taten sie nicht.) Oder als ich ihm so lange zusetzte, bis er einen Song spielte, den er für die Band geschrieben hatte, obwohl er davon überzeugt war, er würde Jake nicht gefallen. (Gefiel Jake aber doch.)

Im Geiste höre ich jetzt sogar die Melodie wieder, und meine Traurigkeit legt sich, wie von einer Strömung weggeschwemmt. Dieser Song ist noch da, lauert irgendwo in meinem Hinterkopf, und ich kann ihn jederzeit wieder abrufen. Aber was soll's, im Moment geht es darum, eine Erklärung von ihm zu verlangen. Also werde ich mich zusammenreißen und mich einer weiteren Begegnung mit Matt stellen.

»Na schön.« Ich seufze. Sie zieht mich an sich. »Aber zuerst muss ich kurz frische Luft schnappen«, sage ich zu ihr, weil ich plötzlich Platzangst kriege, und gehe vor das Haus. Die Party ist noch in vollem Gange, keiner hat mitbekommen, was ich gerade erlebt habe und dass meine Welt plötzlich aus den Angeln geraten ist – und das alles nur wegen eines leisen »Hey«.

Ich schlendere durch den Vorgarten, vorbei an Leuten,

die reden oder herumknutschen, und atme so lange ein und aus, bis meine Augen nicht mehr feucht sind und ich wieder etwas klarer denken kann. Die Luft fühlt sich gut an auf meiner Haut, und allein schon das Gehen tut gut. Im Gras liegt ein zerknülltes Stück Papier, mit Noten und ein paar Wörtern darauf, und ich hebe es instinktiv auf. Wie dumm von mir. Matt mag zwar aus meinem Leben verschwunden sein, doch unser Spielchen, verlorene Gegenstände vom Boden aufzusammeln, lebt leider fort. Gegen manche Gewohnheiten kommt man nur schwer an. Ich streiche das Papier glatt, um zu lesen, was darauf steht.

Deep in December, our hearts should remember

Aha: *Tief im Dezember, sollten sich unsere Herzen erinnern* – das trifft es genau. Aber wie geht es weiter? Ich kenne den Song nicht, aber ich weiß, dass das noch nicht alles sein kann. Ich drehe das Blatt um, doch es ist leer.

»Was hast du gefunden?«

Beim Klang der Stimme zucke ich zusammen. Er ist es, natürlich, direkt hinter mir. Mein Herz schlägt wieder einen Purzelbaum, doch diesmal bin ich innerlich gewappnet. Ich habe mir Megs Worte zu Herzen genommen und kein Kraftfeld mehr um mich herum, das ihn daran hindern würde, mir zu nahe zu kommen. Ich bin auf mich allein gestellt. Wortlos reiche ich ihm den zerrissenen Zettel und habe fast den Eindruck, es mache ihn traurig, dass ich mir diesen Tick von ihm abgeschaut habe.

»Ah, *The Fantasticks.*«

»Hä?«, sage ich und stelle mich neben ihn, um noch einmal einen Blick auf das Papier zu werfen.

»Das Musical. Meine Mom liebt es – sie spielt den Soundtrack ziemlich oft.«

»Wie geht es weiter?«, frage ich.

»Das Musical?«

»Nein, der Song hier.«

Er hebt den Kopf, endlich treffen sich unsere Blicke, und ich bekomme ganz weiche Knie. Nein, ich bin stark, verdammt, ich schaffe es. Ich muss endlich Klarheit haben.

»Können wir irgendwohin gehen und in Ruhe reden?«, fragt er plötzlich.

»Wie bitte?«

»Es ist eine Weile her und …« Er lässt das Blatt sinken. »Ich … ähm, ich würde gern mit dir reden.«

»Ich weiß nicht«, sage ich. Reden wäre ja okay, aber müssen wir dafür woanders hingehen?

»Gib dir einen Ruck. Hier auf der Party ist es laut, und ich würde wirklich gern hören, wie es dir … so geht.«

Ich ziehe eine Augenbraue hoch. Das sollte er merken. Das könnte er *wirklich* merken.

»Vergiss den letzten Teil.« Er blickt nervös auf den Boden, weil er schon wieder rot anläuft. »Ich habe diesen Song im Auto. Willst du ihn dir anhören?«

»Hast du etwa vor, mich zu kidnappen?«, frage ich trocken.

»Nur ein bisschen.« Bei seinem schiefen Grinsen frage

ich mich unwillkürlich, ob er etwa mit mir flirtet. »Mein Auto steht dort drüben.« Er zeigt zur Straße. Beim Anblick seines Autos muss ich schlucken. Es sieht noch genauso aus wie in meiner Erinnerung, fast so, als stünde es seit Monaten dort am Straßenrand und wartete nur auf mich. Auf der rechten Seite sind immer noch die Kratzer von damals zu sehen, als die Band versuchte, Barkers Schlagzeug auf dem Rücksitz zu verstauen. Hat natürlich nicht geklappt, doch so schnell haben sie nicht aufgegeben.

»Ich weiß nicht«, sage ich erneut, und meine Gedanken überschlagen sich. Entweder setze ich mich mit ihm ins Auto und bekomme endlich meine Antworten. Oder ich bleibe hier und gehe allem aus dem Weg. Das ist mir in letzter Zeit ziemlich gut gelungen. Ist es die Sache überhaupt wert?

Er macht eine halbe Drehung und geht rückwärts auf sein Auto zu, ohne mich aus den Augen zu lassen – und fordert mich damit auf seine typische Art heraus, ihm zu folgen. Das Licht einer Straßenlaterne spiegelt sich in seinen Brillengläsern, und seine Augen funkeln, als würden sie angestrahlt. Er geht weiter rückwärts, bis er an einen Stein stößt und strauchelt.

»Hupps«, sagt er verlegen und bleibt stehen. Wieder fährt er sich mit den Fingern durch die Haare. Ich bemerke zum ersten Mal, wie aufgeregt auch er ist. Er ist genauso nervös und unsicher wie ich. Wie beruhigend.

»Du, ich habe eine Idee, aber sag's ruhig, wenn sie dir nicht gefällt«, sagt er, und da er schon fast auf dem Gehsteig ist, habe ich wieder genug Raum zum Atmen und Denken.

»Und die Idee wäre?«, frage ich skeptisch.

»Wollen wir was essen gehen? Ich habe heute Abend noch nichts gegessen.«

Ha, er lässt nicht locker. Er will mich unbedingt von hier weglotsen. Wie seltsam. Ich könnte natürlich einfach Nein sagen und zur Party – oder besser nach Hause – zurückgehen und fertig. Ihn nicht zu nahe an mich ranlassen, obwohl er schon unter meine Haut kriecht. Nicht mit ihm wegfahren, auf den Straßen, durch die wir früher so oft gefahren sind. Nicht wieder in einer Sackgasse enden.

Mein Kopf sagt mir, dass es klüger wäre hierzubleiben, doch mein dummes Herz will mit ihm gehen. Denn letztes Jahr, mit ihm und meinen Freunden, fühlte ich mich stärker, unbesiegbar. Meine Ängste waren weg, ich war wie aus einem Traum erwacht und stand plötzlich im Rampenlicht, das davor nur Meg gehört hatte. Und seit Matts Verschwinden habe ich in einem Kokon gelebt, aus dem ich mich nicht mehr herausgetraut habe. Aus Angst vor einer neuen Enttäuschung.

Ich vermisse dieses Gefühl, lebendig zu sein.

Ich schaue ihn an und er hält meinem Blick stand. Zu diesen Augen kann ich nie Nein sagen.

Noch bevor ich mich zu einer Antwort aufraffen kann, ruft er: *»And follow.«*

»Hä?«, rufe ich verwirrt.

»Das Ende des Songs. Es heißt: ›*And follow.*‹ Und folgen!«

Ich begreife erst, als er mit dem zerrissenen Zettel mit den Noten wedelt, und ich ertappe mich bei einem Nicken. Ich folge ihm.

»Wohin?«, frage ich.

»Wing King?«

4. DAMALS

20.50 Uhr

»Du bist also der neue Bassist, von dem ich schon so viel gehört habe?«, rief ich Matt über den Partylärm hinweg zu.

»Kommt drauf an. Was hast du denn gehört?«, fragte er mit einem Grinsen.

»Dass du die sterbenden Pepperpots retten wirst.«

»Hey, das hab ich gehört!«, rief Barker beleidigt.

»Also, sie sind ziemlich gut. Ich weiß nicht, ob sie mich als Retter brauchen. Aber ja, ich bin es, der Superheld.« Er nahm die typische Superman-Pose ein.

Ich lächelte ihn an und staunte, wie ungezwungen ich mit ihm reden konnte. So wohl hatte ich mich mit Nick nie gefühlt. Ich hatte nie einen Witz machen oder ihn zum Lachen bringen können. Was ich sagte, war ihm eigentlich egal, doch das habe ich leider erst viel zu spät gemerkt.

»Ich hole mir was zu trinken. Soll ich dir auch was mitbringen?«, fragte er. Meg war schon unterwegs, um mir ein Getränk zu holen, deshalb schüttelte ich den Kopf.

»Danke, ich kriege gleich was.«

»Okay, cool.« Er strich sich die Haare nach hinten, doch sie fielen ihm gleich wieder in die Stirn. Ich sah ihm nach, als er zum Bierfass ging.

»Hey«, raunte Barker mir zu – relativ laut. »Sie ist hier.«

»Wer?«

»Jakes Neue. Weiß Meg von ihr?«, erkundigte er sich vorsichtig und blickte verstohlen in Megs Richtung.

Ich folgte seinem Blick. Meg stand bei einem Mädchen aus ihrem Mathekurs und lachte gerade, den Kopf in den Nacken gelegt. Sie wirkte so unbeschwert, und ich erschrak bei dem Gedanken, wie schnell Jake und seine Neue ihr die Laune vermiesen konnten. »Ja, sie hat es auf der Fahrt hierher erwähnt. Daher unsere … ähm … Outfits.«

»Ist mir aufgefallen«, sagte er. »Habe mich schon gefragt, für wen ihr euch so aufgepimpt habt.«

»Du weißt ja, dass ich mir nie so ein Top kaufen würde.« Ich zupfte am Ärmel herum.

»Steht dir aber gut. Sieht toll aus.« Barker und ich waren erst seit ein paar Jahren befreundet, doch er kannte mich besser als jeder andere Junge. Wir verstanden uns gut, aber es war immer nur Freundschaft gewesen, nie mehr, denn das hätte alles verdorben. Er konnte mir nichts vormachen, genauso wenig wie ich ihm. Außerdem war er total happy mit seiner neuen Freundin, Gabby. Sie waren wie ein altes Ehepaar und kochten abends sogar zusammen.

»Und, wie findest du Matt?«, fragte Meg, die plötzlich wieder bei uns stand und mir einen Becher Bier reichte.

»Ist das das Ziel dieses Abends? Mich mit ihm zu verkuppeln?« Die Frage war als Scherz gemeint, doch plötzlich bekam ich Herzklopfen. Ich hatte keine Lust auf eine neue Beziehung. Ich war innerlich nicht bereit, mich schon wieder für einen Jungen zu interessieren, aber man konnte doch mal jemanden kennenlernen, oder? Ich sah mich nach ihm um, und da kam er gerade zu uns zurück. Ich wurde rot.

»Ehrlich gesagt: ja.« Meg nickte.

»Na klar«, sagte Barker. Was war mit den beiden los? Genervt verdrehte ich die Augen.

In der Küche wurde es noch voller, wir standen dicht an dicht. Mit einem lang gezogenen Akkord beendete die erste Band ihren Auftritt und wir konnten uns endlich wieder in normaler Lautstärke unterhalten.

»Ich muss mal kurz schauen, wo Gabby bleibt. Sie müsste längst hier sein.« Barker wandte sich zum Gehen.

»Ähm, soll ich mitkommen?«, fragte Matt und krauste die Stirn. Man sah ihm an, dass er nicht wusste, was er tun oder wohin er gehen sollte, da er hier keinen außer uns kannte. Okay, mit Ausnahme von Jake, der – so wie ich ihn kannte – sicher mit seiner Neuen abhing und Dinge tat, die Matt sicher nicht sehen wollte. Ich hoffte, dass Barker ihm sagen würde, er solle bei uns bleiben.

»Nö, bleib ruhig bei den Mädels. In etwa zwanzig Minuten treffen wir uns an der Bühne, okay? Früher wäre besser, doch die Band dort könnte zwei Stunden brauchen, um ihr Zeug abzubauen. Unter uns: Sie sind nicht die Besten.« Er winkte Matt lässig zu und verschwand.

»Tja, jetzt habt ihr mich am Hals«, sagte Matt.

Störte mich kein bisschen. Ich lächelte ihn an und fragte: »Und ... wie gefällt es dir in Orlando?« Es gab eine Menge Dinge, die ich ihn fragen wollte, doch mit irgendwas muss man ja anfangen.

»Oh, ganz gut. Ich bin erst seit knapp einem Monat hier. Ich habe ehrlich gesagt noch nicht viel gesehen.«

»Wenn du willst, können wir dir ein bisschen was zeigen.« Ich formulierte den Satz absichtlich im Plural, damit es ganz unverfänglich klang.

»Wäre cool«, antwortete er. »Ich bin echt froh, dass Jake mir angeboten hat, in seiner Band mitzumachen. Hab echt Lust, mal wieder zu spielen.«

»Hast du schon viel Erfahrung?«

»Na ja, geht so. Ein Profi bin ich natürlich nicht«, meinte er achselzuckend.

»Keine Angst, *sie* auch nicht.« Ich erwiderte sein Lächeln und wunderte mich noch immer, wie mühelos wir uns unterhalten konnten. Wenn er lächelte, bekam er Grübchen, das sah total süß aus. »Und wo bist du zur Schule gegangen, bevor du ...?«

»Sollen wir uns ein bisschen unter die anderen Gäste mischen?«, sagte Meg da plötzlich. Ich war etwas irritiert, aber sie war oft so spontan. Ich sah sie an und fragte mich plötzlich: Was, wenn er sie toller findet? Sie war größer, blonder, hübscher als ich ... warum also nicht? Doch dann merkte ich, dass er immer noch *mich* anschaute – nicht Meg – und sich weiter mit *mir* unterhalten wollte. Ich zuckte mit den Schultern und wusste, dass wir noch die ganze Nacht Zeit zum Reden hatten. Es würde weitergehen. Matt und ich nickten uns fast unmerklich zu. Ich stellte meinen Becher auf den Tisch und nahm Megs Hand, damit wir uns in der Menge nicht verlieren würden. Man hatte den Eindruck, als sei nicht nur unsere ganze Schule, sondern auch die benachbarte Highschool hier. Auf dem Footballfeld waren sie Rivalen, beim Partymachen beste Freunde. Einige waren wegen der Bands gekommen, standen um die Bühne herum und reckten ihre Fäuste im Rhythmus der Musik in die Luft, andere wegen des Biers, und die schluckten schneller, als der Drummer auf sein Schlagzeug einschlug. Wieder andere waren gekommen, weil sie sich unterhalten wollten. Ich war hier, um mit meinen Freunden zusammen zu sein.

Wir schoben uns an ein paar Leuten vorbei, die ich vage kannte und denen ich zunickte oder -winkte. Einmal drehte ich mich um und hoffte, mit Matt einen kurzen Blick wechseln zu können, doch dann merkte ich, dass er nicht mehr direkt hinter uns war. Er war in der Menge stecken geblieben, versuchte aber energisch, uns einzuholen. Nett, wie ich nun mal bin, streckte ich eine Hand nach hinten, bis er meine Hand zu fassen bekam. Ein Schauder fuhr mir über den Rücken.

Wir kämpften uns ins Wohnzimmer durch, wo die Band, wie von Barker vorausgesagt, recht umständlich ihr Equipment zusammenpackte. Kabel lagen verknotet herum, einzelne Becken flogen durch die Gegend. Der kleine und überhitzte Raum war voller verschwitzter Leute. Ich hielt mich eisern an Meg und Matt fest, um sie im Gedränge nicht zu verlieren.

»Oh Gott.« Meg blieb wie angewurzelt stehen und ich musste ebenfalls anhalten. Matt hinter uns bekam diese plötzliche Vollbremsung nicht mit und stieß gegen mich.

»Oh, sorry, ich wollte nicht …«

Doch ich ignorierte ihn, weil ich durch die Menge hindurch sah, was Meg so bestürzt hatte. Oh nein! Jake hatte uns den Rücken zugedreht, doch wir erkannten ihn natürlich auch von hinten. Das schwarze T-Shirt, sein Markenzeichen. Seine orange gefärbten Haare, lockig und stark gegelt, wurden gerade noch mehr zerzaust. Ein Mädchen zog ihn näher an sich heran, damit es ihn küssen konnte. Ich konnte zwar nicht sehen, wer die Tussi war, die derzeit Megs Leben ruinierte, doch es konnte nur Jakes neue Flamme sein. Ich hasste sie augenblicklich.

»Ich …«, stammelte Meg und drehte sich zu mir. Ihre normalerweise meist heitere Miene war aschfahl, ihre Augen waren weit aufgerissen.

»Ein Bier? In der Küche?« Konnte ich sie damit ablenken? Okay, ich wusste, dass es keine besonders gute Idee war, seinen Kummer im Alkohol zu ertränken, doch auf die Schnelle fiel mir nichts Besseres ein.

»Was ist?«, fragte Matt, doch ich blieb ihm die Antwort schuldig, weil plötzlich Chaos ausbrach. Alle begannen zu schreien und loszulaufen. Es war ein Domino-Effekt, der im vorderen Teil des Hauses angefangen hatte.

»Hey, was soll das?«, rief Meg. Dem Geschrei der anderen war zu entnehmen, dass diejenigen, die zum Reden, Rauchen oder Kotzen vor dem Haus standen, das Polizeiauto als Erste gesehen hatten.

Ich hatte nicht mal mehr Zeit, groß in Panik zu geraten. Bierbecher flogen durch die Gegend, als alle ihre Habseligkeiten zusammenrafften und das Weite suchten, um nicht geschnappt zu werden. Wie eine aufgescheuchte Viehherde rannten alle zur Hintertür, dicht an dicht und aufgeregt schreiend und quietschend. Ich versuchte, den Überblick zu behalten, doch immer wenn ich den Kopf hob, wurde ich angerempelt oder zur Seite gestoßen. Ein Typ, ungefähr doppelt so groß wie ich, versuchte sogar, durch mich hindurchzurennen, als sei ich gar nicht da oder nur ein Hindernis auf seinem Weg. Er donnerte so heftig gegen meine Hüfte, dass ich Matts Hand losließ. Im allgemeinen Chaos verlor ich das Gleichgewicht und ging zu Boden. Doch bevor ich zertrampelt wurde, packte mich zum Glück ein starker Arm.

»Alles okay?«, schrie Matt.

Ich nickte, völlig verdattert nach diesem Zwischenfall. Matts Gesicht war meinem ganz nah, sein Körper schirmte mich von dem Chaos um uns herum ab. Mein Herz machte einen kleinen Hüpfer, während mein Gesicht heiß und rot wurde. Seine Augen funkelten vor Entschlossenheit.

Mein linker Arm lag um seine Schulter und er hielt mich mit eisernem Griff fest. Meg hielt immer noch meine andere Hand, hatte aber nichts von meinem Beinahe-

Sturz mitbekommen. Sie starrte auf ihr Handy und las eine SMS.

»Nach oben!«, rief sie.

Matt ließ seinen Arm fallen und stellte sich vor Meg und mich, um uns vor der wild gewordenen Horde zu beschützen. Mit beiden Armen bildete er eine Art Schutzkreis um uns. Da knallte mir ein Plastikbecher an den Kopf, und ich brauchte eine Sekunde, um zu begreifen, dass es Bier war, was nun über meine Haare und mein Gesicht lief. Ich erstarrte vor Schreck. Zum Glück riss Meg mich mit einem Ruck in die Realität zurück.

»Nach oben!«, wiederholte sie. Mit großer Entschlossenheit zog sie mich auf die Treppe zu. Instinktiv griff ich wieder nach Matts Hand und er drückte meine Finger.

»Was gibt's oben?«, rief er. Da ich es selbst nicht wusste, konnte ich nur den Kopf schütteln.

»Meg, was gibt's oben?«, rief ich nach vorn, denn allmählich machte mir die Situation Angst.

Sie ignorierte die Frage und zog mich weiter. Wir hatten gerade die Treppe erreicht, als plötzlich ein Lichtstrahl über uns hinwegglitt. Die Polizei war schon im Haus! Kein Mensch hier war einundzwanzig und überall stand massenweise Alkohol herum. Das würde Ärger geben! Ich dachte an Barker und Jake und zog hektisch an Megs Hand. Obwohl ich Letzteren in letzter Zeit nicht sonderlich mochte, konnten wir ihn doch nicht im Stich lassen.

»Meg, die Jungs!«, rief ich, als wir die Treppenstufen hinaufrannten. Wir waren die Einzigen, die in diese Richtung wollten. Es war zwar schön, dem Gedränge unten zu entkommen, aber was wollten wir dort oben so ganz allein? Ich vertraute Meg, aber was sollten wir dort? Uns unter einem Bett verstecken?

»Keine Sorge«, keuchte sie mit einem beschwichtigenden Blick, der besagte: *Mit ihnen ist alles in Ordnung.* Im oberen Stockwerk war kein Mensch. Meg zog uns in Ross' Zimmer. Es war ein typisches Jungenzimmer, überall Videospiele und Essensreste. Plötzlich näherten sich Schritte und mein Herz begann zu rasen.

»Da seid ihr ja. Danke für die SMS.« Es war Jake, ohne die Tussi. Ich war heilfroh. Wir würden nicht geschnappt werden. Er war okay. »Barker ist schon weg; verziehen wir uns!«

Ich blieb mit Matt stehen, während Jake mit Meg zum Fenster rannte.

»Ich will kein Spielverderber sein«, raunte Matt mir zu, »aber wir können doch nicht fliegen.« Er zog die Augenbrauen hoch, sodass sich tiefe Falten auf seiner Stirn bildeten. Der Arme! Ein toller Einstieg in unsere Clique, dachte ich mir.

»Da steht eine Leiter«, sagte Meg, als sei das die normalste Sache der Welt. Matt und ich tauschten einen kurzen Blick, dann liefen wir zu den beiden anderen hinüber, immer noch Hand in Hand.

Jake öffnete das Fenster und wir hörten Schreie, Gekreische und Gejohle. Ich sah hinaus und begriff endlich. Seitlich am Haus gab es eine hohe Metallleiter, ausreichend weit weg von der Hintertür, den Bullen und den vielen Leuten. Sie war so angebracht, dass man sie von außen sicher kaum bemerkte. Aha, Ross schlich sich offenbar öfter mal auf diesem Weg aus dem Haus.

»Ladys first«, sagte Jake. Das trug ihm einen finsteren Blick von Meg ein, doch sie kletterte flugs aus dem Fenster und machte sich an den Abstieg. Ich war die Nächste.

»So hatte ich mir diesen Abend eigentlich nicht vorgestellt«, raunte ich ihr auf dem Weg nach unten zu. Sie sprang auf den Boden, griff nach meinem Arm und half mir runter. Das Gras war feucht von dem Regen und quietschte leise, als ich aufkam.

»Weiter!«, zischte Meg. Der Wind pfiff durch die Bäume und wehte ihr eine Haarsträhne in den Mund. Ich rannte hinter ihr her, drehte mich aber noch einmal um und sah, dass Matt und Jake ebenfalls bereits unten und nun dicht hinter uns waren. Im Schutz der Bäume rannten wir durch den Garten. Zum Glück war er nicht sehr groß und wir waren schnell am Zaun.

»Ich zuerst.« Jake spielte wie immer das Alphamännchen. Seine Haare waren noch zerzaust und selbst jetzt im Dunkeln konnte man den violetten Knutschfleck an seinem Hals sehen. Ich hätte ihn ohrfeigen können!

Jake kletterte mühelos über den Holzzaun und landete mit einem leisen Plumps auf der anderen Seite.

»Jetzt ihr«, sagte Matt leise zu Meg und mir. Der Zaun war etwas höher, als ich greifen konnte, deshalb packte er mich kurzentschlossen um die Taille und hob mich ein Stück hoch, damit ich mich oben festhalten konnte. Das Holz war feucht. Ich schwang meine Beine darüber und wurde auf der anderen Seite von Jake in Empfang genommen.

»Hab dich!«, sagte er leise und verhalf mir zu einer sanften Landung.

Ich trat zur Seite, um Meg Platz zu machen, und schließlich sprang Matt mit einem Satz auf den Boden. Wir blieben kurz reglos stehen und spitzten die Ohren, um zu hören, ob uns jemand entdeckt hatte. Nein. Sah ganz so aus, als wäre uns die Flucht gelungen. Ich atmete erleichtert aus und schloss kurz die Augen.

»Hey, Mann!«, sagte Jake und schlug Matt auf den Rücken. »Schön, dich zu sehen.«

»Hey, ja, danke«, murmelte Matt und strich sich die Haare aus der Stirn. Dann wandte er sich zu mir. »Bist du okay?«, fragte er leise und berührte mich sachte am Rücken. Seine Hand war noch feucht vom Zaun und die Berührung kitzelte auf meinem Rücken. Ich nickte, sah ihn an und zupfte meine Kleidung und meine Haare zurecht. Wir waren hinter dem Haus auf einem Gehweg, der sich an den Häusern vorbeischlängelte. Mit dem Zaun vor uns und dem Wald hinter uns blieb uns nur die Wahl: rechts oder links?

»Was jetzt?«, fragte ich. Mein Puls raste noch immer.

»Hier lang. Dann kommen wir zur Straße«, erklärte Meg und ging zielstrebig nach links.

»Woher willst du das wissen?«, fragte Jake und schob die

Hände in die Taschen. Meg sah ihn nur abschätzend an. Ich dagegen kannte den Grund: Meg war das ganze letzte Semester einmal pro Woche bei Ross gewesen, um ihm Nachhilfe in Geometrie zu geben. Da hatte sie vermutlich mitbekommen, dass es diese Leiter gab.

»Was ist mit euren Autos?«, fragte Matt.

»Die holen wir erst, wenn sich die Lage wieder beruhigt hat«, sagte ich, während immer noch Adrenalin durch meinen Körper raste. »Die ganze Straße ist auf beiden Seiten zugeparkt. Woher soll die Polizei wissen, welche Autos den Partygästen gehören und welche nicht? Ach übrigens, Matt, willkommen bei einer Party der Jefferson High. Sind aber leider nicht alle so aufregend.«

»Ich weiß nicht. Ich glaube, mein Bedarf an Beinahe-Begegnungen mit der Polizei ist damit für ein Jahr gedeckt«, sagte Matt etwas nervös. Aha, so viel Action bei einer Party war er offenbar auch nicht gewöhnt. Sein Atem ging schnell und er sah sich immer wieder um; wahrscheinlich wollte er sich vergewissern, dass wir nicht verfolgt wurden.

Wir blieben ein paar Schritte hinter Meg und Jake, die garantiert nur unseretwegen relativ nett zueinander waren. Wie ein Elternpaar, das Angst davor hat, den Kindern zu sagen, dass sie sich scheiden lassen. Wir gingen schweigend, aus Angst, jemand könnte uns hören und wir würden doch noch Ärger bekommen. Wir ließen die Nachtluft für uns sprechen. Die Grillen zirpten, was das Zeug hielt, der Wind schickte einige frische Böen vorbei. Der Wald zu unserer Rechten war dunkel, angefüllt mit Unbekanntem, genau wie der Fortgang dieses Abends. Ich war gespannt, wie es weitergehen würde.

»Na endlich«, sagte Jake, als wir in der Ferne die erste Straßenlaterne sahen.

»Hab ich doch gesagt!«, sagte Meg spitz. »Und was nun? Was gibt es hier in der Nähe?«

»Wing King?«, schlug Jake mit einem Grinsen vor.

5. JETZT

21.00 Uhr

»Ähm, ich hab ein bisschen geschwindelt«, sagt Matt, als er einen Block nach Evans Haus auf den Alafaya Trail abbiegt. Ich schaue ihn empört an. So was will ich eigentlich nicht hören, nachdem ich mit ihm von einer Party abgehauen bin.

»Über was?«

»Über den Song. Ich hab ihn nicht im Auto. Ich dachte es, aber … Okay, ich habe von Anfang an gewusst, dass ich ihn nicht dabeihabe, aber ich dachte …«

»Aha! Du willst mich also doch kidnappen.« Obwohl ich ihn dafür eigentlich ohrfeigen müsste, kann ich ihn irgendwie auch verstehen. Mit dieser Notlüge wollte er mich nur dazu bringen mitzukommen. Aber ich wäre vermutlich auch so mitgekommen, weil es sich irgendwie richtig anfühlt.

Er lacht leise, wirkt aber immer noch bedrückt; das sagen mir seine Stirnfalten. Ich frage mich unwillkürlich, was er wohl erlebt hat. Waren diese letzten Monate für ihn ebenso schlimm wie für mich? Oder gibt es einen anderen Grund für seine Kummerfältchen?

»Na ja, ein bisschen schon«, sagt er, und ich sage: »Aha! Aber du solltest wissen, dass meine Bodyguards nur darauf warten, mich aus deiner Gewalt zu befreien.«

»Kann ich mir vorstellen.« Nach einer kurzen Pause fügt er hinzu: »Hebst du jetzt auch alles mögliche Zeug vom Boden auf?«

»Nur manchmal«, schwindele ich. Diese Fundsachen sind manchmal eine gute Inspiration für eine neue Geschichte, aber hauptsächlich tue ich es, weil es mich an ihn erinnert. Alles andere, was mich an ihn erinnert, habe ich aus meinem Leben verbannt, doch immer wenn ich etwas vom Boden klaube, muss ich an ihn denken, ob ich will oder nicht. Es ist, als versuchte ich, *ihn* in diesen Dingen zu finden. »Nur wenn es gute Sachen sind.«

»So etwas wie Songtexte?« Er deutet mit dem Kinn auf den Zettel in meiner Hand.

»Klar, man kann nie wissen, ob man nicht zufällig einen Jungen trifft, der diesen Song im Auto hat«, sage ich und entlocke ihm damit ein schwaches Lächeln.

Wir schweigen für den Rest der Fahrt. Er öffnet sein Fenster und der Luftzug tut gut. Wir brauchen das Schweigen, um uns wieder aneinander zu gewöhnen, an unsere Stimmen, unsere Gerüche, unser Aussehen. Das macht es uns irgendwie leichter.

Die Einrichtung des Wing King ist aus dunklem Holz, kombiniert mit hellen Lichtern. Man fühlt sich ein bisschen an die Atmosphäre einer Gartengrillparty erinnert.

An den Wänden hängen alte Blechschilder, die für Öl, Milch und Schweinefutter werben. Nicht gerade sehr romantisch, aber früher war es unser Stammlokal.

»Ein Tisch für zwei, bitte«, sagt Matt zur Kellnerin.

Wie dreist von ihm, mit mir ausgerechnet hierher zu kommen, wo so viele Erinnerungen in uns wach werden. Ich kann sie praktisch einatmen. Die Bedienungen haben jede einzelne Phase unserer Beziehung miterlebt, von der anfänglichen Flirterei bis zu den letzten Gesprächen. Als ich ihm an einen Tisch folge – an *unseren* Tisch in die lauschige Nische in der hinteren Ecke, in der wir nicht selten unsere tollen gemeinsamen Abende einläuteten –, ertappe ich mich dabei, dass ich nervös an meinen Nägeln herumzupfe. Er will sich gerade hinsetzen, als er plötzlich stutzt und mich fragend ansieht.

»Ist es okay für dich hier?« Er wagt es kaum, mich anzusehen.

»Klar doch.« Ich setze mich hin. Für einen Rückzieher ist es zu spät. Seit wir überstürzt von dieser Party geflüchtet sind, hat sich mein Herzschlag wieder beruhigt, doch irgendwie kann ich das alles noch nicht fassen. Ich bin hibbelig und unentschlossen, was ich von dieser Situation halten soll.

»Ich habe dieses Lokal vermisst«, sagt er, und ich frage mich, was er damit sagen will.

»Das Lokal dich bestimmt auch«, sage ich flapsig und nestele an meinem Armbändchen herum. Als mir bewusst wird, was ich da gesagt habe, blicke ich kurz auf, um zu sehen, wie er es aufnimmt.

»Es ist eine Weile her.« Er sieht sich um.

»Stimmt«, sage ich leise und verkneife mir die genaue Zeitangabe. Auf den Tag genau sechs Monate ist es jetzt her. Genau sechs Monate lang war er weg. Und vor genau einem Jahr haben wir uns kennengelernt. Ob er das auch noch weiß? Ist er vielleicht deshalb ausgerechnet heute aufgetaucht, an dem Tag, an dem wir unser Einjähriges gefeiert hätten? Ob er daran gedacht hat?

Er starrt auf sein Handgelenk und lässt seine Uhr kreisen, wie immer, wenn er nervös ist. Ich beobachte ihn beklommen und weiß nicht, was ich als Nächstes sagen soll. Aber ehrlich gesagt genieße ich es irgendwie zu sehen, wie er sich innerlich windet. »Deine Haare«, sagt er schließlich, sichtlich froh, dass er ein Gesprächsthema gefunden hat. »Sind sie dunkler als früher?«

Unwillkürlich wickele ich mir eine Strähne um den Finger. Es ist so lange her, dass ich fast schon vergessen habe, dass Meg mir die Haare vor einigen Monaten schwarz gefärbt hat. Ein weiterer ihrer Versuche, mich aus meinem Tief zu holen. Neue Haarfarbe, neuer Mensch – hat sie sich vermutlich gedacht.

»Ach so, ja«, sage ich. Es gäbe so vieles zu sagen, aber es ist noch zu früh. Ich hebe den Kopf und sehe seinen Blick auf mir – nein, auf meinen Haaren ruhen. Als versuche er, im Geiste wieder meine alte Haarfarbe heraufzubeschwören, die ihm sehr viel vertrauter ist.

Ich ertappe mich dabei, dass ich ungeduldig mit den Fingern auf die Tischplatte trommele. Ich atme langsamer, um mich zu beruhigen. Verflixt, ich *will* doch mit ihm reden! Ich habe so viele Fragen. Doch es ist nicht leicht, wieder den Gleichklang von früher zu finden, als wir stundenlang miteinander geredet haben – am Telefon oder Auge in Auge –, ohne jemals ins Stocken zu geraten oder in Verlegenheit zu kommen. Ein Blick, ein Wort oder ein Nicken reichten aus, und schon wusste jeder von uns genau, was der andere hören wollte. Er wusste, dass ich Hunger hatte, wenn meine Stimme gestresst klang. Ich wusste, dass er müde war, wenn er anfing zu lispeln. Dieses Wissen ist zwar noch vorhanden, doch wir können es nicht mehr anzapfen. Ein weiterer Hinweis auf die Mauer zwischen uns, die das frühere »Wir« vom heutigen »Wir« trennt.

»Was darf ich euch bringen?«, fragt eine Kellnerin in der vorgeschriebenen Uniform: hautenges rotes Top mit tiefem Ausschnitt, schwarze Shorts und rot-weiß gestreiftes Schürzchen. Sieht total albern aus, doch die Jungs stehen darauf.

»Ähm, eine Cola?«, sagt Matt, und es klingt mehr wie eine Frage als wie eine Bestellung.

»Ich auch.« Ich blicke der Bedienung nach, als sie zur Theke geht.

»Ich habe ganz vergessen, dass wir auch was zu essen bestellen wollten«, sagt Matt mit einem nervösen Blick.

»Tut man normalerweise in Restaurants«, sage ich trocken. Ich betrachte die Tischplatte mit den vielen eingeritzten Sprüchen und Initialen, über die wir uns früher so oft lustig gemacht haben. Das falsch geschriebene

Schimpfwort (wer kann so blöd sein?) und die beiden Herzchen mit PG und TA. Diese beiden müssen irgendwann geglaubt haben, ihre Liebe sei stärker als alles andere und würde nie enden. Ob es ihnen vergönnt war? Sind sie immer noch zusammen? Wir haben uns oft gefragt, was wohl aus ihnen geworden ist – ob sie sich immer noch lieben oder inzwischen Schluss gemacht haben. Ich weiß, die Chancen sind gering, dass sie immer noch zusammen sind, aber ich wünsche es ihnen. Der Anblick ihrer hastig eingeritzten Initialen ermutigt mich, unsere Unterhaltung fortzusetzen. Ich spüre, dass auch Matt reden will, sich aber nicht traut. Ich muss ihm auf die Sprünge helfen, ihm ein Stichwort geben, damit er anfangen kann. »Du bist also wieder da«, sage ich – nicht gerade die intelligenteste Aussage, ich weiß.

»Ja«, sagt er erleichtert. »Es ist ein schönes Gefühl, endlich mal irgendwo Wurzeln zu schlagen, weißt du, nach dem Zigeunerleben, das ich immer geführt habe.« Matts Vater arbeitet bei der US-Luftwaffe und repariert Computer und anderes technisches Zeug, und immer wenn er einen Auftrag erledigt hat, zieht er mit seiner ganzen Familie in eine neue Stadt, einen anderen Bundesstaat und manchmal sogar in ein anderes Land. Dieses ständige Herumziehen hat natürlich den Vorteil, wie Matt sagte, dass er schon viel von der Welt gesehen und Fremdsprachen gelernt hat. Die Kehrseite der Medaille ist, dass er nie so etwas wie eine Heimat hatte.

»Du willst also das ganze Studium über hierbleiben?«,

frage ich, wage aber nicht, darüber nachzudenken, was das bedeutet.

»Ja, hab ich vor. Außer ich mache irgendeinen Blödsinn. Tu ich ja manchmal, wie du weißt«, sagt er, wobei er mir in die Augen sieht, und ich *spüre,* dass er mir damit etwas durch die Blume sagen will. Mal sehen, wohin das führt.

»Stimmt, ist nicht ungewöhnlich für dich.«

»Ich weiß.« Er verstummt.

»Und warum ausgerechnet hier?«, frage ich. Ich lasse die Befragung langsam angehen und hoffe, dass er mitzieht und auch auf Fragen antwortet, die ich gar nicht stelle.

»Ähm, keine Ahnung«, sagt er und blickt sich um, als stünde irgendwo ein akzeptabler Grund geschrieben. »Ich war zwar nicht lange hier, doch ich habe mich … fast wie zu Hause gefühlt. Was bei mir nicht oft der Fall ist, wie du weißt.«

»Ja«, sage ich und frage mich, was er mit »zu Hause« meint.

»Und wie sieht's bei dir aus? Was machst *du* so?«

Ich lasse mir etwas Zeit mit meiner Antwort. Er weiß nicht, dass ich bald weggehe. Soll ich es ihm jetzt gleich sagen? »Ich will immer noch Kreatives Schreiben studieren«, sage ich stattdessen, etwas Beruhigendes, ein unverfängliches Gesprächsthema. Ich bin nicht verpflichtet, ihm zu sagen, dass ich weggehen und einen Neuanfang machen will, weil ich die Gegend satthabe und wegen allem, was passiert ist. Noch nicht gleich zumindest.

»Schreiben war schon immer dein Ding«, sagt er, und ich nehme es mit einem Lächeln zur Kenntnis.

»Danke. War nicht ganz leicht, meine Eltern davon zu überzeugen, dass Jura nichts für mich ist. Doch sie haben sich inzwischen damit abgefunden.«

»Ich kann mir dich nicht als Anwältin vorstellen.«

»Nicht wahr? Ich wäre eine Katastrophe.« Ich kichere und denke wehmütig daran zurück, wie schön es früher war, als wir uns mühelos die Bälle zuspielten. »Und du? Träumst du immer noch von einem eigenen Tonstudio?«

»Ja, schon. Deshalb studiere ich auch BWL im Hauptfach und Musik im Nebenfach. Damit ich von beiden Fächern Ahnung habe.«

»Was macht man bei Musik im Nebenfach? Muss man ›Mary had a Little Lamb‹ spielen können?«, frage ich spöttisch.

»Nein, schwieriger, ein anderes Kinderlied: ›Hot Cross Buns.‹« Wir lachen erneut und diesmal sehen wir uns dabei an. Eine gewisse Spannung ist noch da, doch sie ist nicht mehr so heftig.

Die Kellnerin bringt uns die Getränke und wartet auf unsere Bestellung.

»Teilen wir uns einen Teller Chicken Wings in Honig? Wie früher?« Diesmal fragt er *mich,* nicht sie. Das haben wir oft bestellt. Ich nicke. »Und … was macht Meg so?«

Diese Frage bringt mich wieder auf Abstand. Wie Meg so treffend sagte: Er wüsste es, wenn er mit uns in Kontakt geblieben wäre. Dann müsste er jetzt nicht fragen, was seine früheren Freunde machen. Doch ich verkneife mir jeden Kommentar und sage nur: »Ihr geht es gut. Du kennst sie ja.«

»Stimmt. Ist sie immer noch so ein verrücktes Huhn?« Er lächelt.

»Ja, zum Glück.« Ich bemühe mich, sein Lächeln zu erwidern.

»Und … Jake?«

Tja, damit hatte ich gerechnet. Jake war stinksauer, als Matt wegging. Logisch – sie waren dicke Freunde. Und er bekam so wenig eine Erklärung wie ich. Jake wusste nicht, ob er Matt umbringen wollte oder ihn aufspüren und zur Rede stellen sollte. Bis er dann erfuhr, wo Matt steckte. Nach außen hin tat er zwar so, als mache es ihm nichts aus, doch ich habe es ihm angemerkt. Wir alle.

»Im Moment ist er bei einer Tonaufnahme mit Barker und … dem neuen Bassisten«, sage ich und weiß, dass ihm das einen Stich versetzen wird. Hat er verdient. Als er damals verschwand, wusste er, dass noch einige Gigs anstanden und die Band sich folglich umgehend nach einem Ersatzmann umsehen musste. Der Neue ist bei Weitem nicht so gut wie Matt, doch weil sie gut im Geschäft sind und immer mehr Engagements bekamen, blieb er in der Band.

»Ach ja, hab ich vergessen. Ich meine, natürlich mussten sie einen Ersatz für mich finden. Ich hab's nur … nicht gewusst. Freut mich aber, dass sie so erfolgreich sind. Na ja, Jake ist echt gut.«

»Ja, er hat seine guten und seine schlechten Seiten.«

»Wie meinst du das?«

»Er hat echt Talent und auch viele gute Ideen, nur mit dem Durchhalten ist es nicht so sein Ding. Ist in letzter Zeit noch schlimmer geworden.«

»Stimmt, jetzt erinnere ich mich.«

»Dass sie jetzt diese Aufnahme machen, ist allein Barker zu verdanken. Doch der geht am Ende des Sommers nach Chicago.«

»Ach ja?«

»Ja, aufs College. Er ist schon sehr aufgeregt. Ich glaube, es ist das Richtige für ihn.«

»Und Gabby?«

»Die geht natürlich mit.«

»Wundert mich nicht. Ich dachte sowieso, sie wären inzwischen verheiratet und hätten sieben Kinder.«

»Ja, nicht wahr? Na ja, aber wenn Barker weg ist, ist keiner mehr da, der Jake ab und zu mal in die Eier tritt. Der neue Bassist taugt nicht viel, und ich glaube, er verschwindet auch bald. Jake bleibt natürlich. Aber hier, mitten in Florida, kann man es nicht weit bringen.«

»Höchstens als Boygroup«, wirft Matt ein. »Und was ist mit Meg?«

»Sie bleibt auch hier.«

»Sind sie noch …?«, fragt er.

»Das ist eine lange Geschichte.« Ich denke daran, wie oft die beiden schon Schluss gemacht und sich wieder versöhnt haben. Könnte ich gar nicht. Ich könnte nie davon ausgehen, dass eine Beziehung eventuell nur vorübergehend ist. Ich habe bis heute nicht begriffen, wie Meg das hinkriegt. Wenn ich von Anfang an gewusst hätte, dass Matt nur für ein paar Monate hier ist, hätte ich garantiert nichts mit ihm angefangen. Oder vielleicht doch.

»Sie haben mir gefehlt. Weißt du, ich habe nicht mehr Bass gespielt, seit ich weggegangen bin«, sagt er und lässt den Blick durchs Lokal schweifen.

»Sie haben dir gefehlt?«, frage ich, lege den Kopf schief und merke, dass mein Gesicht heiß wird. »Du hättest dich melden können, bei ihnen, meine ich.« *Bei mir.*

»Ich weiß.« Er sieht nach unten, und ich merke, dass es ihm gar nicht behagt, dass ich es angesprochen habe. Dabei hatte unsere Unterhaltung so gut angefangen. »Es war … ziemlich kompliziert.«

»Zu kompliziert, um mal kurz anzurufen?«, sage ich und wappne mich für seine Antwort. Doch da meldet sich plötzlich mein Handy. Es ist Meg. Matt sieht es auch.

»Du solltest …«

Ich nehme mein Handy und gehe nach draußen. »Hallo, Meg.«

»Wo bist du?«

»Im Wing King. Mit Matt.«

»Spinnst du?! Was macht ihr dort?« Sie brüllt fast. Im Hintergrund ist zu hören, dass die Party weitergeht, ohne mich und mein Drama.

»Er wollte irgendwo in Ruhe mit mir reden. Und *du* hast gesagt, ich solle mir von ihm ein paar Antworten holen«, rufe ich ihr in Erinnerung.

»Ja, aber ich wollte nicht, dass du mit ihm *abhaust.* Was, wenn etwas passiert?«

»Was sollte denn passieren? Dass er sich aufregt und laut seufzt? Wir reden von Matt, okay? Er ist nicht gerade gemeingefährlich, oder?«

»Ach was, *das* meine ich auch nicht.« Obwohl sie nicht da ist, kann ich fast körperlich spüren, wie sie mich anschubst, damit ich kapiere, was sie meint.

»Ich habe nicht vor, mit ihm rumzuknutschen, falls du *das* meinst.«

»Gut, denn dann würdest du echt Ärger mit mir kriegen.«

»Hilfe.« Ich drehe den Kopf und sehe Matt hinter dem Fenster in der Ecke sitzen. Er starrt auf sein Handy, und ich frage mich, was er da sieht.

»Pass auf dich auf. Und lass von dir hören, okay?«

»Mach ich«, verspreche ich, ohne Matt aus den Augen zu lassen. »Was macht Jake?«

»Der ruft dich wahrscheinlich auch bald an«, warnt sie mich.

»Glaube ich auch. Du, ich muss wieder rein.«

»Verstehe.« Sie seufzt. »Also, hol dir deine Antworten und komm wieder her.«

»Mach ich«, sage ich erneut und lege auf, nachdem ich mich verabschiedet habe. Ich sehe wieder zu Matt hinüber, und mein Herz macht einen Satz wie früher, wenn ich ihn sah. Ich *werde* auf mich aufpassen.

Ich gehe wieder hinein. Matt blickt mir entgegen und ich sehe seine Mundwinkel zucken.

»Wollte Meg sich vergewissern, dass ich dir nichts angetan habe?«, witzelt er, um die Situation zu entschärfen. Ich lächele ihn beruhigend an.

»So ähnlich.« Ich setze mich wieder zu ihm.

»Eure Chicken Wings.« Die Kellnerin stellt den Teller ab und beendet damit unsere frühere Unterhaltung. Wir können nicht mehr zurück.

Wir teilen uns das Essen und schweigen derweil, doch meine letzte Frage, direkt vor Megs Anruf, spukt mir noch im Kopf herum.

»Ich bin froh, dass du hier bist. Bei mir, meine ich«, sagt Matt irgendwann und sieht mich an. Ich fange seinen Blick auf und weiß wieder mal nicht, ob ich ihn ohrfeigen oder küssen möchte. Denn ich freue mich auch, mit ihm zusammen zu sein, aber ich hasse ihn gleichzeitig dafür, dass ich mich freue. Deshalb nicke ich nur mit einem traurigen Lächeln und sehe wieder auf den Teller.

»Ich weiß, ich habe es nicht verdient«, räumt er ein, was mich veranlasst, ihn wieder anzusehen. Es ist das erste Mal, dass er zugibt, einen Fehler gemacht zu haben, und somit bestätigt, dass ich im Recht bin. Ich öffne den Mund, um etwas zu sagen, doch als ich den Ketchup-Kleckser an seiner Nase sehe, muss ich grinsen. »Was ist?«, fragt er.

»Deine Nase«, sage ich und zeige auf sein Gesicht. Irritiert fasst er sich an die Nase und schmiert sich noch mehr Ketchup ins Gesicht. Jetzt ist er ganz mit orangebrauner Glibbersauce verschmiert und ich muss lauthals lachen.

»Oh, du findest es witzig?«, fragt er grinsend und

schmiert mir kurzentschlossen auch einen Tupfer auf die Nase.

»Hey!«, rufe ich übertrieben empört und mache mich bereit, mich zu rächen.

»Untersteh dich! Ich habe hier eine ganze Flasche von dem Zeug, das verschmiert werden kann«, droht er mir. Doch ich lasse mich nicht einschüchtern, greife blitzschnell über den Tisch und wische meine Finger an seiner Wange ab. »So!« Er hält mein Handgelenk fest, und während ich versuche, meine Hand wegzureißen, will er mir mit seiner freien Hand noch mehr Ketchup ins Gesicht schmieren. Als seine Hand meine Wange berührt, schlage ich sie weg. Mitten in unserem kindischen Handgemenge zieht er plötzlich meine Hand an seine Lippen und küsst meinen Daumen.

Ich zucke zusammen, als hätte ich einen Stromstoß bekommen. Er lässt mich los und lehnt sich zurück. Sein Gesicht ist ausdruckslos. Mit Schrecken sehe ich, dass fast alle anderen Gäste herüberstarren.

»Entschuldige«, sagt Matt leise.

»Schon gut.« Ich nehme die Serviette und wische mir das Zeug aus dem Gesicht. Die Vergangenheit wegwischen. Wie konnten wir so albern sein?

Wir essen schweigend und hochkonzentriert weiter. Unsere Berührung hat alle Worte davonfliegen lassen. Eine einfache Berührung, die früher völlig natürlich gewesen wäre, hat jetzt etwas Verbotenes, etwas fast Unaussprechliches. Und trotz allem möchte ich diesen Funken zwischen uns erneut spüren – sehen, was dahintersteckt.

Nach gefühlten zwei Stunden kommt endlich die Rechnung. »Ich zahle!«, sagt er und schnappt sich den Zettel. Früher hat er immer bezahlt, doch heute fühlt sich das nicht richtig an. »Au Mist.« Er wird blass.

»Was ist?«

»Ich glaube, ich habe mein Portemonnaie zu Hause gelassen«, sagt er kleinlaut.

»Oh, kein Problem.« Ich zucke die Schultern und nehme ihm die Rechnung aus der Hand.

»Nein, das geht nicht …«

»Na klar, Matt! Lass mich bezahlen«, sage ich und lege das Geld auf den Tisch. Er vergräbt den Kopf in den Händen. Er wirkt … gekränkt. Mir wird klar, dass damit sein ganzer Plan ins Wasser fällt. Er wollte mich ausführen und zum Essen einladen. Wollte er mich vielleicht sogar zurückerobern?

»Danke«, murmelt er.

Als ich aufstehe, höre ich ihn leise sagen, das hätte er nicht verdient. Ich sehe ihn fragend an: »Hast du etwas gesagt?«

Er lässt die Hände sinken und schüttelt den Kopf. Er sieht so traurig, so hilflos aus. Wo ist seine draufgängerische Art geblieben, sein Charme? Auf dem Weg zu seinem Auto will ich gerade etwas sagen, doch er kommt mir zuvor.

»Ich weiß, es ist eine peinliche Situation im Moment. Das würde ich aber gern ändern. Hast du … ähm … vielleicht Lust, den Rest des Abends mit mir zu verbringen?«

Er wirkt so zerknirscht, dass ich es kaum ertrage. Er

blinzelt mich an, seine Haare sind verstrubbelt. Er klammert sich so verzweifelt an diesen Strohhalm, dass ich es nicht über mich bringe, ihm einen Korb zu geben. Denn eines steht fest: Ich will auch nicht, dass der Abend schon vorbei ist.

»Gern«, sage ich und freue mich über sein erleichtertes Lächeln. »Und was schlägst du vor?«

»Wie wär's mit … mit einer Nacht, in der wir Ja sagen.« Ein Punkt, kein Fragezeichen. Es gibt nichts zu diskutieren. Ich nicke, denn ich weiß genau, was er meint. Ich weiß genau, was jetzt kommt.

6. DAMALS

21.20 Uhr

Drinnen war es hell. Es dauerte eine Minute, bis sich meine Augen nach dem Halbdunkel auf der Straße daran gewöhnt hatten. In dem Lokal war es so voll wie auf der Party, von der wir gerade geflüchtet waren; alle redeten und keiner hörte zu. Kellnerinnen in den knappsten Uniformen, die ich je gesehen hatte, flitzten durch den Raum und nahmen die Bestellungen entgegen von Gästen, deren Augen weniger in ihr Gesicht sahen, als vielmehr an ihrem Busen hingen. Der Geruch von Frittieröl hing in der Luft, und ich konnte fast spüren, wie er sich an meine Haut heftete.

»Wo sind wir *hier* gelandet?«, flüsterte ich Meg naserümpfend zu.

Sie verdrehte die Augen. »Jakes Lieblingslokal. Kein Wunder.« Jake beobachtete die Kellnerinnen so intensiv, wie Sportfans ein Spiel verfolgen. Seine Augen huschten hektisch hin und her, als hätte er Angst, etwas zu verpassen, wenn er nur blinzelte. Matt stand neben mir und trat von einem Bein auf das andere.

»Nach hinten?«, fragte Jake. Wir nickten und folgten ihm zu einer Nische in der hinteren Ecke. Der Tisch war aus massivem dunklen Holz und mit Gekritzel und eingeritzten Botschaften übersät. Jake setzte sich als Erster und rutschte bis zum Ende der Bank. Wir anderen blieben stehen und wussten nicht recht, wer sich wohin setzen sollte. Schließlich setzte Matt sich zu Jake, sichtlich froh darüber, dass er wenigstens einen von uns schon etwas kannte. Meg nahm gegenüber von Jake Platz, sodass ich gegenüber von Matt landete. Er spielte mit seiner Uhr herum und ließ sie in einer Tour um sein Handgelenk kreisen.

»Das war ja echt lustig!«, sagte Jake und lehnte sich zurück. Er wirkte so entspannt, dass kein Mensch auf die Idee gekommen wäre, er wäre gerade vor der Polizei geflüchtet. Aber so war Jake eben. Er war der Typ, der auch nachts mit einer Sonnenbrille herumlaufen konnte und dem man es durchgehen ließ. Er war groß und muskulös und sah mit seinen Grübchen echt süß aus. Wenn er ein Mädchen mit seinen tiefblauen Augen ansah und ihr dann noch schöne Worte machte, wurden die meisten schwach. Ich erinnerte mich an die drei Mädchen aus einer Studentinnenverbindung, die ganz hin und weg von ihm gewesen waren, nur weil er ihnen den Text eines selbst geschriebenen Songs vorgetragen hatte. Gut, mit ihrer Begeisterung war es schnell vorbei gewesen, als er ihnen eine Runde Nacktbaden vorgeschlagen hatte, doch obwohl er sich oft wie ein Vollpfosten benahm, war er nicht wirklich arrogant; dank seines einnehmenden Wesens fühlte man sich in seiner Gesellschaft irgendwie wohl … manche – zum Beispiel Meg – etwas *zu* wohl.

»Ja, total lustig. Rennst du neuerdings öfter von Partys weg?«, fragte Meg etwas spitz.

»Nö, nur von den lustigsten«, erwiderte Jake mit einem breiten Grinsen und zwinkerte ihr zu.

»Hey, wo ist deine Freundin abgeblieben?«, fragte Matt, der natürlich nicht ahnen konnte, dass er damit voll ins Fettnäpfchen trat. Erschrocken blickte ich zu Meg.

»Wer? Och, weiß nicht«, antwortete Jake, ohne Meg anzusehen.

»Sie sah … ganz gut aus«, steuerte Meg bei, um ihn wissen zu lassen, dass sie sie zusammen gesehen hatte.

»Man muss nicht gut aussehen, um eine gute Gesellschaft zu sein«, antwortete Jake, diesmal eindeutig an Meg gerichtet.

»Seht nur, hier steht, dass PG und TA sich lieben«, sagte ich und deutete auf zwei Herzchen in der Tischplatte. Meine Anmerkung wurde mit Schweigen quittiert; keiner war bereit, auf meinen verzweifelten Versuch, das Thema zu wechseln, einzugehen.

»Und hier steht, dass U.R. doff ist – falsch geschrieben. Witzig, dass der Schreiber dieser Botschaft jemanden ›doof‹ nennt, obwohl er selbst nicht mal das Wort schreiben kann«, sagte Matt schließlich und fuhr mit dem Finger über die Inschrift. Ich lächelte ihn an und war dankbar, dass er mich unterstützen wollte.

»Himmel, genug der Peinlichkeit«, sagte Meg schließlich. Sie sah Matt an. »Jake und ich waren früher mal zusammen. Wie gesagt *früher*, jetzt nicht mehr.« Sie zwang sich zu einem schiefen Lächeln. »Daher Ellas genialer Versuch, das Thema zu wechseln.«

»Ah …«, sagte Matt betreten. »Verstehe.« Ich biss mir auf die Unterlippe und hätte gern etwas beigesteuert, um die Situation zu entschärfen, doch mir fiel beim besten Willen nichts ein. Rein gar nichts. »Ich war mal mit einem Mädchen zusammen, das mit seiner Katze geredet hat.«

»Na und? Tun doch viele Leute«, sagte Meg. Ich stieß sie an und hoffte, sie würde diesen Wink mit dem Zaunpfahl verstehen, gefälligst etwas entgegenkommender zu sein. Matt gab sich ja wirklich Mühe.

»Ja schon, aber sie hat behauptet, die Katze würde ihr auch antworten. Sie könne sich richtig mit ihrer Katze unterhalten. Die Katze würde ihr sagen, was sie von ihren Klamotten hielt, und von den Typen, mit denen sie ging«, erklärte Matt. Er gestikulierte viel beim Reden.

»War sie hübsch?«, fragte Jake. Da ich die Antwort gar nicht erst hören wollte, mischte ich mich schnell ein.

»Was ist passiert?«

»Ihre Katze mochte mich nicht. Sie hat ihr geraten, mit mir Schluss zu machen.«

»Wie bitte?!« Meg kriegte sich nicht mehr ein.

»Ja. Allerdings wollte ich da auch bereits Schluss machen, denn sie hatte definitiv einen Knall, aber sie kam mir zuvor. Oder sagen wir besser, ihre *Katze* kam mir zuvor.«

Ich lachte über diese verrückte Geschichte und er sah mich an. In diesem Augenblick wusste ich, dass er bald zu unserer Clique gehören würde. »Das ist ja fast so gut wie Ellas Geschichte übers Schlussmachen«, sagte Jake, und ich sah ihn erschrocken an. Verflixt, vielleicht war es mir ja gar nicht recht, dass Matt jetzt schon erfuhr, wie peinlich meine erste richtige Beziehung zu Ende gegangen war! Ich merkte, dass ich feuerrot anlief.

»Was ist?«, fragte Jake, unsensibel wie er war.

»Mann, Jake!«, stöhnte Meg.

»Was ist passiert?«, erkundigte sich Matt besorgt.

»Ähm …«, stammelte ich. »Na ja …« Himmel, ich musste es ihm wohl oder übel erzählen. »Also, ein Typ hat mit mir Schluss gemacht.« Ich schaute zuerst auf den Tisch, doch dann hob ich den Kopf wieder und sah Matt an. Sein Gesicht war so … *verständnisvoll.* Als könnte ihn nichts vom Hocker hauen, egal was ich auch sagen würde. Deshalb fuhr ich fort: »Er, ähm … er hat mir den Vorschlag gemacht, darauf abzuklatschen, dass wir in Zukunft gute Freunde sind.« Dass er mich davor betrogen hatte, ließ ich lieber weg. Das musste Matt noch nicht wissen. Ich selbst verdrängte diesen Teil ja auch lieber.

»Was!?« Matt prustete los. Aber nicht so, dass ich mich ausgelacht fühlte, sondern so, als wollte er sagen: *So ein Scheißkerl.*

»Bitte sag nicht, dass du mit ihm abgeklatscht hast!«, sagte er stattdessen.

»Nein, ich hab mich umgedreht und ihn stehen lassen.

Mal ehrlich, was kann man in so einer Situation anderes machen?«

»Ihm eine knallen?«, schlug Meg vor.

»Du vielleicht«, kommentierte Jake.

»Du kannst dir nicht vorstellen, wie oft die zwei hier sich immer noch darüber amüsieren«, sagte ich zu Matt.

»Jake! Schön, dich wiederzusehen!« Ich drehte den Kopf und sah eine Kellnerin an unserem Tisch, die sich vor Freude fast überschlug. Sie war etwa in unserem Alter, strahlte über das ganze Gesicht und hatte ihre schwarzen Haare auf dem Kopf zu einem kompliziert aussehenden Knoten zusammengebunden. An ihren zarten Handgelenken baumelten Unmengen von Armreifen, und ich fragte mich unwillkürlich, wie sie damit volle Tabletts herumtragen konnte. Meg und ich sahen uns an und Meg verdrehte die Augen.

»Hey, Elise«, sagte Jake mit einem Grinsen.

»Was darf ich euch bringen?«, fragte das Mädchen mit einem schleppenden Südstaatenakzent.

Da ich immer noch einen schalen Biergeschmack im Mund hatte, entschied ich mich für Mineralwasser. Die anderen ebenfalls. Jake bestellte »das Übliche«. Nach einem letzten verklärten Blick auf Jake drehte sich das Mädchen um und tänzelte zum nächsten Tisch weiter.

»Das Übliche?«, hakte Meg nach.

»Ich bin hier quasi zu Hause«, sagte Jake und wandte sich wieder an Matt. »Erzähl, wie gefällt es dir hier bis jetzt?« Offensichtlich wollte er das Thema wechseln.

»Ganz gut, danke.«

»Von wo bist du hergezogen?«, fragte ich.

»Italien.«

»Wow, Italien! Warum bist du von dort weg?«, fragte ich, da ich augenblicklich herrliche Landschaften und Städte vor mir sah und an superleckere Pasta-Gerichte dachte. Im Gegensatz zu mir war er offenbar schon viel herumgekommen.

»Mein Vater ist bei der Armee, deshalb ziehen wir dauernd um. Eigentlich bin ich nie länger als ein Jahr an einem Ort.« Unwillkürlich zog ich die Stirn kraus, weil mir klar wurde, dass er dann sicher auch nicht lange hierbleiben würde. »Aber ich gebe die Hoffnung nicht auf. Ich hoffe ständig, dass ein Job verlängert wird, damit ich mal was anderes als provisorische Möbel in meinem Zimmer habe.«

»Muss ätzend sein«, sagte Meg.

»Ja, ist nicht einfach, aber natürlich auch interessant, so viel von der Welt zu sehen«, sagte er in einem Tonfall, als müsse er eher sich selbst als uns davon überzeugen.

»Mir würde so ein Leben gefallen«, sagte Jake. »Jedes Jahr ein Neuanfang und neue Leute.« Er trommelte mit den Fingern auf den Tisch, als wären sie Drumsticks.

»Manchmal macht es Spaß. Aber es ist gar nicht so einfach, neue Leute kennenzulernen. Klingt vielleicht lahm, doch aus diesem Grund habe ich angefangen, Bassgitarre zu lernen. Ich hoffte, dadurch schneller Kontakte zu knüpfen. Schließlich braucht jede Band einen Bassisten, nicht wahr?« Er zuckte die Schultern und ich fand ihn total süß. Aber so oft umzuziehen wie er, konnte ich mir echt nicht vorstellen. Ich hatte mein Leben lang hier in Orlando gewohnt. Hier waren meine Freunde, die ich teilweise seit dem Kindergarten kannte. Wie hätte ich sie verlassen können?

»Die White Stripes nicht«, gab Jake zu bedenken. Matt wollte etwas einwenden, doch dann machte er den Mund wieder zu. Ich sah Jake kopfschüttelnd an. »Was ist? Stimmt doch! Sie brauchen wirklich keinen Bassisten«, wiederholte er.

»Na ja, wir freuen uns, dass du hier bist«, versuchte ich Matt wieder aufzubauen.

»Himmel, ja«, sagte Jake fröhlich, als hätte er seine blöde Bemerkung schon vergessen. »Und dass du auf gute Musik stehst.« Er wandte sich an Meg und mich. »Der Junge hier spielt echt klasse, um Längen besser als unser letzter Bassist.«

»War der so mies?«, fragte Matt.

»Na ja, grottenschlecht war er nicht gerade, aber er hat auch nicht gerockt«, erklärte Jake.

»Verstehe.« Matt rang sich ein Lächeln ab.

Mit einem weiteren koketten Augenaufschlag in Jakes Richtung kamen unsere Getränke an. Jakes »Übliches« entpuppte sich als eine harmlose Cola. Als die Kellnerin fragte, was wir zu essen bestellen wollten, merkten wir erst, dass wir noch nicht mal in die Speisekarte geschaut hatten.

»Chicken Wings?«, schlug Jake vor.

»Oh nein! Die isst du uns nur wieder alle weg«, sagte Meg.

»Bin immer noch der Champion, stimmt's, Elise? Siebzig auf einen Schlag.«

»Widerlich«, sagte Meg.

»Ach, du fandst es doch immer gut und hast mich angefeuert.« Es war das erste Mal, dass Jake auf ihre frühere Beziehung anspielte. Meg suchte verzweifelt nach einer schlagfertigen Bemerkung – ich konnte förmlich sehen, wie sich die Zahnrädchen in ihrem Gehirn drehten –, doch dann ließ sie es bleiben. Vielleicht wollte sie sich die Erinnerungen nicht vermiesen.

»Chicken Wings für alle«, sagte Jake. »Hmm, das wird lecker.« Ich war heilfroh, dass er wieder friedlich war und das Kriegsbeil stecken ließ. Ich hasste seine Sticheleien Meg gegenüber, denn sie machten die Situation zwischen ihnen nur noch heikler. Ich spielte zwar oft den Schiedsrichter, aber bestimmt nicht gern.

»Ach übrigens, wo ist Barker abgeblieben?«, fragte ich, sobald die Kellnerin wieder weg war.

»Er war mit Gabby im Garten, als die Bullen kamen«, sagte Jake. »Er rief mich an und dann hab ich Meg die SMS geschickt.«

»Und ich habe zurückgeschrieben, er solle mit nach oben kommen«, erklärte Meg, und ich sah sie an und begriff, woher Jake gewusst hatte, dass wir oben in Ross' Zimmer waren. Jake hätte zusammen mit seiner neuen Freundin weglaufen können, doch er kam zu *uns.* Meg biss sich auf die Lippen und wich meinem Blick aus.

»Ich frage mal nach«, sagte ich und zückte mein Handy.

Alles okay?

Eine Sekunde später traf seine Antwort ein.

Ja. Bin bei G. Blöde Bullen!

»Barker ist okay, er ist bei Gabby«, erklärte ich den anderen.

»Gabby ist seine ...?«, fragte Matt.

»Seine Freundin«, bestätigte ich.

»Ist Barker sein Vor- oder sein Nachname? Hab ihn nicht gefragt.«

»Nachname. Aber wir haben ihn schon immer so genannt«, erklärte ich. »Zu doof, dass euer Auftritt ins Wasser gefallen ist.«

»Ja, vor allem weil es mein erster Auftritt mit der Band gewesen wäre«, sagte Matt.

»Es gibt noch weitere Gigs, glaub mir!«, versicherte ihm Jake grinsend.

»Schon einer in Aussicht?«, fragte ich.

»Hör mal, du kennst uns doch. Wir haben ruckzuck das nächste Engagement.«

»Sagt der Typ, der gerade erst einen neuen Bassisten gefunden hat«, spöttelte Meg.

Wenige Minuten später kam unser Essen. Als die Teller leer waren, lehnten wir uns zufrieden zurück.

»So, was nun?«, fragte Jake und rieb sich den Bauch. Er hatte einen Klecks Grillsauce am Kinn, was echt süß aussah. Jake konnte ziemlich egoistisch sein, doch wenn er nett sein *wollte,* weil er sich einen Nutzen davon erhoffte, gab er einen so perfekten Typen ab, dass es immer guttat, auch ein paar unvollkommene Züge an ihm zu sehen.

»Wir können das Ganze nicht als den Abend enden lassen, an dem wir von einer Party fliehen mussten. Machen wir daraus den Abend, an dem wir …«, begann ich und hoffte, dass einer der anderen einen brauchbaren Vorschlag machen würde.

»… in eine Bar gehen?«, schlug Jake vor.

»Hä? Wie sollte das gehen? Keiner von uns ist volljährig«, sagte Meg.

»Wie wahr!«, antwortete er.

»… zum Bowling gehen?«, sagte ich, wohl wissend, dass keiner darauf eingehen würde.

»Dauernd kommst du mit diesem blöden Bowling an!«, maulte Jake und verdrehte die Augen.

»Ich gehe gern bowlen!«

»… nackt schwimmen gehen!«, rief Jake triumphierend.

»Mannomann, ist schon mal jemandem aufgefallen, dass Jake immer mit denselben blöden Ideen ankommt?«, brummte Meg.

»Mach *du* doch einen Vorschlag!«, konterte Jake.

»Oh, hey, wie wär's damit?«, unterbrach Matt ihr Geplänkel. »An meiner letzten Schule in Italien erklärten wir einen Abend zum Abend des Jasagens. Sprich: Jeder durfte etwas vorschlagen, und wenn es einigermaßen akzeptabel war, mussten alle anderen mitmachen. Es war irgendwie … befreiend.«

Wir anderen dachten kurz über Matts Vorschlag nach und ich zwinkerte Meg zu. Normalerweise stand ich nicht auf solche Spielchen, doch aus irgendeinem Grund fand ich die Idee aufregend. Eine verrückte Nacht war genau das, was ich brauchte, nach Nick und allem anderen.

»Die Nacht, in der wir Ja sagen«, verkündete Jake. »Genial! Also, dann schlage ich jetzt vor, dass wir nackt schwimmen gehen!«

7. JETZT

21.40 Uhr

Nach dem Wing King fahren Matt und ich zu Shop & Shop – einem kleinen Laden mit einem albernen Namen, dessen Besitzer sich bei der Namensgebung offensichtlich keine große Mühe gegeben hatten. Der Parkplatz ist leer. Wir hätten natürlich in den Supermarkt gehen können, doch dort kennt man uns, und wenn man als Minderjähriger Alkohol kaufen will, geht man besser in einen Laden, wo sie keinen Ausweis sehen wollen.

»Ein Glück, dass ich den im Auto habe und nicht im Portemonnaie mit mir herumtrage«, sagt Matt und reicht mir seinen gefälschten Ausweis.

»Du siehst Chris inzwischen noch ähnlicher«, sage ich nach einem Blick auf den alten Führerschein seines großen Bruders. Auf den ersten Blick sehen sie sich wirklich ähnlicher als noch vor einem Jahr, doch bei genauerem Hinsehen bemerkt man ein paar Unterschiede. Sie haben beide blaue Augen und dunkle Haare, doch das Gesicht seines Bruders ist glatt, während Matt ein paar Kummerfältchen hat. Ich habe seinen Bruder nie getroffen, da er schon im College war, als Matt hierherzog. Doch ich weiß, dass sie sich sehr nahestehen. Ob Matt ihm von mir erzählt hat?

»Kann sein«, sagt Matt, nimmt den Führerschein zurück und steckt ihn in seine Hosentasche. Einen Moment lang wirkt er irritiert, doch das geht schnell vorbei.

»Alles okay?«, frage ich und habe das Gefühl, dass mein Kommentar irgendwie unpassend war. Komisch, Matt hat doch immer gern über seinen Bruder geredet.

»Klar doch«, sagt er hastig. »Und du? Bist du immer noch Bertha?« Er spielt auf den gefälschten Ausweis an, den Jake mir besorgt hatte, weil Matt und ich die Einzigen waren, die nicht in die Clubs reinkamen. Von da an war Matt sein älterer Bruder und ich war Bertha, ein unbekanntes Mädchen, das ungefähr zwölf Zentimeter größer und hundert Pfund schwerer war als ich. Doch mit Bertha kam ich immer durch.

Ich schmunzele. »Leider nein. Ich hab sie in Rente geschickt, nachdem meine Cousine mir ihren Ausweis gegeben hat. Ihr sehe ich wesentlich ähnlicher als der dicken Bertha.«

»Gut«, sagt Matt seufzend und starrt auf sein Lenkrad. »Warst du mit dem neuen Ausweis schon mal hier?«

Matt und ich haben unsere Ausweise damals auch im Shop & Shop getestet und kamen problemlos damit durch. Nachdem er weg war, bin ich nie mehr hergekommen. Als ich meinen neuen Ausweis hatte, ging Meg mit mir ins Kiki's, eine relativ neue Karaoke-Bar, wo sie es nicht so genau nehmen mit der Ausweiskontrolle. Dort bin ich reingekommen. Doch ich will Matt nicht sagen, dass ich seinetwegen diesen Laden hier all die Monate gemieden habe. Deshalb sage ich nur: »Natürlich.«

»Gut«, sagt er erleichtert. »Aber ich gehe besser allein.« Er sieht mich an. »Willst du was Bestimmtes haben?«

»Nein, ich lass mich überraschen.« Es geht mir leichter von den Lippen als erwartet. Aber eigentlich weiß ich sowieso nicht, wonach mir ist. Ich trinke nur selten Alkohol, nur auf Partys, wo es normalerweise sowieso nur Bier gibt.

Er zieht die Augenbrauen hoch, steigt aus und geht in den Laden. Ich bleibe im Auto sitzen und scrolle die Songs auf seinem iPhone durch. Das habe ich vorhin schon während der Fahrt gemacht, deshalb weiß ich, dass er nichts dagegen hat. Die meisten Songs kenne ich noch von früher, doch es ist ein komisches Gefühl, dass auch ein paar neue dabei sind, die ich nicht kenne. Auch wenn das lächerlich klingt, es ist, als hätte er mich musikmäßig betrogen. Früher kannte ich alle Lieder, die er hörte, jeden einzelnen Song und jeden einzelnen Sänger. Immer, wenn ich jetzt auf ein neues Stück stoße, werde ich daran erinnert, dass viel Zeit vergangen ist. Dass Matt jetzt auf andere Bands steht und neue Vorlieben entwickelt hat.

Auch die Fahrt vom Wing King hierher war irgendwie seltsam. Und obwohl wir nicht so schweigsam waren wie zuvor, kam nichts wirklich Neues oder Wichtiges zur Sprache. Es war, als seien wir uns wieder fremd, wenn wir im Auto sitzen. Nur wenn wir uns gegenübersitzen und uns ansehen können, ist es, als könnten wir zumindest wieder ein kleines bisschen von uns früher ineinander sehen.

Ich scrolle mich durch sein iPhone, bis ich schließlich zu seinen Fotos komme. Mein Finger verharrt kurz über der Schaltfläche. Darf ich sein Album öffnen oder wäre das ein Eindringen in seine Privatsphäre? Aber da ich schon seine Musik durchstöbert habe, macht es ihm vermutlich nichts aus, wenn ich auch einen kurzen Blick auf seine Fotos werfe, oder?

Ich drücke auf die Schaltfläche und was sehe ich? Mein Gesicht. Nicht mein Gesicht von heute, sondern das von vor einem Jahr, als es noch glücklich und nicht von Liebeskummer gezeichnet war. Auf dem Bild lache ich, und Matt neben mir schneidet eine Grimasse, wie immer, wenn ich besonders albern war. Ich erinnere mich an diesen Nachmittag – wir waren an den Quellen und planschten im Wasser herum. Meg, die am Ufer saß und die Füße ins Wasser hängen ließ, hat das Foto gemacht. Wenig später stieß Jake sie ins Wasser, und ich kann fast noch spüren, wie mir das Wasser ins Gesicht spritzte und Matt mir die Arme um die Taille legte. Unwillkürlich muss ich lächeln.

Auf dem nächsten Foto ist Matt mit seinem Bruder zu sehen. Ich kenne es noch nicht, doch an Matts Brille erkenne ich, dass es erst kürzlich aufgenommen wurde. Sie winken in die Kamera, und ich kann nur raten, welche Hintergrundgeschichte dieses Foto hat, denn da war ich kein Teil seines Lebens mehr.

An das nächste Foto erinnere ich mich wieder. Wir waren bei Meg zu Hause und Evan hatte hinter dem Haus ein Lagerfeuer gemacht. Ich war noch nicht lange mit Matt zusammen und alles war noch neu und aufregend. Jede seiner Berührungen ließ meinen ganzen Körper vibrieren. Meg zog mich kurz zur Seite, um mir etwas zu erzählen, und da hat Matt uns fotografiert, im Schein des Feuers. Megs Gesicht ist etwas unscharf, doch meines ist im Fokus, orange-golden angestrahlt.

Auf dem letzten Foto sind die Pepperpots auf der Bühne zu sehen. Sie sind mitten in einem Lied und ich kann Jakes Stimme in meinem Kopf hören. Er singt voller Hingabe, und auch Matt, mit der Bassgitarre, geht ganz in der Musik auf. Es war einer der letzten Gigs, bevor Matt wegging. Das weiß ich, weil ich das Foto gemacht habe.

Ich kann es kaum glauben, dass er diese Fotos alle noch auf seinem Handy hat. Dass er sie nie gelöscht hat. Doch ich weiß nicht recht, was das zu bedeuten hat.

Da vibriert mein Handy in der Tasche und katapultiert mich abrupt in die Realität zurück. Ich hole es heraus und sehe, dass es der lang erwartete Anruf von Jake ist.

»Hey, Jake«, sage ich.

Er redet wie immer nicht lange um den heißen Brei herum. »Meg hat mir erzählt, dass er zurück ist«, sagt er.

»Ja, ich bin gerade mit ihm unterwegs.« Ich schlucke. »Ich meine, im Moment ist er gerade in einem Geschäft und ich warte im Wagen auf ihn. Wir können also reden.«

»Wo seid ihr?«

Ich mache eine kurze Pause, bevor ich antworte, weil es ihm bestimmt sowieso klar ist: »Shop & Shop.«

»Machst du Witze?«

»Ich glaube, er hat etwas Bestimmtes vor.« Ich schaue hoch und sehe ihn durch den Laden schlendern. Er wirkt unsicher und nervös und kratzt sich immer wieder am Kopf. Er hat den ganzen Abend schon unsicher und nervös gewirkt.

»Scheiß drauf! Warum bist du überhaupt mit ihm unterwegs?«, fragt Jake aggressiv. Ich weiß, dass er die Antwort bereits kennt.

»Ich … ich will hören, was er zu sagen hat«, sage ich möglichst cool. »Hättest du auch gemacht, wenn er dich zuerst getroffen hätte.«

»Im Leben nicht! Er ist abgehauen und fertig. Das verzeihe ich ihm nie! Hat er nicht verdient.«

»Kann ja sein, aber ich will wissen, warum er damals so weggegangen ist. Und warum er jetzt wieder hier ist.«

»Ist doch scheißegal! Ella, bleib auf dem Boden! Nach allem, was er dir angetan hat!« Er fügt nicht hinzu »und mir«, doch ich weiß, dass er es denkt.

»Jake, *du* wolltest doch nach Texas fahren, um ihn zur Rede zu stellen. Du warst genauso sauer auf ihn wie ich. Lass mich also bitte herausfinden, was wirklich passiert ist.«

»Und dann?«

»Dann … hat das Raten vielleicht ein Ende«, sage ich.

Er seufzt und ringt mit sich. Matt war eine weitere Person auf Jakes langer Liste von Menschen, denen er vertraute und die ihn enttäuschten. Er war aus einem anderen Grund sauer auf Matt als ich, doch *sein* Grund war ebenso wichtig.

»Jake …« Ich schließe die Augen, weil ich eigentlich keine Lust habe, mich vor ihm zu rechtfertigen.

»Na gut, wie du meinst.« Er gibt es auf, und ich weiß, dass er noch manches auf dem Herzen hat und gern aussprechen würde, doch er verkneift es sich. Sieht ihm gar nicht ähnlich. »Er war dir gegenüber ein echter Arsch. Das möchte ich nicht noch mal mitansehen müssen.«

»Ich weiß«, sage ich, gerührt über sein Mitgefühl. »Ich halte dich auf dem Laufenden.«

»Mhmm …«

»Wie laufen die Tonaufnahmen?« Ich wechsele das Thema.

»Affengeil, wie immer«, sagt er, und ich grinse vor mich hin, weil ich weiß, dass er nur seine Aufregung überspielt.

»Gut, dann bis später. Und grüß Barker von mir.«

»Mach ich.« Kurze Pause. »Weißt du was? Ich kann ihm immer noch in die Eier treten, wenn nötig.«

»Ich weiß«, sage ich und lege auf. Genauso wenig wie Meg und ich uns beieinander entschuldigen, sagen Jake und ich Tschüss zueinander.

Ich hebe den Kopf und sehe, dass Matt noch immer durch die Gänge schlendert. Mein Herz macht einen Sprung und ich habe mich inzwischen fast schon daran gewöhnt. Ich schließe die Augen und denke an das, was Jake gesagt und *nicht* gesagt hat. Er wäre auch hier, obwohl er es abstreitet. Er würde ebenfalls Klarheit haben wollen. Dass ich mit Matt unterwegs bin, um zu erfahren, was passiert ist, tue ich nicht nur für mich. Ich tue es für uns alle. Wegen der Abende, an denen Matt Jake aus der Patsche half, wenn er mit den Jungs Trinkspielchen gemacht hatte. Wegen der Abende, an denen Matt nur dasaß und sich anhörte, wie Jake über Meg schimpfte, was er ja schlecht bei mir tun konnte. Dafür, dass Matt Jake immer wieder versicherte, dass die Band noch besser werden konnte, was dann auch tatsächlich der Fall war.

Ich merke, dass ich immer noch Matts Handy umklammere, und lege es in den Becherhalter. Darin entdecke ich einen Zettel mit einer Handschrift, die definitiv nicht seine ist. Aha, ein weiteres Fundstück, genau wie das Blatt mit den Noten und dem Liedtext vorhin. Früher haben wir, nachdem er mir von seiner Angewohnheit erzählt hatte, dauernd irgendwelche Sachen aufgehoben. Offenbar tut er das bis heute, und ich weiß nicht, ob mich das traurig macht oder freut.

Mein Handy vibriert erneut. Eine SMS von Barker.

Matt hier? Komisch. Ruf mich an, wenn du magst.

Ich grinse vor mich hin, als ich mir vorstelle, wie nervös Jake gewesen sein muss, als er es Barker erzählt hat. Und dass Barker die Aufnahme unterbrochen hat, um mir diese SMS zu schicken. Ich glaube, dass Matts Verschwinden auch dem armen Barker enorm zugesetzt hat, da er ihn ursprünglich angeschleppt hatte, und deshalb hat er sich anschließend rührend um mich gekümmert. Irgendwie süß von ihm.

Wenige Minuten später taucht Matt wieder am Auto auf. Ich möchte ihm erzählen, was in der Zwischenzeit los war – dass ich die Fotos entdeckt und mit Jake telefoniert habe –, doch ich bringe es nicht über die Lippen. Vielleicht ist es nicht der richtige Zeitpunkt, um mich ihm gegenüber wieder zu öffnen.

»Na«, sage ich stattdessen, als er sich wieder hinters Lenkrad setzt. »Alles okay?«

»Ja.« Er stellt eine braune Papiertüte auf den Rücksitz. »Lief alles glatt. Sie haben den Ausweis nicht mal angesehen.«

»Was hast du gekauft?«

»Pinguin-Wein«, antwortet er und grinst mich an. Instinktiv grinse ich zurück. Er hat sich daran erinnert! Das haben wir getrunken, bevor er wegging, zu unserem Halbjahres-Jubiläum. Ich habe die Flasche nur ausgesucht, weil ich den Pinguin auf dem Etikett so niedlich fand.

Ich schüttele die Erinnerung ab und spiele an meinem Armbändchen herum.

»Willst du wirklich, dass wir zur Jefferson fahren?«, erkundige ich mich vorsichtig, um das Schweigen zu durchbrechen.

»Nur wenn du einverstanden bist«, sagt er. »Ich meine … ja. Ja, machen wir. Es ist die Nacht des Jasagens, wie du weißt.«

»Es fühlt sich so sehr … wie vor einem Jahr an.«

»Ich weiß.« Er zögert. »Darum geht es ja.«

Erst als wir wenig später die Straße hinunterfahren, wird mir klar, dass er diesen Abend schon länger geplant hat, als ich anfangs dachte.

8. DAMALS

21.50 Uhr

Nach dem Essen im Wing King gingen wir zu Ross' Haus zurück, wo unsere Autos standen. Wir nahmen die größeren Straßen; dort fand man sich leichter zurecht als auf den Fußwegen hinter den Häusern, auf denen wir vorhin geflüchtet waren. Ab und zu fuhr ein Auto vorbei, aber die meiste Zeit waren wir allein. Unterwegs besprachen wir, wie der Abend weitergehen sollte.

»Also, wenn es eine Nacht des Jasagens werden soll, brauchen wir dringend was zu trinken«, sagte Jake, die Hände in den Hosentaschen vergraben.

»Und wie stellst du dir das vor?«, fragte Meg, die neben ihm ging. Obwohl zwischen ihnen offiziell Schluss war, konnten sie offenbar nicht voneinander lassen – wie zwei Magnete, die sich unweigerlich anzogen. Man konnte ziehen und zerren, wie man wollte, die Anziehungskraft ließ einfach nicht nach.

»Ich hab 'nen Ausweis dabei. Wir holen unsere Autos und fahren zu Shop & Shop«, schlug Jake vor.

»Und dann?«

»Dann sehen wir weiter«, sagte Jake und zwinkerte Meg zu. Sie schüttelte den Kopf und ich sah sie verstohlen schmunzeln. Als ich mich zu Matt drehen wollte, war er nicht mehr neben mir. Ich blieb stehen und sah mich um. Er war ein paar Meter hinter mir und hob gerade etwas vom Boden auf. Ich ging zu ihm zurück.

»Was ist?«

»Oh, sorry. Nichts.« Er hielt etwas in der Hand und richtete sich auf.

»Hast du was verloren?«

»Nein, ähm ... blöde Angewohnheit von mir.« Er ließ das, was er aufgehoben hatte, schnell in seiner Tasche verschwinden. Dann ging er so zügig weiter und an mir vorbei, dass ich ihm nachlaufen musste. Ich bin normalerweise nicht neugierig, aber jetzt wollte ich es genauer wissen.

»Was meinst du mit ›blöde Angewohnheit‹?«

Nach kurzem Zögern sagte er: »Ich hab diesen Tick, alles aufzuheben, was auf dem Boden liegt. Müll oder so natürlich nicht, nur Zettel oder Fotos. Dinge, die Einblicke in das Leben anderer Menschen geben.«

»Du meinst Fundsachen?«, fragte ich versuchsweise.

»Genau. Es hat in Italien angefangen. Ich ging in Florenz über einen kleinen Markt und fand ein Foto von drei jungen Leuten, einem Jungen und zwei Mädchen. Es war ein Schnappschuss, und sie wirkten so fröhlich und ausgelassen, dass ich fast das Gefühl hatte, in ihr Privatleben einzudringen. Aber es hat mich fasziniert. Ich habe mich gefragt, worüber sie gelacht haben. Wie gut sie sich kannten und so weiter. Jedenfalls habe ich das Foto behalten und seither hebe ich dauernd irgendwelche Sachen auf.« Er musterte mich von der Seite. »Ganz schön schräg, ich weiß.«

»Aber nein«, sagte ich. »Ich finde es interessant.«

»Interessant, aber irgendwie schon gruselig, oder?«, fragte er mit einem Schuss Selbstironie.

»Total gruselig. Jetzt hab ich echt Angst, dass du demnächst heimlich mein Tagebuch liest oder so«, flachste ich. »Nein, ich finde es cool. Mir gefällt der Gedanke, Einblicke in fremde Leben zu erhaschen. Verrät vermutlich eine ganze Menge über diese Leute.« Ich dachte ans Schreiben und dass ich etwas ganz Ähnliches mache, wenn ich meine Figuren erfinde. Mich von Fundstücken inspirieren zu lassen, war vielleicht gar keine schlechte Idee.

»Oh ja!«, sagte er, als wäre ich der erste Mensch, der dafür Verständnis hatte, und vielleicht war ich es sogar. »Weißt du, weil wir ständig umziehen, besitze ich so was gar nicht – Fotos mit Freunden, Aufzeichnungen und solche Sachen. Vielleicht bin ich deshalb so neugierig auf die Erinnerungen anderer Menschen.«

»Irgendwie traurig.«

»O Gott, es klingt mitleiderregend, nicht wahr? Wie ein Stalker, der anderen auflauert, oder?«

»Aber nein. Es ist nur …« Ich stockte und dachte an die vielen Fotos, mit denen die Wände meines Zimmers gepflastert sind, an die vielen Botschaften, die Meg und ich uns schon geschickt hatten, und an all die Erinnerungen, die mit meinem Freundeskreis zusammenhingen. Das alles besaß Matt offenbar nicht. Er hatte in seinem Leben schon viel gesehen und erlebt, doch nichts davon war sehr persönlich. »Es ist traurig, dass dein Leben immer so provisorisch ist«, sagte ich, »und du nie die Gelegenheit hast, persönliche Erinnerungen zu sammeln.«

»Stimmt«, sagte er. »Aber es deprimiert mich nicht, mir diese Fundstücke anzusehen. Irgendwie ist es sogar tröstlich.« Mit einem verlegenen Achselzucken vergrub er seine Hände in den Taschen.

»Was sind die tollsten Sachen, die du bisher gefunden hast?«, fragte ich und hoffte, ihn damit etwas aufzumuntern. Hoffentlich hatte ihn mein Nachbohren nicht genervt.

»Ähm, am liebsten mag ich die Fotos. Notizen sind aber auch oft ganz interessant. Oh, und einmal habe ich sogar ein Eheversprechen gefunden. Also so eine kleine Ansprache, die man bei der Vermählung seinem Partner vorliest.«

»Im Ernst?«

»Ja. Hat mich allerdings irritiert, dass das Blatt am Straßenrand lag. Kein gutes Zeichen, oder?«

»Eher nicht.« Ich fragte mich, was für eine Art Mensch sein Eheversprechen wegwirft … und was für eine Art Mensch so etwas aufhebt.

»Dieses Sammeln kann zu einer richtigen Sucht werden. Und man betrachtet seine Umgebung viel aufmerksamer.«

»Kann ich mir vorstellen«, sagte ich und überlegte mir, ob er durch das Sammeln von Dingen, die andere weggeworfen oder verloren hatten, in Wirklichkeit das Leben anderer leben wollte, da sein eigenes immer nur ein Übergangsstadium war. Ich war versucht, ihm zu sagen, dass ich ihm gern zu eigenen Erinnerungen verhelfen würde, und wenn es auch nur Erinnerungen an den heutigen Abend wären. Erinnerungen, die nicht weggeworfen und von einer anderen Person gefunden werden würden.

Ich hielt meinen Arm hoch und zeigte ihm meine Armbändchen. An meinem Handgelenk befanden sich acht schmale, geflochtene Freundschaftsbänder in verschiedenen Farben. Solche Bänder hatten Meg und ich schon als Kinder gebastelt, zur Erinnerung daran, dass wir Freundinnen waren. Und letztes Jahr hatten wir beschlossen, wieder damit anzufangen. Allerdings nicht mehr, um uns daran zu erinnern, dass wir Freundinnen waren – das hatten wir inzwischen begriffen. Jedes der neuen Armbändchen war eine Erinnerung an ein bestimmtes Ereignis. »Schau, das ist *mein* Tick. Immer wenn Meg und ich etwas Tolles erlebt haben, flechten wir uns so ein Armband, um uns daran zu erinnern. Jedes Armband steht also für ein besonderes Erlebnis. Eigentlich albern, aber irgendwie ähnlich wie das, was du machst. Stimmt's?«

»Cool.« Er umfasste mein Handgelenk. »Wofür stehen sie alle?«

»Das ist ein Geheimnis.« Mit einem geheimnisvollen Lächeln entzog ich ihm meine Hand.

»Verstehe.« Er lächelte zurück. »Meinst du, ich schaffe es eines Tages auch an dein Handgelenk?«

Keine Ahnung, was mich da gepackt hat. Vielleicht war es die Dunkelheit, vielleicht ein Anflug meines neuen Übermuts, vielleicht auch das beruhigende Gefühl, dass Meg in diesen Armbändern immer bei mir war – vielleicht aber auch der Ausdruck in seinen Augen. Jedenfalls nahm ich seine Hand und drückte sie. Er zuckte leicht zusammen und sah mich an.

»Vielleicht ist schon dieser Abend unvergesslich genug.« Als ich seine Hand loslassen wollte, hielt er sie fest und drückte sie.

Für den Rest des Weges kam es zu keiner Berührung mehr, doch mir war die ganze Zeit bewusst, wie nah sich unsere Hände waren.

»Ich vermute, die Party ist offiziell abgeblasen«, sagte Matt, als wir auf das Haus zugingen, aus dem wir am frühen Abend flüchten mussten. Alles war ruhig, nur in einem Zimmer im Erdgeschoss brannte Licht. Am Straßenrand standen noch viele Autos, doch die gehörten vermutlich denjenigen, die wie wir überstürzt davongelaufen waren.

Matt war mit Jake hergekommen, und die beiden stiegen wieder in Jakes Wagen, während ich bei Meg einstieg. Wir hatten Matt davon überzeugen können, dass er fahren musste, da Jake definitiv zu viel getrunken hatte.

Im Auto scrollte ich Megs iPod durch, damit meine Hände irgendwie beschäftigt waren, während ich ständig an unser Gespräch über Erinnerungen und meine Hand in seiner denken musste. Dort, wo er sie berührt hatte, fühlte sie sich immer noch heiß an, fast so, als hätte sich dieser Moment in meine Haut eingebrannt.

»Ihr scheint euch ja ganz gut zu verstehen, Matt und du.« Meg ließ den Motor an.

»Er ist nett«, war alles, was ich dazu sagen konnte.

»Aha. Und ›nett‹ ist genau das, was du im Moment brauchst.«

»Ach was, vergiss es. Ich meine, er zieht ja ständig um. Ich will keinen Freund, wenn ich weiß, dass es nur für kurze Zeit ist.«

»Warum nicht? Dachtest du, das mit Nick würde ewig halten?« Bevor ich mit Nick zusammenkam, war Meg bereits bei Freund Nummer vier, während ich selbst noch bei frustrierenden Null rumhing. Natürlich hatte ich mich immer für sie gefreut, doch weil sich bis dato noch nie ein Junge für mich interessiert hatte, fühlte ich mich unattraktiv und einsam. Meg schien es nicht weiter zu stören, dass ich immer das fünfte Rad am Wagen war, mich schon. Als Nick mich dann fragte, ob ich mit ihm gehen wollte, musste ich einfach Ja sagen. Doch es stellte sich heraus, dass Jasagen nicht *immer* die beste Lösung ist. »Denn seien wir doch ehrlich, es war von vornherein nur eine Beziehung auf Zeit.«

»Ich weiß, aber …«

»Außerdem sind wir in einem Jahr mit der Schule fertig. Vergiss das nicht. Willst du wirklich aufs College gehen und schon einen festen Freund haben?«

»Ich weiß nicht. Ich denke nur …«

»Hör auf zu denken! Darum geht es doch heute Abend. Amüsier dich! Das brauchst du. Du musst über Nick wegkommen. Du musst aufhören, dir ständig Sorgen um die Zukunft zu machen. Genieße den Augenblick. Lebe im Hier und Jetzt.« Ich nickte, denn ich wusste, dass sie recht hatte. Ich war in Gedanken ständig in der Zukunft und versuchte, jeden einzelnen Schritt im Voraus zu planen. Überraschungen mochte ich nicht. »Es ist wie neulich, als du dir die Haare nicht schneiden wolltest, aus Angst, sie könnten bei der Abschlussfeier noch zu kurz sein. Mann, Süße ... sei doch einfach mal spontan!«

»Okay«, sagte ich, denn sie konnte ganz schön hartnäckig sein. War es so leicht, sich zu verändern? »Du hast gewonnen.«

»Gut.« Sie grinste zufrieden.

»Gut«, sagte ich. »Und was ist mit dir und Jake?«

»Wieso? Was soll mit uns sein?«

»Ist alles in Ordnung? Ich fand dich heute Abend ziemlich aggressiv ihm gegenüber.«

»Ging nicht anders. Ich muss echt aufpassen, sonst drängt er sich ruckzuck wieder in mein Leben. Glaub mir!«

»Und? Willst du das nicht?«, fragte ich vorsichtig.

»Natürlich *nicht.*« Sie warf ihre Haare zurück, doch ich hatte ihr kurzes Zögern bemerkt. Ich griff nach ihrer Hand und berührte das rot-gelbe Armbändchen, das ungefähr ein Jahr alt war.

»Du trägst es immer noch.« Ich musterte sie.

»Es war ein toller Abend«, sagte sie. »Ich meine, auch

abgesehen davon, dass Jake und ich uns zum ungefähr tausendsten Mal versöhnt haben. Wir beide hatten diese Chemiearbeit hinter uns, vor der wir solche Angst gehabt hatten …«

»Aha.« Ich grinste, denn ich wusste genau, dass der Grund, warum sie es noch nicht abgeschnitten hatte, absolut nichts mit Chemie zu tun hatte. Oder vielleicht doch. »Zwischen Jake und dir stimmt die Chemie einfach.«

»Ach Quatsch.« Sie verkniff sich ein Lachen.

»Und physisch stimmt es auch«, fügte ich hinzu, und sie sah mich kopfschüttelnd an.

»Sei nicht albern!«

Wir parkten hinter dem Shop & Shop, neben einer lauten Lüftungsanlage und einer Reihe von Mülleimern. Eine schwarze Katze saß auf einem der Mülleimer und beäugte uns interessiert. Doch sie rannte nicht weg und zuckte mit keiner Wimper, als unsere Scheinwerfer sie anstrahlten.

Matt hielt Jakes Truck neben Megs Auto an. Wir hatten ausgemacht, hinter dem Gebäude zu parken, damit keiner im Geschäft sehen würde, dass Jake Alkohol für vier Leute kaufte, die allesamt minderjährig waren. Auf diese Idee wäre ich nie gekommen, schließlich war es meine erste Tour, um Alkohol zu kaufen.

»Was wollt ihr haben?«, erkundigte sich Jake.

»Ich komme mit.« Meg öffnete die Tür. Ich sah sie erstaunt an. Wie wollte sie das anstellen? »Ich habe auch einen Ausweis«, sagte sie, ohne mich anzublicken.

»Hä? Seit wann? Hast du mir nie erzählt.«

»Seit Jake.« Sie seufzte. »Bis gleich.«

Sie gingen zusammen um das Gebäude. Ich sah ihnen nach, bis sie nicht mehr zu sehen waren. Irgendwie behagte mir das Ganze nicht.

Ein Klopfen am Wagenfenster ließ mich zusammenzucken. Es war Matt, der mich lächelnd und mit schief gelegtem Kopf fragte: »Wollen wir es uns auf der Pritsche gemütlich machen?« Bei »gemütlich machen« wurde ich rot, weil mir die unmöglichsten Sachen durch den Kopf schossen, doch ich nickte und schnallte mich los, während er meine Tür aufmachte. »Ich dachte, dort hinten ist es vielleicht netter. Kannst du dir vorstellen, wie übel es in dem Truck stinkt?«

»Warum, denkst du, bin ich mit Meg gefahren?« Ich lachte. »Einmal habe ich eine schwarze Fritte in Jakes Wagen gefunden. Keine Ahnung, wie lange es dauert, bis Pommes frites schwarz anlaufen.«

»Igitt«, bestätigte Matt.

Wir setzten uns auf die Ladefläche und ließen die Beine über den Rand hängen. Ich merkte, dass Matts Hand nur wenige Zentimeter von meiner zu liegen kam. Ich hätte sie zu gern angefasst. Sein kleiner Finger zuckte, und ich fragte mich, ob ihm wohl dasselbe durch den Kopf ging. Als ich wieder aufblickte, ertappte ich ihn dabei, dass er ebenfalls auf unsere beiden dicht beieinanderliegenden Hände starrte.

»Und? Bist du aufgeregt?«, fragte er und schaute nun in die Dunkelheit vor uns. Der Parkplatz war leer, abgesehen von den Mülleimern natürlich. Leider verbreiteten sie so einen Gestank, dass es hier im Freien nicht viel besser roch als in Jakes Truck. Die Katze war noch da, doch sie spielte nun mit einer zerknüllten Papiertüte. Hinter dem Parkplatz stand eine Baumreihe, die uns von der Hauptstraße abschirmte. Wir betrachteten die Bäume und fragten uns, was hinter ihnen los war. Hatten die Bullen dort drüben vielleicht gerade eine andere Highschool-Party aufgelöst?

»Ja, es ist schön, ab und zu mal einen draufzumachen.«

»Machst du das öfter?«

»Nicht wirklich. Klar, manchmal am Wochenende, aber während der Woche bin ich meistens brav zu Hause oder bei Meg.«

»Wie gut kennst du die Band?«, fragte er und sah mich endlich wieder an.

»Ganz gut. Barker ist ein guter Freund von uns ... Er ist supernett. Ihr alter Bassist war okay; ich kannte ihn nicht allzu gut, aber wir kamen miteinander aus. Und dann ist da Jake, der einfach ... nun ja, Jake ist.«

»Eine treffende Art, ihn zu beschreiben.« Matt grinste. Ich mochte es, wenn er lächelte; da strahlte sein ganzes Gesicht.

»Er ist ein netter Kerl, trotz allem. Wirklich«, begann ich zu erklären. Ich merkte, dass ich ihn und sein Verhalten öfter verteidigte, als nötig gewesen wäre. Meg färbte allmählich auf mich ab. »Es ist nur so, dass die Sache zwischen ihm und Meg etwas ... kompliziert ist.«

»Im Moment scheinen sie sich aber ganz gut zu verstehen.«

»Es ist ein ewiges Auf und Ab. Heute ist ein guter Tag«, sagte ich. Ich hatte mich mit ihrer seltsamen Beziehung längst abgefunden, denn ich mochte beide, und ich freute mich auch immer, wenn sie zusammen waren, doch für mich selbst konnte ich mir keine Beziehung dieser Art vorstellen, besonders jetzt nach Nick. Unsere Füße baumelten von der Ladefläche; seine berührten fast den Boden, meine hingen in der Luft. Ich fühlte mich wie ein Kind auf einer Schaukel.

»Und der High-five-Typ? Gehört er nicht zu eurer Clique?«

»Himmel, nein. Er spielt auch in einer Band, aber die ist nicht so gut wie die Pepperpots. Ich habe ihn in einem Club kennengelernt – definitiv keine gute Idee. Die anderen haben ihn nie gemocht, das habe ich aber erst jetzt erfahren.« Dass er mich ein bisschen an Jake erinnert hatte, behielt ich lieber für mich, und auch, dass ich hatte herausfinden wollen, ob ich es auch hinkriegen würde, mit einem Leadsänger und Gitarristen zusammen zu sein. Denn damals lief es zwischen Meg und Jake ganz gut. Doch dann stellte sich heraus, dass es für mich nicht das Richtige war. »Er ist der Leadsänger und dieses ständige Flirten mit anderen Mädchen hat mich genervt.«

»Dann ist es ja gut, dass du ihn los bist«, sagte Matt feixend. Hey, flirtete er etwa mit mir? Oder war er immer so? Mit Meg redete er jedenfalls nicht auf diese Art. »Sein Vorschlag mit dem Abklatschen war echt bescheuert.«

»Nun ja … Es war nicht nur das. Er hat mich auch

betrogen«, gestand ich leise. Keine Ahnung, was in mich gefahren war, doch ich hatte das Gefühl, Matt sollte es wissen. Klar konnten wir uns über diese Art des Schlussmachens lustig machen, aber ein bisschen verletzt war ich immer noch.

»Im Ernst?« Matt schien ernsthaft bestürzt.

»Ja, hab ich aber erst später erfahren. Eine Freundin, Gabby, hat ihn im Club mit einer anderen rumknutschen sehen. Hat sie mir aber erst erzählt, nachdem Schluss war.«

»Übel«, sagte Matt und sah mich an. »Moment mal, Gabby – Barkers Freundin?«

»Ja, genau. Kennst du sie?«

»Ich hab sie bei einer der Proben kurz gesehen. Warum hat sie es dir nicht sofort gesagt?«, fragte er. Tja, diese Frage beschäftigte mich auch schon länger.

»Keine Ahnung. Ich glaube, sie wollte mir nicht wehtun. Sagt Meg zumindest.«

»War Meg auch im Bilde?«

»Oh nein. Sie erfuhr es erst gleichzeitig mit mir. Sie hätte Nick sicher sofort zur Rede gestellt. Und ihm vermutlich eine geknallt.«

»Weißt du was? Ich hab ein bisschen Angst vor ihr«, sagte er grinsend, und ich fand ihn total süß.

»Da bist du nicht der Einzige.« Ich lachte, doch dann wurde ich wieder ernst und sah ihn an. »Und du?«, fragte ich, um endlich von dem Thema Nick abzulenken. »Irgendwelche Mädchen in Italien?«

»Nein, nach der Katzenfreundin hatte ich erst mal keine Lust auf eine neue Beziehung.«

»Hast du befürchtet, die Nächste würde mit ihrem Hund reden oder so?«

»Oder noch schlimmer. Ehrlich, mein Ego hätte es nicht verkraftet, von einem weiteren Haustier abgelehnt zu werden.«

Wieder lachte ich. »Vielleicht ist es das nächste Mal ja eine Zimmerpflanze.«

»Ich glaube, das würde mir endgültig die Sicherung raushauen.« Er legte sich eine Hand ans Herz, als würde er gleich sterben. »Neue Regel: Kein Mädchen mehr mit Haustier.«

»Oder Zimmerpflanzen?«, ergänzte ich.

»Oder Zimmerpflanzen«, bestätigte er grinsend. »Mein Bruder ist das totale Gegenteil von mir. Er hat in jeder neuen Stadt eine neue Freundin. Ich nenne seine Ex-Freundinnen nur noch mit dem Ländernamen. Sofia zum Beispiel ist nur Italien für mich.«

»Sag jetzt nicht, dass er mehrere Freundinnen gleichzeitig hat.« Ich fragte mich, ob sein Bruder wie Jake war und ob vielleicht auch Matt ein bisschen so war.

»Oh nein, er ist nur ein unverbesserlicher Optimist. Beim Wegziehen ist er noch fest davon überzeugt, dass die Beziehung halten wird, und er versucht auch wochenlang, sie aufrechtzuerhalten, doch wegen der Entfernung verläuft sie über kurz oder lang im Sande. Und dann findet er in der Regel innerhalb weniger Tage eine neue Freundin.«

»Immerhin wartet er, bis Schluss ist«, sagte ich und überlegte mir, ob eine Fernbeziehung überhaupt funktionieren konnte. Darüber hatte ich ehrlich gesagt noch nie nachgedacht. Vielleicht funktionierte es, wenn es der Richtige war – jemand, der nicht jeder Versuchung erlag. »Was hältst du von Fernbeziehungen?«, fragte ich.

»Weiß nicht«, sagte er und kratzte sich am Kopf. »Darüber musste ich noch nie nachdenken.« Kurze Pause, dann: »Und du?«

»Auch nicht.«

Es folgte ein unangenehmes Schweigen der Art Ich-sollte-etwas-sagen-aber-mir-fehlen-die-richtigen-Worte. Ich machte einen Versuch. »Und wo ist dein Bruder jetzt?«

»Houston. Er ist zwei Jahre älter als ich und geht schon aufs College. Es ist ein komisches Gefühl, dass er dort ist und wir anderen hier sind. Hast du auch Geschwister?«

»Nein, Einzelkind.« Ich sah zu ihm hoch und wir lächelten uns an.

Da kamen Jake und Meg zurück.

»Was habt ihr gekauft?«, fragte Matt mit Blick auf die braune Papiertüte in Jakes Hand.

»Flüssigen Mut«, antwortete der und streichelte die Tüte.

»Gab's keine Probleme?«, fragte ich Meg mit einem skeptischen Blick und hoffte, sie würde merken, dass meine Frage doppeldeutig gemeint war.

»Nö, null«, antwortete sie vorsichtig.

»Und wohin jetzt?«, fragte Jake.

»Bowling ist wohl definitiv gestrichen?«, fragte ich spöttisch.

»Wir müssen irgendwo hingehen, wo wir das Zeug auch trinken können«, meinte Jake.

»Park?«, schlug Matt vor.

»Golfplatz?«, sagte Meg.

»Jefferson!«, rief Jake.

»Hä? Du willst in die Schule?«, fragte Meg verdutzt.

»Mann, Süße – nein, aufs Dach.«

Ich wusste sofort, was er meinte.

»Könnte Ärger geben«, murmelte ich, und mein Herz schlug plötzlich schneller. Es war eine verrückte und gefährliche Idee, und obwohl ich mit dem Ja-Spiel einverstanden war, fand ich diesen Vorschlag nun doch etwas zu kühn. Hilfesuchend blickte ich zu Matt, und als sich unsere Blicke trafen, kam mir plötzlich der Gedanke, dass es ganz lustig und eine neue Erinnerung für ihn werden könnte. Eine denkwürdigere Erinnerung als ein Foto von Leuten, die er gar nicht kannte.

»Aber du *musst* Ja sagen!«, drängte mich Jake.

»Kann mir vielleicht jemand sagen, was das werden soll?«, fragte Meg.

»Angeblich kommt man vom Geländer im zweiten Stock aus ganz leicht aufs Dach«, erklärte ich. »Ein paar Jungs in meinem Trigonometrie-Kurs haben darüber geredet, für sie war es eine Art Mutprobe, um ins Footballteam aufgenommen zu werden oder so was. Ich habe Jake davon erzählt, weil ich dachte, es könnte ganz cool sein, wenn die Band dort oben einen Gig macht.«

»Cool oder geil?« Jake grinste. »Ich schlage jedenfalls vor, dass wir mit dem Fusel aufs Schuldach klettern«, erklärte Jake. »Dann können wir Matt die Schule schon zeigen, bevor er dort anfängt.« Pause. »So, jetzt liegt der Vorschlag auf dem Tisch und alle müssen Ja sagen.«

Meg sah mich an und ich zuckte die Achseln. Matt sah richtig aufgeregt aus. Mehr als aufgeregt, so elektrisiert, als hätte er noch nie zuvor etwas Verbotenes getan. Abgesehen davon, Alkohol zu trinken, vermutlich. Nach kurzem Zögern atmete Meg laut hörbar aus.

»Wir hätten feste Regeln für dieses Jasagen machen müssen.«

»Gebongt, auf geht's!«, befahl Jake.

»Aber wir parken besser nicht direkt vor der Schule, das wäre zu auffällig«, sagte ich.

Ich stieg wieder in Megs Auto, als die Jungs auch schon davonbrausten.

»Dürfte eine lange Nacht werden«, sagte Meg, und ich sah, dass sie vor sich hingrinste, obwohl sie vorhin wenig begeistert getan hatte. Doch wenn sie wirklich keine Lust gehabt hätte, hätte sie sowieso ein Veto eingelegt. Wenn sie etwas nicht wollte, konnte sie stur sein wie ein Esel. Wie damals, als wir ans Meer fahren wollten. Das Wetter war perfekt, das Auto bereits vollgepackt mit Snacks, Zeitschriften und Getränken, doch als ich auf halber Strecke einen Anruf von Barker bekam und erfuhr, dass die Jungs eventuell auch hinkommen würden, beschloss Meg spontan, dass es doch kein guter Strandtag war. Wir machten kehrt und gingen stattdessen bowlen, weil Meg null

Bock hatte, ihren Ex-Freund zu treffen. Jetzt aber motzte sie nicht herum und erklärte den Abend auch nicht für beendet, sondern ließ den Motor an und grinste vor sich hin. Da war mir klar, dass sie Jakes Idee nicht schlecht fand.

Ich sah aus dem Fenster und dachte an Matt. Wie wir vorhin miteinander gelacht hatten. Ich beschloss, mir keine Sorgen zu machen, und freute mich, ihn wiederzusehen. Und wieder mit ihm zu lachen – ein aufregender Gedanke …

9. JETZT

22.15 Uhr

Matt und ich fahren auf die Schule zu, die sich einsam und verlassen gegen den Nachthimmel abzeichnet. Einige Laternen beleuchten Teile des Campus und werfen lang gestreckte Schatten auf den Rasen. Doch wir hätten den Weg auch ohne Licht und ohne den Mond am Himmel gefunden.

Die Schule ist noch ziemlich neu, sie wurde erst kurz vor meiner Zeit gebaut. Die einzelnen Gebäude stehen um einen zentralen Platz herum. Seit dem letzten Schultag, vor genau einer Woche, bin ich nicht mehr hier gewesen. Mein Schließfach in Gebäude 8 ist leer und genau genommen gar nicht mehr meines. Meine Spuren an dieser Schule sind quasi gelöscht. Die nächsten Neuntklässler werden mich nicht mehr kennen; natürlich nicht, ich bin ja auch keine wichtige Person. Bald wird eine neue Gruppe jeden Morgen vor Unterrichtsbeginn vorne in der Aula sitzen, nicht mehr wir. Diese Plätze hatten wir im Laufe unseres ersten Highschooljahres gepachtet und nicht mehr hergegeben.

Der heimliche Besuch heute Abend fühlt sich wie ein endgültiger Abschied an.

Matt parkt in der Nachbarschaft, nicht direkt vor dem Eingang der Schule. Ich kenne die Leute nicht, die hier wohnen, doch ich weiß, dass sie nie die Bullen angerufen haben, nur weil jemand in ihrer Straße parkte. Es kommt dauernd vor, dass sich Schüler nachts aufs Schulgelände schleichen und auf ein Dach klettern. Muss wohl jeder mal gemacht haben.

»Gehen wir!« Matt steigt aus und winkt mich zu sich. Ich folge ihm mit klopfendem Herzen. Alles fühlt sich so *vertraut* an, ich weiß nur nicht, ob auf gute Art. Trotzdem gehe ich mit ihm; ich will es schließlich auch. Ich kann nicht anders.

Aufs Schulgelände kommt man ganz leicht – es gibt keine Mauer und keinen Zaun. Jeder, der Lust hast, kann hierher kommen, auch jetzt, am späten Abend. Dass es nicht erlaubt ist, ist eine andere Sache. Deshalb halten wir uns im Schatten der Bäume, als wir uns über den verlassenen Campus schleichen. Wir wollen zu Haus 6, weil es am weitesten von der Straße entfernt ist. Selbst wenn um diese Zeit noch ein paar Spaziergänger unterwegs sind, können sie uns dort nicht sehen.

»Komisches Gefühl«, raune ich Matt zu. »Das Gelände unbefugt zu betreten.« Als wir uns an der kühlen weißen Hauswand entlangtasten, ertönt plötzlich ein lauter Knall, der über den ganzen Campus hallt. Dann folgt auch schon der nächste Knall.

Wir erstarren. Unsere Herzen klopfen. Die Hände sind

verschwitzt. Ich schlage mir eine Hand vor den Mund und blicke erschrocken zu Matt. Mit weit aufgerissenen Augen sucht er die Umgebung ab. Wir kauern in der Dunkelheit, auf der Rückseite von Haus 6. Um uns herum ist es dunkel. Ich wage kaum zu atmen, aus Angst, dass uns jemand hören oder sehen könnte.

Matt greift nach meiner Hand und ich zucke zusammen. Er sieht mich an, versucht mir mit seinem Blick Mut zu machen. Seine Hand ist warm, sein Griff kräftig. Wir rühren uns nicht von der Stelle und hoffen, auf diese Weise mit der Umgebung zu verschmelzen.

Gelächter durchbricht die Stille. Es kommt aus der Richtung des Knalls. Röhrend springt ein Motor an, einige Flüche und Schimpfwörter folgen. Es ist nur ein defekter Auspuff gewesen!

»Himmel, was ist nur los heute Abend?«, flüstert Matt, der ebenso erleichtert ist wie ich. Wieder drückt er meine Hand, doch als ich gerade zurückdrücken will, lässt er los.

Nach diesem kurzen Zwischenfall gelangen wir problemlos zur Treppe. Es ist eine dieser breiten Schultreppen aus Beton, die das Gewicht von Tausenden Schülern tragen müssen, wenn diese von einer Unterrichtsstunde zur nächsten eilen. Auf Zehenspitzen gehen wir hinauf. Hier oben gibt es nichts mehr, was uns Schutz böte, wir sind weithin sichtbar. Meine Schuhe quietschen bei jedem Schritt.

Oben angekommen steigt Matt auf das Metallgeländer und sucht kurz sein Gleichgewicht. Dann greift er nach der breiten Brüstung, die rund um das Flachdach verläuft, und stemmt sich daran hoch. Ich versuche, nicht allzu fasziniert auf seine Armmuskeln zu starren. Und schon nach wenigen Sekunden schwingt er die Beine nach oben.

Nun klettere ich unter Matts wachsamem Blick auf das Geländer, muss mich aber nicht am Dach festhalten, sondern ergreife seine ausgestreckten Hände.

Er zieht mich an den Handgelenken hoch, und meine Arme zittern, als ich wie ein Blatt im Wind in der Luft hänge. An diesen Teil werde ich mich wohl nie gewöhnen. Das Herz klopft mir bis zum Hals, obwohl ich ihm und seiner Kraft vertraue. Mein Bauch schrammt an der Dachkante entlang und dann sind endlich auch meine Beine oben. Ich sitze da, atme erleichtert aus und sehe ihn an. Unser Lachen hallt in unseren Ohren wider. Jetzt, wo ich wieder festen Boden unter den Füßen habe, fühle ich mich sicher. Nun, so sicher eben, wie es in dieser Höhe möglich ist.

Geduckt schleichen wir uns zur Mitte des Daches. Für einen Ort, an dem sich ständig unerlaubt Schüler aufhalten, ist es hier erstaunlich sauber. Entweder kommt der Hausmeister regelmäßig herauf, oder alle achten darauf, keine Spuren zu hinterlassen. Wir lehnen uns mit dem Rücken an ein niedriges Mäuerchen und sitzen dann da, nur wenige Zentimeter voneinander entfernt. Wir blicken auf die Stadt, und ich muss mich zuerst an den Gedanken gewöhnen, mit Matt hier oben zu sein.

Der Ausblick ist wunderschön. Man kann das Labyrinth der Straßen sehen und die Gebäude und Bäume, zwischen denen ich aufgewachsen bin.

»Komischer Gedanke, dass sich mein ganzes Leben dort unten abgespielt hat«, sage ich.

»Aber auch cool, oder? Alles ist für dich mit Erinnerungen verbunden.«

»Ja, schon.« Ich schaue zu dem Einkaufszentrum auf der gegenüberliegenden Straßenseite. »Früher habe ich mich mit Meg, Jake und Barker in der Mittagspause oft vom Campus geschlichen, um drüben in dem Sandwich-Shop etwas zu essen«, sage ich und deute auf die rot-weiße Ladenfront, auf der ein riesiges, grinsendes Sandwich abgebildet ist. »Als wir letztes Jahr den Campus über Mittag ganz offiziell verlassen durften, hatten wir plötzlich keine Lust mehr. Ohne Risiko war die Sache nicht mehr halb so spannend wie vorher.«

»Stimmt, das hast du mir schon mal erzählt«, sagt Matt und hört interessiert zu, als ich weiter in Erinnerungen schwelge.

»Daneben, in der Bäckerei, riecht es immer so toll. Wenn ich dort vorbeigehe, läuft mir das Wasser im Mund zusammen. Und wenn ich woanders bin und Bagels mit Zwiebeln rieche, muss ich immer an diese Bäckerei denken«, sage ich wehmütig. »Meg und ich sind jeden Freitagmorgen vor dem Unterricht dort gewesen, um zu feiern, dass es der letzte Schultag der Woche war.« Matt nickt, als würde er sich auch daran erinnern.

Ich schaue weiter und merke, wie vertraut mir jede Ecke, jede Straße ist. Ich weiß, dass gleich dort hinten, allerdings außer Sichtweite, die große Wiese ist, auf der jedes Jahr ein Jahrmarkt stattfindet. Kurz bevor Matt verschwand, waren wir noch zusammen dort: Wir sind Karussell gefahren, haben quietschrosa Zuckerwatte gegessen und Bauernhoftiere gestreichelt. Eine Landkarte unserer Vergangenheit liegt ausgebreitet vor uns. Und alles wirkt so nah, dass man denkt, man müsse nur die Hand ausstrecken und könne alles berühren.

»Weißt du noch, dass das Eiscafé dort drüben einen Eisbecher nach den Pepperpots benannt hat?«, fragt Matt und deutet auf ein Schaufenster unweit der Bäckerei, um auch eine Erinnerung beizusteuern.

»Ja, und ihr habt alle ein Eis umsonst bekommen. Du hast Schokolade genommen …«

»Was du ziemlich langweilig fandest«, fällt er mir ins Wort.

»Finde ich immer noch!«, sage ich und lache. »Barker hat Vanilleeis mit Plätzchenteig genommen.«

»Und Jake schoss den Vogel ab mit Pfefferminz-Schokosplitter, weil es damals wunderbar zu seiner Haarfarbe passte«, vervollständigt Matt die Aufzählung, und wieder muss ich schmunzeln. »Welche Haarfarbe hat er zurzeit?«

»Schwarz.« Kurz nach mir hat auch er sich die Haare gefärbt. Über den Grund dafür mussten wir nie reden.

»Dort gibt es superleckeres Eis«, sagt Matt.

»Sie haben vor zwei Monaten zugemacht.«

»Was? Im Ernst?« Er ist so bestürzt, als sei es eine persönliche Kränkung.

»Ja, ich glaube, wir waren ihre besten Kunden.« Seine Augen suchen die umliegenden Straßen ab, und er fragt sich vermutlich, was sich sonst noch verändert haben könnte, seit er wegging. »Am letzten Tag haben wir uns alle ein Pepperpots-Eis gekauft. Jake hat seins ruckzuck verschlungen.« Ich lächele bei der Erinnerung daran. »Wir wollten feiern, dass Barker eine Cowbell bekommen hatte, und da erfuhren wir, dass sie die Eisdiele schließen.«

Matt senkt den Kopf und streicht mit einem Finger über den Boden. Ich hole die Flasche aus meiner Handtasche und reiche sie ihm. Er zieht einen Korkenzieher aus seiner Tasche und macht sie auf.

»Hey, trägst du immer einen Korkenzieher mit dir herum? Oder wusstest du, dass du ihn heute brauchen würdest?«, frage ich grinsend.

»Man muss immer auf alles vorbereitet sein.« Schmunzelnd reicht er mir die Flasche. Ich nehme einen Schluck. Der Wein ist noch schön kalt und rinnt angenehm durch die Kehle. Sehr viel besser als das Bier bei Evan vorhin. Er ist süß, fast fruchtig. Ich gebe Matt die Flasche zurück und er nimmt ebenfalls einen Schluck. Es fühlt sich komisch an, eine Flasche mit ihm zu teilen. Es fühlt sich überhaupt komisch an, mit ihm hier zu sein. Ich spüre seine Nähe, obwohl wir uns nicht berühren.

»Deine Armbänder?«, sagt er und zeigt auf mein Handgelenk. Ich trag nur noch ein einzelnes Flechtarmband, das die vielen anderen überlebt hat.

»Ach«, sage ich, ohne ihn anzusehen. »Ich hab ein paar abgeschnitten.« »Ein paar« ist ziemlich untertrieben und das weiß er auch. Letztes Jahr hatte ich noch sehr viele

Bändchen am Arm, doch nach Matts Verschwinden schnitt ich alle ab, die mich an Abende mit ihm erinnerten, denn sie brannten wie Feuer auf meiner Haut.

»Wofür steht es?«, fragt er und zeigt auf das pink-violette Flechtarmband.

»Mein Geburtstag letztes Jahr. War lustig«, sage ich. Ha, hoffentlich versetzt ihm das einen Stich, weil er nicht dabei war. Ich halte seinem fragenden Blick ungerührt stand; er soll ruhig wissen, dass mein Leben auch ohne ihn weiterging.

»Wahrheit oder Pflicht?«, wechselt Matt plötzlich das Thema. Er will offenbar lieber über etwas reden, das ihm vertraut ist, woran er teilhaben kann.

»Haben wir nicht ›Ich habe noch nie …‹ gespielt?«, frage ich und denke an den Abend zurück.

»Ja, aber zu zweit ist es nicht so lustig. Außerdem waren wir immer gut mit *Pflicht.* Und im Übrigen *musst* du Ja sagen.«

»Ach je.« Ich stöhne über diese Regel und die Erinnerung, die sie in mir wachruft. »Okay, Pflicht.« Wahrheit wäre mir zu heikel, vorläufig zumindest. Da spüre ich einen Tropfen im Gesicht und blicke nach oben, doch am Himmel ist kein Wölkchen zu sehen.

»Gut, also Pflicht«, sagt Matt. »Dann möchte ich, dass du ein Rad schlägst!«

»Hier auf dem Dach?«, frage ich entsetzt.

»Hier auf dem Dach«, bestätigt er. Er grinst so verschmitzt, als sei das Radschlagen nur der Anfang von noch verrückteren Mutproben.

»Du weißt, dass ich das nicht besonders gut kann«, protestiere ich. »Wenn ich ein Rad schlage, sieht es immer wie ein verunglückter Handstand aus.«

»So schlimm kann's nicht sein«, versucht er mir Mut zu machen.

»Ich strecke die Beine nie ganz aus, deshalb sieht es doof aus. Außerdem … hast du vergessen, dass wir hier auf einem Dach sind? Was, wenn ich beim Radschlagen runterfalle?«

»Ich würde dich retten«, sagt er, was mich prompt erröten lässt.

»Ich sehe es schon vor mir, wie ich beim Radschlagen zu weit komme und in den Tod stürze. Und ich höre dich schon schreien – vor Schreck oder vor Reue.«

»Vermutlich Reue. Wenn ich gewusst hätte, dass du dabei stirbst, hätte ich vermutlich eine andere Pflichtübung ausgesucht.«

»Vermutlich?«, wiederhole ich ungläubig.

»Hör mal, ich möchte jetzt wirklich gern dieses verunglückte Rad sehen. Soll ich es filmen? Falls die Leute vom Fernsehen einen Beweis brauchen.«

»Stell dir mal die Schlagzeilen vor: Ex-Freund überredet Ex-Freundin zu einem Rad auf dem Dach und sie stürzt in den Tod. Mehr dazu in unseren Zwanzig-Uhr-Nachrichten.« Es sprudelt aus mir heraus und ich lache, doch ihm ist das Lachen offenbar vergangen. Bin ich zu weit gegangen? Na schön, dann tue ich eben, was ich zu tun habe.

Ich stehe auf, klopfe mir den Staub von der Jeans und

suche mir eine Stelle, die nicht zu nah am Rand ist. Matt steht ebenfalls auf, um sich keine Sekunde dieses Spektakels entgehen zu lassen. Natürlich werde ich es schaffen, logisch. Ich stopfe mein Oberteil in die Hose, halte die Luft an, strecke die Arme aus und hole Schwung.

Ich spüre den Beton und kleine Kieselsteine unter den Händen. Meine Beine fliegen in einem großen Bogen durch die Luft und kommen auf der anderen Seite ziemlich hart auf dem Boden auf.

»Super, du hast überlebt!«, ruft Matt und applaudiert, als ich mich wieder aufrichte und eine Verbeugung andeute. Mein Rad war wahrlich keine Glanzleistung, aber immerhin ein mutiger Versuch. Ich betrachte meine Hände; man kann die Abdrücke der Kieselsteine noch sehen.

»So, die Rache folgt auf dem Fuße. Glaub nicht, dass *du* ungeschoren davonkommst. Wahrheit oder Pflicht?«, frage ich herausfordernd.

»Pflicht«, sagt er mit einem frechen Grinsen. Er wippt vor und zurück, während er auf seine Strafe wartet.

»Okay.« Ich überlege. »Handstand.« Viel zu einfach, ich weiß, aber unter Druck bin ich nie gut. Und ich wage es nicht, ihn zu etwas Verrücktem herauszufordern, wie zum Beispiel nackt über das Dach zu flitzen. Es gibt immer noch Grenzen zwischen uns. Ich trinke einen Schluck und warte auf sein Okay.

Wortlos bückt er sich, legt beide Hände auf den Boden und schwingt die Beine in die Luft. Dort bleiben sie nicht lange, sie fangen an zu wackeln, bevor sie mit einem dumpfen Plumps wieder auf dem Boden landen. Er lässt sich auf den Rücken fallen und lacht.

»Extremsport ist nicht mein Ding«, sagt er, stützt sich auf einen Ellenbogen und streckt die Hand nach der Flasche aus.

»Dass ein Handstand als Extremsportart gilt, ist mir neu«, sage ich, reiche ihm die Flasche und setze mich neben ihn.

»Weißt du noch, wie Jake versucht hat, aus einem fahrenden Auto zu springen?«

»Weil er *The Fast and The Furious* gesehen und beschlossen hatte, das könne er auch!«, quieke ich lachend.

»Ein Glück, dass du so dicht am Straßenrand gefahren bist.«

»Und dass dort Gras und kein Asphalt war«, füge ich hinzu. »Meg und ich haben uns grüne Armbänder geflochten, um uns an diesen Abend zu erinnern und die Tatsache zu würdigen, dass Jake *überlebt* hat. Was waren wir doch für Kindsköpfe damals, stimmt's?« Matt setzt sich auf und zerzaust sich die Haare, als er die Flasche wieder absetzt. Er weicht meinem Blick aus. »Oh, ich meine in dieser Nacht, nicht ...«

»Schon okay, es stimmt ja. Zumindest ich.« Er greift nach meinem Arm. Diese Geste hat er früher oft gemacht; immer wenn ich nervös oder aufgeregt oder am Ausflippen war, hat er seine Hand auf meinen Arm gelegt, damit ich mich wieder beruhigte. Er wusste, dass es half. Doch diesmal nicht: Mein Pulsschlag wird nicht langsamer, sondern im Gegenteil schneller. Nein, das will ich nicht. *Ich will es nicht,* sage ich mir und zwinge mich, daran zu denken, was er mir angetan hat. Ich werfe ihm einen Blick zu, er wird rot und nimmt seinen Arm weg. Ich spüre einen weiteren Tropfen im Gesicht.

»Ähm, Wahrheit oder Pflicht?«, erinnert er mich an unser Spiel und bringt uns damit in die Gegenwart zurück. Dorthin, wo wir uns etwas wohler fühlen.

»Pflicht«, antworte ich natürlich.

»Okay, ich fordere dich heraus, so laut zu schreien, wie du kannst.«

»Na, das ist sicher sehr hilfreich, wenn wir hier oben unentdeckt bleiben wollen«, sage ich spöttisch.

»Tja, aber du wolltest doch Pflicht«, meint er verschmitzt.

»Okay, okay.« Ich gebe nach und stelle mich an den Rand des Dachs. Ich weiß genau, was ich rufen werde, genau dasselbe wie letztes Jahr. »HALLO, ANTARKTIKA!« Lachend drehe ich mich schnell wieder um und laufe zu ihm zurück. Ich packe ihn am Arm und ziehe ihn hinter das Mäuerchen, an das wir uns vorhin gelehnt haben, sodass wir vor der Nacht, die uns umgibt, beinahe versteckt sind.

»War mir klar, dass du *das* rufen würdest.« Er lacht, und wir sind uns so nah, dass ich ihn riechen kann. Er riecht nach Sommer. Und er sieht mich so traurig und lieb an, dass ich ihn unwillkürlich anlächele. Da summt plötzlich das Handy in meiner Tasche und reißt uns aus der Verzauberung.

Klar, dass es Meg ist, wer sonst?

Was geht?

Ich simse nur ein Wort zurück und weiß, dass sie verstehen wird.

Dach

LOGISCH! Kein Rumknutschen, haha.

Ich blicke wieder zu Matt. Er hat sich abgewandt und hebt gerade einen zusammengefalteten Zettel vom Boden auf. »Das war Meg«, erkläre ich.

»Sie macht sich Sorgen, stimmt's?«

»Sie wollte dich wissen lassen, dass sie schon die Messer wetzt«, scherze ich, und er lacht.

»Autsch! Hey, schau dir das an.« Er reicht mir das Papier.

»Was ist das?« Ich lese, was auf dem Zettel steht. »Das Dach ist unser: Katie, Michelle, Joe und Sam.«

»Scheint ein beliebter Ort zum Abhängen zu sein«, sagt Matt.

»Ich kenne die Namen. Sie sind ein Jahr jünger als wir, machen im nächsten Jahr die Abschlussprüfung. Sie waren in meiner Theater-AG, glaube ich.« Ich mache eine kurze Pause. »Tja, ich fürchte, das Dach gehört ab jetzt tatsächlich ihnen.« Ich gebe ihm den Zettel zurück.

»Ich finde, sie sollten trotzdem wissen, wer ihre Vorgänger

sind«, sagt Matt. »Hast du was zu schreiben dabei?« Ich nehme einen Stift aus meiner Handtasche und reiche ihn Matt.

»Die früheren Entdecker, E, J, M und M gewähren euch das neue Eigentumsrecht«, liest er laut mit, was er schreibt. »Besser nur die Anfangsbuchstaben als unsere kompletten Namen, oder?« Ich nicke und er klettert ein Stück hoch und legt den Zettel unter einen Stein.

»Hebst du noch immer alles auf?«, rufe ich nach oben, obwohl er nur einen Meter höher steht als ich.

Er klettert wieder herunter, bevor er mir antwortet. »Eigentlich nicht. Ich meine, hin und wieder schon ... Es ist schwer, Gewohnheiten abzulegen ... aber ich weiß nicht.«

»Was?«, hake ich nach.

»Seit ich von hier weg bin, hat es nachgelassen«, sagt er und sieht mir dabei in die Augen.

»Wahrheit oder Pflicht?«, sage ich.

»Pflicht«, antwortet er ohne zu zögern und sieht mich erwartungsvoll an. Ich spüre einen weiteren Regentropfen im Gesicht, doch ich ignoriere ihn, da die Pflicht bekanntlich vorgeht.

Wir spielen dieses Spiel noch eine Weile und entscheiden uns beide jedes Mal für Pflicht. Für Wahrheiten ist es noch zu früh. Wir könnten noch nicht damit umgehen. Irgendwann müssen sie zwar ans Tageslicht kommen, doch vorläufig beschränken wir uns darauf, über Dachsparren zu klettern, in die Nacht hinauszubrüllen und Rap Songs zu schmettern. Wir kommunizieren durch Pflicht-Übungen und kommen uns eher durch Taten als durch Worte näher. Wir machen immer weiter, weil wir nicht wissen, was wir sonst tun sollten. Und weil wir nicht wollen, dass dieser Abend endet – noch nicht zumindest.

Die Flasche ist halb leer, und ich bin leicht beschwipst, als Matt endlich sagt: »Wahrheit.«

Wir setzen uns nebeneinander und lehnen wieder wie am Anfang an dem Mäuerchen. Wir sind beide außer Atem und er sieht mich mit halb geschlossenen Augen an. Auweia, ich weiß nicht, ob *ich* schon bereit bin für Geständnisse. Ich beiße mir auf die Lippen und versuche mir eine gute Frage auszudenken, während mein Herz gegen meine Rippen hämmert.

»Wie war die Schule dieses Jahr?« Ich will ihm den Anfang leicht machen.

»Gut«, antwortet er nur und sieht nach unten auf die Straße, auf der wir hergekommen sind.

»Gut reicht nicht als Antwort«, sage ich und stupse ihn mit dem Ellbogen an. »Ich will Details hören.«

»Es war Schule, okay? Neue Schule, neues Leben. Wir hatten ein ganz hübsches Haus – und Texas war auch okay. Viele Dialekte. Ich konnte mich aber leider nicht integrieren.«

»Wieso?«

»Ich hatte keinen Cowboyhut.« Er grinst und sieht mich endlich wieder an. »Außerdem bin ich jetzt dran, oder? Eine Frage und fertig.«

»Na schön, schieß los!«

»Wahrheit oder Pflicht?«

Ich gebe mir innerlich einen Ruck und sage: »Wahrheit.«

»Wie war die Schule für dich?«

Ich denke kurz nach. Ehrlich gesagt war das letzte Halbjahr nicht schön, nachdem Matt verschwunden war, und es ist auch nichts Wichtiges passiert. Ich hatte keinen neuen Freund; ich trauerte Matt noch zu sehr nach. Aber das kann ich ihm natürlich nicht sagen.

»Das letzte Jahr an der Highschool wird immer als aufregend und magisch geschildert – zumindest in den Filmen. Was sie einem nicht sagen, ist, dass es auch stressig und anstrengend ist. Ich war die meiste Zeit im Stress, weil ich nicht wusste, wie es ausgehen würde. Und was danach kommen würde.«

Er nickt. »Und du weißt gern, wo es langgeht.«

»Ja, genau. Ich meine, es war nicht *sehr* schlimm«, erkläre ich weiter. Ich will nicht, dass er denkt, ich hätte mich die ganze Zeit vor Sehnsucht nach ihm verzehrt. »Ich hatte ja Meg und die anderen. Und wir hatten manchmal echt Spaß. Aber ich glaube, ich hatte einfach … etwas mehr erwartet.« Ich blicke auf den Boden und schüttele den Kopf, denn ich will Matt im Moment nicht ansehen. Nach einer Weile sage ich: »Aber egal, jetzt bist du wieder dran: Wahrheit oder Pflicht?«

»Wahrheit.«

»Hattest du viele Freunde in Texas?« Natürlich denke ich dabei an eine Freundin, doch das spreche ich nicht laut aus.

»Ein paar, ja. Aber sie waren bei Weitem nicht so cool wie ihr hier.«

Ich verkneife mir die Bemerkung, dass wir ja Freunde hätten bleiben können. Dass er uns nicht hätte verlieren oder vermissen müssen. Dass wir immer hier waren und auf ihn gewartet haben. Ich drehe ihm den Kopf zu und sehe, dass sich unsere Schultern berühren. Ich weiß nicht, wie es zu dieser körperlichen Nähe gekommen ist, aber trotzdem schmiege ich mich noch etwas näher an ihn. »Wahrheit oder Pflicht?«

»Wahrheit.«

Sein Blick sagt mir, dass er nicht so recht weiß, ob er die nächste Frage stellen darf. »Warst du … in letzter Zeit mit jemandem zusammen?«

Ich würde zu gern Ja sagen – ja, ich bin mit Dutzenden von Jungs ausgegangen. Dass ich mich schnell von ihm erholt hatte, mich mehrmals neu verliebt hätte und er nur noch eine vage Erinnerung für mich war. Es geht ihn nichts an, dass er mir das Herz gebrochen hat und ich die letzten sechs Monate schrecklichen Liebeskummer hatte. Doch ich halte mich an die Spielregeln und beschließe, bei der Wahrheit zu bleiben. Wir haben gerade damit anfangen, uns wieder zu öffnen.

»Nein«, sage ich. Ich nutze unser Spiel als eine Art Schutzschild und fahre fort: »Wahrheit oder Pflicht?«

»Wahrheit«, sagt er spontan.

»Und du?« Das rutscht mir heraus, ohne dass ich es wirklich will. Doch ich will wissen, ob sein Jahr ähnlich verlief wie meines. Hatte er eine andere Freundin oder war er auch allein? Hat er sich ebenso einsam gefühlt wie ich oder wieder ein gebrochenes Herz zurückgelassen?

»Nein«, antwortet er, ohne auch nur eine Sekunde zu überlegen. Ich ertappe mich bei einem zufriedenen Lächeln und reiße mich sofort wieder zusammen. Er darf nicht sehen, wie glücklich mich das macht. Ich sehe seine Mundwinkel zucken, als müsste er sich ein Lächeln verkneifen. »Und … wie geht es dir?«

Auf einen Schlag ist das Spiel vorbei. Wir sind wieder ganz wir selbst.

»Gut«, antworte ich mechanisch. Diese Antwort habe ich die ganzen letzten sechs Monate gegeben und dabei will ich es auch belassen. Es geht mir gut, ganz klar; er muss schließlich nicht wissen, dass man dieses »Gut« unterschiedlich deuten kann.

»Du darfst nicht nur ›gut‹ sagen«, ruft er mir meine frühere Regel in Erinnerung.

»Doch, darf ich und tue ich«, feuere ich grinsend zurück. Ich überlege mir schon, was ich als Nächstes wissen will, nehme allen Mut zusammen und frage: »Warum willst du hier an der UCF studieren? Sag bitte die Wahrheit.« Genau das will ich wissen. Es ist die Frage, die ich den ganzen Abend über schon stellen wollte. Doch ich habe mich nicht getraut. *Meinetwegen?*

»Ich habe ein Stipendium bekommen«, sagt er, streicht sich die Haare aus der Stirn und sieht in die Ferne. Mein Herz zieht sich zusammen, doch ich lasse ihn nicht aus den Augen. »Gute Uni und alles«, fügt er hinzu. Er scheint nachzudenken, wendet sich dann wieder mir zu. Mir stockt der Atem, als sich unsere Blicke treffen. »Orlando ist die einzige Stadt, in der ich mich jemals zu Hause gefühlt habe. Deshalb wollte ich zurückkommen. Ich habe mich nirgends je so wohlgefühlt. Ich weiß, es ist leichter, an einen Ort zurückzukehren als zu früheren Gefühlen, aber ich wollte es zumindest versuchen. Mir hat es hier so gut gefallen.« Mein Herz hämmert wie wild. »Ich mochte die Menschen hier«, fügt er noch hinzu, und ein verlegenes Schweigen macht sich zwischen uns breit. Dann sagt Matt leise: »Hast du jemals an mich gedacht?«

»Ja. Und du? Hast du jemals an *mich* gedacht?«

»Die ganze Zeit.« Jedes Wort bringt uns einander näher. Er atmet schwer, als er sich zu mir beugt. Ich spüre ihn wieder, nur dass es diesmal wirklich er ist. Er berührt mich und sieht mir in die Augen. Mein Körper, mein Verstand versuchen mich zu warnen, doch ich höre nicht auf sie. Ich fühle, dass ich wieder falle … und ich will nicht, dass es aufhört. Ich will kein Sicherheitsnetz und keinen Fallschirm. Ich will für immer in diesem herrlichen Gefühl des schwerelosen Schwebens verharren. Ich will alles vergessen, was war, und neu beginnen. Mit ihm. Ich will ihn.

Gerade in dem Moment, als sich unsere Lippen berühren, wird aus den vereinzelt fallenden Tropfen ein sintflutartiger Regenschauer.

10. DAMALS

22.10 Uhr

Wir überlegten angestrengt, wie wir es schaffen sollten, aufs Dach zu kommen.

»Wie soll das gehen?«, fragte Meg skeptisch und blickte an dem Gebäude hoch.

»Klettern?«, schlug Jake vor.

»Intelligenzbestie!«, fauchte sie ihn an.

Jake beugte sich zu ihr und stützte sich an der Wand hinter ihr ab. »Klar bin ich intelligent. Und attraktiv zudem, wie ich hinzufügen darf.«

»Hey, ich will mich zwar nicht einmischen, aber würdet ihr bitte die Klappe halten!«, zischte ich so leise wie möglich, weil ich Angst hatte, wir könnten erwischt werden. Wir standen bereits auf der Treppe und von der Straße aus konnte uns jeder sehen. Unsere Stimmen hallten über den Campus, und ich befürchtete ernsthaft, wir könnten in flagranti ertappt werden. »Okay, einer von uns steigt aufs Geländer und zieht sich von dort aus hoch. Und dann hilft er den anderen nach oben«, schlug ich vor.

»Gut, ich gehe als Erster«, erbot sich Matt.

»Meinst du wirklich?«, fragte ich skeptisch.

»Klar, ich bin stark«, sagte er, beugte einen Arm und spannte die Muskeln an. Er kam mir wie ein kleiner Junge vor, der vor seiner Mutter mit einer besonders guten Note prahlt; irgendwie niedlich. Flugs kletterte er auf das Geländer und konnte von dort aus das Dach erreichen. Sein Shirt rutschte nach oben und ich konnte einen Blick auf einen Streifen nackter Haut erhaschen. Ich bekam eine Gänsehaut. Er stemmte sich hoch und war auch schon oben. Bei ihm sah es so einfach aus, doch ich wusste, dass ich es allein nicht schaffen würde.

»Ella?«, rief er. Ich kletterte auf das Geländer und merkte erst da, dass wir wesentlich höher waren, als ich gedacht hatte. »Ich halte dich, keine Angst«, versicherte mir Matt.

»Du, ich habe Höhenangst«, gestand ich, bevor ich die Arme hochstreckte. Er packte mich an den Handgelenken und zog mich hinauf.

Sobald meine Beine in der Luft hingen, begann mein Herz zu rasen, und ich musste einen Schrei unterdrücken. Kein Wunder – ich hing an einem Dach und wurde von einem Jungen gehalten, den ich kaum kannte. Wie konnte ich nur so bescheuert sein? Ich verfluchte mich und den Streifen nackter Haut, der mich zu diesem Schwachsinn veranlasst hatte. Als ich einen Lufthauch an meiner Haut spürte, geriet ich in Panik.

»Ogottogottogott.« Meine Hände wurden taub, meine Beine zitterten – gleich würde ich fallen!

»Du schaffst das«, versicherte mir Matt und zog mich nach oben. Ich spürte, wie mein Körper an dem Gebäude entlangschrammte, doch ich weigerte mich, die Augen zu öffnen; ich konnte seine Hände kaum noch spüren. »El, mach die Augen auf«, sagte er, und ich musste mich gewaltsam dazu zwingen. Mein Bauch war schon in Höhe der Dachkante, bald hätte ich es geschafft. Mein Herz jubilierte. Ich schwang mein linkes Bein aufs Dach, hatte jetzt einen Halt und konnte auch das rechte nachziehen, während Matt meine Arme festhielt. Kaum war ich mit sämtlichen Gliedmaßen oben angelangt, küsste ich praktisch das Dach, ohne Matts Hände loszulassen. Noch nie war ich so glücklich gewesen, so weit oben zu sein.

»Hey, alles in Ordnung, du hast überlebt«, sagte Matt und ließ meine Arme los.

»Ich … ähm, sorry.« Ich errötete, sah zu, dass ich vom Rand wegkam, und setzte mich ein paar Meter weit weg auf den Boden.

Meg kam als Nächste nach, Jake bildete das Schlusslicht.

Wir gingen in die Mitte des Dachs, setzten uns und lehnten uns an ein niedriges Mäuerchen – Jake, Meg, ich und auch Matt. Ich war von meiner Nahtoderfahrung noch ganz außer Atem, während Jake bereits die Bierflaschen verteilte.

»Prost, Leute«, sagte er.

»Die Stadt sieht so klein aus von hier oben.« Staunend betrachtete ich das Panorama. »Wie ein Monopoly-Spiel. Ich glaube, ich kann unser Haus sehen.«

»Unfassbar, dass wir nur noch ein Jahr hier sind«, sagte Meg wehmütig. Jake stand auf und ging wieder an den Rand des Daches.

»Hey, hast du das gehört, Schule? Bald bist du für uns erledigt! Dann kannst du mich mal mit deinen Mathe- und Geschichtsstunden und deinen blöden Noten!« Matt sprang auf, rannte zu Jake und zog ihn wieder zu uns herüber. Wir kriegten uns kaum noch ein vor Lachen und billigem Bier.

»*So* schlimm ist es doch gar nicht«, sagte ich.

»Sagt eine Einserkandidatin!«, spöttelte Jake.

»Bin ich nicht. Nur weil ich nicht jeden Tag nachsitzen muss, bin ich noch lange keine Musterschülerin.«

»Ich muss nicht *jeden* Tag nachsitzen, Süße! Nur an den guten Tagen.«

»Willkommen an der Jefferson übrigens«, sagte Meg zu Matt.

»Ich fühle mich hier schon wie zu Hause.« Matt blickte über das Schulgelände.

»Nun, du bist ja auch bereits auf dem Dach. Das ist so etwas wie eine offizielle Einführung.« Meg stieß mit ihm an. Ich wusste, dass sie kein Interesse an ihm hatte, aber trotzdem verspürte ich einen Anflug von Eifersucht. Sie hatte es immer so leicht mit Jungs. Ich nie.

»Wisst ihr, was komisch für mich ist? Es ist das erste Mal, dass ich an einem Ort lebe, ohne dass mein Bruder dabei ist«, sagte er mehr zu sich selbst als zu uns.

»Du hast einen Bruder?«, fragte Meg.

»Ja, er geht schon aufs College.«

»Ach, er studiert schon«, sagte Meg, und ich fügte hinzu: »Kommt sicher gut an bei den Mädchen, hm?«

»Ja, aber spielt er auch in einer Band?« Wie so oft mischte sich Jake überraschend ein und Matt schüttelte den Kopf.

»Nein, er spielt Fußball. Vermutlich wird er nächstes Jahr Mannschaftskapitän.« Ich spürte eine gewisse Bewunderung in seinen Worten mitschwingen.

»Gibst du mir seine Nummer?«, fragte Meg grinsend, und Jake schnaubte verächtlich.

»Er hat schon eine Freundin, sorry«, sagte Matt. »Ein Mädchen, das er in einer Bar kennengelernt hat. Er hat mir ein Foto geschickt. Sie hat ein Tattoo am Hals.«

»Hey, kann ich *ihre* Nummer haben?«, fragte Jake, und diesmal war es an Meg, verächtlich zu schnauben.

»Leute, ich find's richtig cool hier«, sagte Matt, um von ihrem Geplänkel abzulenken. »Zu schade, dass ich nur das letzte Schuljahr hier bin. Wer weiß, was dann kommt.«

Danach saßen wir eine Weile schweigend da und tranken hin und wieder einen Schluck. Dieser letzte Satz traf auf uns alle zu. Wir wussten weder, wo wir in einem Jahr sein noch was wir dann machen würden. Für mich war es ein schrecklicher Gedanke. Würden wir überhaupt noch befreundet sein?

»Was für *mich* kommt, weiß ich«, sagte Meg lachend. »Ich werde ein Filmstar sein.«

»Meine Ovationen, Miss Kensey!«, rief ich übermütig. Meg wollte an die Schauspiel-Akademie gehen, was wirklich gut zu ihr passte. Sie hatte die nötige Energie und Leidenschaft für diese Ausbildung und auch eine melodramatische Ader. Und sie war stark genug, um auch mit Kritik umgehen zu können.

»*Mrs* Wie-auch-immer, bitte schön!«, korrigierte sie mich.

»Ach, du willst so schnell heiraten?«

»Nein, aber spätestens, wenn ich ein berühmter Filmstar bin.«

»Mensch, ihr Tussen!«, rief Jake mit einem gekünstelten britischen Akzent. Er sprang auf, stolzierte vor uns auf und ab und tat so, als hätte er Drumsticks in den Händen. »Und ich werde ein gefeierter Rockstar sein und sämtliche Stadien auf der ganzen Welt füllen. Das wird es all den doofen Highschool-Kids hier zeigen, die nicht an mich geglaubt haben.«

»Aha, du willst also einen auf britisch machen«, sagte ich trocken.

»Selbstredend«, fuhr Jake mit diesem Akzent fort. »Die Briten machen die beste Musik. Punk-Rock!«

»War's mit dem britischen Punk nicht ab den Siebzigern vorbei?«, warf Matt ein und zwinkerte mir zu.

»Kumpel, du scheinst nicht viel Ahnung von der Musikszene zu haben«, sagte Jake abfällig.

»Kumpel?«, wiederholte Matt leise und sah mich fragend an. Ich hatte gerade die Flasche am Mund und musste über Matts Gesicht so lachen, dass ich prompt zu husten begann. Meine Flasche war noch ziemlich voll, aber ich fühlte mich schon beschwipst.

»Und was ist mit dir, Matt?«, fragte ich ihn. »Was hast du später vor?«

Er zuckte die Schultern. »Weiß nicht. Vielleicht irgendwas in der Musikproduktion. Ein Tonstudio eröffnen oder so.«

»Gut. Dann kannst du meine erste Platte produzieren«, verkündete Meg.

»Klar doch, weil jede große Schauspielerin auch Sängerin sein muss«, ergänzte ich, ohne eine Miene zu verziehen.

»Nein, nur die ganz großen.« Sie gab mir einen Rippenstoß.

»Vielleicht können wir ja als Duo auftreten«, sagte Jake großspurig, ging zu Meg und legte ihr einen Arm um die Schultern. Sie blickte kurz zu ihm hoch, zögerte und erklärte dann voller Überzeugung: »Eher nicht.«

Ich sah wieder zu Matt, der schon wieder mit seiner Uhr herumspielte. »Ist ja cool. Wie bist du auf diese Idee gekommen?«, fragte ich.

»Na ja, ich kann mich nicht nur auf mein mittelmäßiges Bassspiel und meine jugendliche Attraktivität verlassen«, scherzte er. »Hält ja nicht ewig.« Ich kicherte.

»Oh, ich schon! Ich bin ein megaheißer Typ!«

Ich tat Jakes Angeberei mit einer wegwerfenden Handbewegung ab und wandte mich wieder Matt zu. »Klingt jedenfalls toll.«

»Und du?«, fragte er. »Was sind deine Zukunftspläne?«

»Ich will einen Master in Kreatives Schreiben machen«, sagte ich.

»Hey, cool. Ich wusste nicht, dass du schreibst.« Er strahlte mich an.

»Na ja, ich will mal Journalistin werden. Und als ich vorhin sah, wie du diesen Zettel aufhebst, kam mir eine Idee.«

»Und die wäre?«, fragte er gespannt.

»Zum Beispiel das Foto, das du auf dem Markt gefunden hast. Ich wette, ich könnte daraus eine Geschichte machen, wenn ich mir vorstelle, worüber die drei gelacht haben könnten. Ganz ähnlich, wie du es machst.«

»Stimmt!«, sagte er aufgeregt. »Es ist wirklich sehr ähnlich. Wir denken uns beide Geschichten aus.«

»Genau.«

Meg streckte mir ihren kleinen Finger entgegen. Ich hakte meinen ein. »Sie ist echt gut«, sagte sie zu Matt und wandte sich dann wieder an mich. »Du bekommst das Exklusivrecht, meine megasteile Karriere aus nächster Nähe zu dokumentieren.«

»Klar, es wird das Erste sein, worüber ich schreibe«, sagte ich lachend.

»Du solltest über heute Abend schreiben«, warf Jake ein, immer noch mit diesem britischen Akzent. »Aber gib mir bitte einen Bart. Ich glaube, mit Bart würde ich noch besser aussehen.«

»Tja, aber leider wächst da nicht viel, Mister Pfirsichflaum«, warf Meg ihm an den Kopf. Er grinste sie an und rückte ihr noch enger auf die Pelle.

»Ist das mit dem Akzent jetzt von Dauer?«, fragte Matt ihn.

»Ich mache so lange weiter, bis die Ladys hier Stopp sagen.«

»STOPP!«, riefen Meg und ich wie aus einem Munde und lachten. Unser einsilbiger Ruf schallte durch die Bäume und wurde von den umliegenden Häusern zurückgeworfen.

»Mal ehrlich, wäre das hier nicht ein irrer Ort für 'nen Gig?«, fragte Jake und blickte fasziniert über den Rand des Daches.

»Ihr habt schon mal hier gespielt. Beim Battle of Bands, weißt du noch?«, sagte ich und dachte an jenen Abend zurück, an dem mehrere Schülerbands gegeneinander angetreten waren. Die Pepperpots waren so gut gewesen, dass ich eine Gänsehaut bekam, als der letzte Akkord in der Dunkelheit verhallte.

»Ja, stimmt, dort hinten«, sagte er und deutete auf den Schulhof. »Aber ich meinte hier oben. Hier auf dem *Dach*. El, wenn du dieses Buch schreibst, lass uns bitte hier oben spielen, okay?« Er ging wieder an den Rand und nahm eine Rockstar-Pose ein, so schwungvoll, dass sein Bier überschwappte. Breitbeinig stand er da, hielt seine Luftgitarre über den Kopf und schrie: »HALLO, JEFFERSON HIGHSCHOOL!«

»Warum klingt das bloß nicht so cool wie ›Hallo, L. A.‹?«, sagte ich spöttisch.

Matt erhob sich, blieb aber neben mir stehen und schrie: »HALLO, ARKANSAS!« Lachend packte ich seinen Arm und zog ihn wieder nach unten. Ich hatte immer noch

Angst, wir könnten unliebsame Aufmerksamkeit erregen. Oder dass einer von uns vom Dach fallen könnte.

»HALLO, ANTARKTIKA!«, schrie Meg, blieb aber immerhin neben mir sitzen.

»Pinguine sollen echte Rock-Aficionados sein«, sagte ich zu ihr.

»Hey, Alter, weißt du was? Die Band fährt in die Antarktis! Wir wären sicher die erste Band, die dort auftritt«, rief Jake auf seine typische Art – halb im Spaß, halb ernst.

»Wir wären mit Sicherheit die erste Band, die dort erfriert«, antwortete Matt nüchtern.

»Ha, erwischt!« Jake zeigte auf Matt. Ich drehte den Kopf und sah, dass Matt mich anstarrte. Allerdings nicht berechnend, sondern irgendwie *interessiert* – als versuche er, mich zu ergründen. Wie bei einem Puzzle meine Einzelteile zusammenzufügen. War ich so mysteriös? Ich lächelte ihn etwas nervös an und er wurde tatsächlich rot.

»Also, Leute! Zu was können wir als Nächstes Ja sagen?«, fragte Jake in die Runde. Er hatte die Aufmerksamkeitsspanne eines jungen Hundes, der ständig herumrannte und sein Territorium markierte. Dieses Dach gehörte ihm. Meg ließ ihn keine Sekunde aus den Augen. Ich hätte sie am liebsten an den Schultern gepackt und geschüttelt, damit sie damit aufhörte, doch ich wusste, dass es schon zu spät war. Sie war total verknallt in Jake, auch wenn sie es abstritt. Ihn hätte ich auch gern gleich mitgeschüttelt, denn wenn er *nett* war, passte er gut zu Meg, doch bei ihm wusste man nie so recht, woran man war. Mal war er richtig süß, dann wieder grundlos launisch, und das ging ständig hin und her. Es war total anstrengend.

»Was ist? *Should we stay or should we go?*«, fragte Meg in Anlehnung an den berühmten Song von The Clash. »Bleiben oder weiterziehen?«

»Cooles Lied«, sagte Jake und richtete seinen Zeigefinger auf sie. Sie sah auf den Boden.

»Spielen wir was?«, schlug ich vor. »Kann ruhig was mit Middle-School-Niveau sein.«

»Du meinst Nägel lackieren und Jungs anrufen?«, fragte Meg.

»Haben wir ja nicht *dauernd* gemacht!«, gab ich zu bedenken.

»Na, ich erinnere mich noch gut an etliche Kicher-Anrufe von euch Tussis«, sagte Jake.

»Aber nur, weil Shana so verrückt nach dir war«, sagte ich. Shana war das dritte Mitglied unserer kleinen Clique gewesen. In der Middle School steckten wir dauernd mit ihr zusammen. Doch in der Highschool lief Shana ins Lager der Cheerleaderinnen über und hatte plötzlich einen ganz neuen Freundeskreis. Sie tauschte die Kopfhörer gegen Megafone ein und wir waren für sie gestorben.

»Echt? Hey, vielleicht sollte ich *sie* mal anrufen.«

Meg boxte ihn spielerisch gegen den Arm und zog ihn dann wieder zu uns runter. »Du rennst rum wie ein aufgescheuchtes Huhn! Macht mich ganz nervös.«

»Du weißt, dass ich nicht stillsitzen kann. Also, was ist jetzt mit 'nem Spiel?«

»Flaschendrehen klappt nicht bei nur vier Leuten«, brachte Matt sich wieder in die Unterhaltung ein.

»Meinst *du!*«, sagte Jake und zog die Augenbrauen hoch.

»Nein, geht nicht«, behauptete Meg.

»Wahrheit oder Pflicht?«, schlug ich vor.

»Oder: Ich habe noch nie …?«, sagte Matt.

»Au ja! *Ich habe noch nie* …!«, rief Jake aufgeregt.

Wir konnten schlecht Nein sagen, nachdem jemand etwas vorgeschlagen hatte, oder?

»Warum ist er so aufgedreht?«, raunte Matt mir ins Ohr.

»Wir haben es schon gespielt«, erklärte ich ihm. »Es endet immer damit, dass Jake um Längen betrunkener ist als der Rest von uns.«

»Es ist dieses Armband, nicht wahr?«, fragte Meg, hielt ihren Arm hoch und zeigte auf das schwarz-weiße Exemplar.

»Ach je, stimmt!«, sagte ich. »Jake, hast du da nicht versucht, mit verbundenen Augen Skateboard zu fahren?«

»*Versucht?!* Sollte es nicht besser heißen: Ich habe es *geschafft,* mit verbundenen Augen Skateboard zu fahren!«, meinte Jake großspurig.

»Du bist an einen Baum gedonnert! Das würde ich nicht als ›geschafft‹ bezeichnen«, sagte Meg trocken.

»Und was ist mit dir?«, wandte sich Matt an mich. »Kommst du bei dem Spiel normalerweise ungeschoren davon?«

»Wirst du gleich sehen«, sagte ich mit einem schiefen Grinsen und hoffte, dass ich einigermaßen cool klang, obwohl ich am Ende meist die Nüchternste war. Wir setzten uns in einen Kreis, und reihum musste jeder etwas nennen, das er noch nie getan hatte. Wer von den anderen es dagegen schon getan hatte, musste einen Schluck trinken. Ganz einfach. Jake reichte jedem von uns eine zweite Flasche, dabei hatte ich meine erste noch nicht mal leer. Leichtgewichtig wie ich war, reichte mir normalerweise schon eine Flasche, damit für mich alles wilder, heller und lauter war.

»Okay, ich fange an«, sagte ich in einem Anflug von Tapferkeit. »Ich musste noch nie nachsitzen.« Sowohl Jake als auch Meg tranken einen Schluck. Ich kannte den Grund natürlich, deshalb war keine Erklärung nötig. Doch Matt wusste es nicht. »Jake, weil er einmal zu oft geschwänzt hatte, und Meg, weil sie einen Footballspieler verprügelt hat, der sich über ihren Bruder lustig gemacht hatte.«

»Warum hat er sich über ihren Bruder lustig gemacht?«, erkundigte sich Matt.

»Er ist schwul«, antwortete Meg statt mir. »Total fies, ihn deshalb zu hänseln.«

»Hey, wollt ihr Matt jetzt *jedes* Mal die Zusammenhänge erklären? Dann dauert es ja ewig!«, maulte Jake, und ich verdrehte die Augen.

»Mir hat noch nie ein Junge vorgeschlagen, unsere Beziehung mit Abklatschen zu beenden«, fuhr Meg fort, um Jake abzulenken und mich wieder dranzukriegen. Seufzend hob ich meine Flasche.

»Ich habe noch nie Scherzanrufe bei Jungs gemacht«,

sagte Jake, und Meg und ich mussten notgedrungen trinken.

»Hey, geht es hier nur darum, einander betrunken zu machen?«, fragte ich genervt.

»Klar, worum sonst?«, antwortete Jake.

»Na schön: Ich hab mir noch nie die Nägel lackiert«, erklärte Matt, und wieder mussten Meg und ich dran glauben. Da sah ich plötzlich, dass Jake auch trank.

»Ist was?«, wollte er wissen. »Ich bin nun mal ein Rock-Idol!«

»Träum weiter!«, kommentierte Meg mit einem Augenrollen. Das wurde allmählich zu einem Tick bei ihr.

»Ach nee? Und ich bin noch nie aus Florida herausgekommen«, sagte ich und beobachtete Matt aus dem Augenwinkel. Grinsend gab er mir einen Rippenstoß und nahm einen Schluck.

»Ich war noch nie Mitglied einer Rockband«, sagte Meg als Nächstes und bekam damit natürlich die Jungs dran.

»Ich habe noch nie gehabt, was ihr Mädchen jeden Monat habt«, konterte Jake.

»Du sprichst von der Periode?«, fragte Meg ungläubig. »Mann, geht's noch primitiver?«

»Warum nicht?«, maulte er achselzuckend.

»Ich habe mir noch nie die Haare gefärbt«, sagte Matt als Nächstes. Wir drei anderen mussten trinken.

»Meg und ich haben uns letzten Sommer Blondierspray in die Haare gesprüht«, erklärte ich Matt. »War *keine* gute Idee!«

»Du hast mit deinen orangefarbenen Strähnen wie ein Tiger ausgesehen«, sagte Meg lachend.

»Oje, stimmt.« Ich kicherte. »Und Jake hat schon jede Haarfarbe durchprobiert, die es gibt – jede Wette.«

»Nö, Pink noch nie«, widersprach er. Die meisten Eltern würden ihrem Sohn verbieten, sich dauernd die Haare umzufärben, nicht aber Jakes Mom. Jake war ein Engel, verglichen mit seinem Dad, der ein hochgradiger Alkoholiker war. Der kam jeden Abend sturzbetrunken nach Hause und redete kaum mit seiner Frau und seinem Sohn. Jake trank zwar auch Alkohol – er sagte, das hätte er von seinem Dad gelernt –, doch er hatte sich geschworen, es nie so weit kommen zu lassen wie sein Dad. Er kannte die Folgen und lebte seine Aggressionen lieber durch Musik aus. Und offenbar auch mit seinen Haaren. Jetzt zeigte er auf mich.

»Ich habe noch nie jemanden auf einem Dach geküsst«, sagte ich, weil mir eingefallen war, dass Meg und Jake es schon gemacht hatten. Das hatte Meg mir erzählt. Dass ich damit ins Fettnäpfchen getreten war, merkte ich erst, als ich Megs Gesicht sah. Sie zog fast unmerklich eine Augenbraue hoch. Doch das besagte alles. Ich hätte es nicht ansprechen dürfen. Doch dann setzten sie und Jake ungerührt die Flasche an. Wir waren vermutlich alle schon zu beschwipst, als dass uns etwas peinlich gewesen wäre. Ich drückte ihre Hand, um ihr mitzuteilen, dass es mir leidtat, und sie erwiderte den Händedruck. Alles war gut. Außerdem wusste es sowieso jeder. Ich versuchte immer krampfhaft, ihre frühere Beziehung nicht zu erwähnen, aber manchmal verplapperte ich mich doch.

»Du nicht, stimmt«, sagte Jake, als er sah, dass ich nicht mittrank. »Aber dem kann abgeholfen werden. Matt, küss Ella!«

»Wie bitte?! Moment mal«, rief ich erschrocken.

»Bedauere, aber jeder Widerspruch ist zwecklos. Es ist die Nacht des Jasagens, oder?«, sagte Meg süffisant und drückte erneut meine Hand. Ich wusste, dass sie es nur gut meinte und mir helfen wollte, über meinen fiesen Exfreund hinwegzukommen, doch damit brachte sie nicht nur *mich* in Verlegenheit. Mein Gesicht lief heiß an, und ich brachte es nicht über mich, Matt anzusehen. Okay, ich wäre schon gern von ihm geküsst worden, aber doch nicht *so!* Nicht, wenn wir praktisch dazu gezwungen wurden! Nicht so unvermittelt und so unromantisch. Nicht halb betrunken.

»Ähm, ich fürchte, Regeln sind Regeln«, sagte Matt. Ich muss ziemlich entsetzt dreingeschaut haben, denn er fügte schnell hinzu: »Natürlich nur, wenn es für dich okay ist.«

Jake bekam von der Spannung, die in der Luft lag, offenbar nichts mit, denn er begann uns anzufeuern: *»Auf, auf, auf!«* Mit hochrotem Gesicht drehte ich mich zu Matt und sah ihm in die Augen. Er sah mich nicht minder verlegen an, fast etwas ängstlich. Doch in seinen Augen lagen weder Zweifel noch Abneigung. Ich spürte, dass er mich genauso gern küssen wollte wie ich ihn. Das gab für mich den Ausschlag.

Er strich sich die Haare aus dem Gesicht, doch als er sich

zu mir herunterbeugte, fielen sie ihm wieder über die Brille. Ich konnte seine Augen trotzdem noch einigermaßen sehen und mein Herz schmolz. Ich beugte mich zu ihm, er sich zu mir – bis sich unsere Lippen trafen.

Es war, als würde ein Funke überspringen, und ich zuckte zurück. Was hatte das zu bedeuten? Ich kannte ihn kaum, und doch war mir klar, dass ich diesen Moment nie vergessen würde. Ich konnte seine Lippen noch immer spüren. Weich und süß. Ich biss mir auf die Unterlippe und konnte ihn noch immer schmecken. Als er errötete und mich schüchtern anlächelte, merkte ich, dass ich ebenfalls lächelte. Erst der Applaus unserer beiden Zuschauer riss uns aus unserer Verzauberung. Als wir uns erneut ansahen, war alle Verlegenheit verflogen – und übrig blieb Wärme. Verlangen. Wir hatten beide Ja gesagt. Für den Rest des Spiels saßen wir näher beieinander und unsere kleinen Finger berührten sich leicht.

»Kinder, bin ich froh, dass das jetzt erledigt ist«, sagte Meg. »Zurück zu unserem Spiel. Ich habe noch nie während eines Footballspiels rumgeknutscht.«

»Dumme Nuss«, murmelte ich und dachte an die Zeit mit Nick zurück. Wir hatten uns mehrere Spiele angesehen, doch dem Geschehen auf dem Spielfeld kaum Beachtung geschenkt, weil wir mehr mit uns beschäftigt waren. Unser Team verlor sowieso immer, deshalb haben wir nicht viel verpasst. Als ich einen Schluck aus meiner Flasche nahm, merkte ich, dass Matt mich fragend ansah.

Jake war als Nächster dran. »Um beim Thema zu bleiben: Ich habe noch nie mit jemandem in der Schule rumgeknutscht, Punkt.« Bevor jemand die Flasche heben konnte, hakte Meg nach.

»Ach nee?« Sie beäugte ihn mit zusammengekniffenen Augen.

»Au, Mist, sorry.« Er bemerkte seinen Fehler und nahm einen tiefen Schluck. Wir machten alle mit. Diesmal wurde *ich* eifersüchtig, als ich sah, wie Matt die Flasche wieder absetzte.

»Ihr wisst schon, dass es für mich viel schwerer ist, da ich euch ja kaum kenne«, gab Matt zu bedenken.

»Na, Ella kennst du inzwischen ja schon recht gut«, sagte Jake grinsend. Meg lachte, während ich mir verlegen die Hände vors Gesicht schlug. Klar, dass Jake sich das nicht hatte verkneifen können.

»Okay«, begann Matt betont locker, um Jakes kleinen Gag zu überspielen. »Also, ich … ich war noch nie nackt schwimmen«, sagte er dann etwas unsicher, weil er nicht wusste, ob das bei uns üblich war.

Sowohl Jake als auch Meg tranken.

»Hey, das wusste ich gar nicht!« Ich stockte kurz und ergänzte: »Bitte löschen! Ich will es gar nicht wissen.«

»Moment, ihr zwei etwa noch nie?«, fragte Meg. Matt und ich schüttelten die Köpfe. Sein kleiner Finger legte sich auf meinen und mir wurde heiß und kalt.

»Gut, dann holen wir das jetzt nach«, erklärte Jake.

»Erstens: Wo bitte? Und zweitens: Nein danke«, sagte ich.

»Süße, heute Nacht gibt's kein Nein!« Jake sprang auf und tigerte auf und ab. Er schien wild entschlossen.

Wieder lief ich knallrot an. Ich wollte mit niemandem nackt ins Wasser steigen und am allerwenigsten vor *Matts* Augen. Schon der Gedanke daran war mir peinlich.

»El hat recht, Jake. Wo denn?«, bremste Meg Jake aus.

»Wo wart *ihr* damals?«, wollte Matt wissen. Ich riss den Kopf herum und sah ihn empört an. »Was ist? Man wird doch noch fragen dürfen!«

»Am Strand, aber das ist zu weit«, sagte Meg. Meinen fragenden Blick quittierte sie mit einem Schulterzucken. Aha, sah ganz so aus, als würde sie mit Jake eine Menge Dinge tun, von denen ich nichts wusste.

»Pool!«, rief Jake plötzlich aufgeregt. Er starrte am Hauptgebäude vorbei in Richtung der Sporthalle.

»Keiner von uns hat einen Pool«, erklärte ich, für den Fall, dass er das gemeint hatte. »Du vielleicht, Matt?«

»Nein, leider nicht.«

»Ach was, das Schulschwimmbecken. Dort hinten!« Jake streckte einen Arm aus. Die Schule besaß tatsächlich ein Freibad, nicht weit weg von hier. Es gab weder einen Zaun noch eine Mauer – es war einfach ein Schwimmbecken im Freien –, doch aus einem unerfindlichen Grund klang es weitaus schlimmer, als hier auf dem Dach herumzuturnen. Hier waren wir immerhin hoch oben, wo keiner uns sehen konnte.

»Mann, Leute«, stammelte ich entsetzt. Ich wusste, dass wir zu allem Ja sagen sollten, doch das war echt zu viel. So viel Alkohol konnte ich gar nicht trinken, dass ich meine Angst verloren hätte, nackt vor den anderen herumzuplanschen. Nicht dass ich mich für meinen Körper *schämte* – obwohl er wahrlich nicht perfekt war. Ich fand meine Schenkel zu dick und meine Knie zu knubbelig. Und ganz schlank war ich auch nicht. Meg hatte eine Traumfigur, während ich … nun ja, ich war. Aber welches Mädchen ist schon mit seinem Körper zufrieden?

Doch es war nicht nur das. Abgesehen davon, dass wir uns natürlich für den Sportunterricht umziehen mussten oder ich mich bei Meg mal umzog, bevor wir abends loszogen, war ich noch nie vor anderen nackt herumgerannt. Niemals. Klar, zwischen Nick und mir war es natürlich zu Zärtlichkeiten gekommen, aber ganz so weit gingen wir nie. Ich war nervös gewesen und er zu forsch. Und als er dann fremdging, habe ich mir insgeheim Vorwürfe gemacht, dass es vielleicht genau deshalb passiert war, *weil* wir nicht weitergegangen waren.

»Superidee«, sagte Meg, erhob sich und ging zu Jake hinüber.

»Meg …«, begann ich hilflos. Matt trank seine Flasche leer und sah auf den Boden. Er begriff, dass er nichts mitzureden hatte. Jake war der Anführer. Meg drehte den Kopf und sah, wie bestürzt ich war.

»Okay, machen wir einen Kompromiss«, sagte sie. »Wir gehen ins Schwimmbad, ziehen uns aber nicht *komplett* aus.« Sie kannte mich gut genug, um zu wissen, wie es in mir aussah. Ein paar Wochen nach der Trennung von Nick hatte ich ihr erzählt, was meiner Meinung nach der Grund gewesen war. Warum er sich eventuell nach einer anderen umgesehen hatte. Wenn *das* der Grund gewesen war, dann sei er es auch nicht wert gewesen, hatte sie gesagt und mich in den Arm genommen. Insgeheim hatte ich das natürlich schon gewusst, aber richtig kapiert habe ich es erst, als Meg es mir klipp und klar sagte.

Meg schaute wieder zu den Jungs. »Und außerdem haben wir Matt ja gerade erst kennengelernt. Wer weiß, ob er nicht vielleicht pervers ist …«, fügte sie grinsend hinzu.

»Na ja, also …«, begann er, doch als er unsere Blicke sah, verstummte er mitten im Satz. »War nur ein Witz«, sagte er dann.

Ich dachte über Megs Kompromiss nach. Das klang um Längen besser. Ob Unterwäsche oder Bikini, machte keinen großen Unterschied. Wir wollten an diesem Abend Spaß haben, ich wollte die Vergangenheit vergessen und nach vorn blicken. Nick und meine Ängste und Vorbehalte hinter mir lassen. Etwas Neues tun, Ja sagen … und bei dieser Gelegenheit vielleicht Matts nackten Oberkörper sehen. Keine schlechten Aussichten. Es sollte schließlich ein Abend werden, an den wir uns noch lange erinnern würden.

»Okay, gut«, seufzte ich und trank mein Bier aus. Mir ein bisschen Mut anzutrinken, konnte nicht schaden.

»Operation Nacktschwimmen wird gestartet«, ließ Jake den Schulhof wissen.

11. JETZT

22.45 Uhr

»Ah!«, schreie ich, und Matt zieht mich an sich, als würde mich das vor dem Regen schützen.

»Komm!« Er nimmt meine Hand. »Wir müssen runter!«

»Wie?« Wie sollen wir in diesem strömenden Regen nach unten kommen? »Was, wenn wir ausrutschen und fallen? Dann sind wir mausetot.« Tolle Vorstellung: Hier auf dem Schuldach mit meinem Exfreund sterben. Grandios.

»Unsinn, wir sterben nicht. Aber wir können nicht hier oben bleiben«, ruft Matt zurück und zieht mich zum Rand des Dachs.

»Sollen wir nicht besser warten, bis das Schlimmste vorbei ist?«, frage ich ängstlich und verzweifelt, weil ich vermutlich immer noch an das denke, was gerade zwischen uns war.

»Was, wenn es gewittert?«, ruft er kopfschüttelnd, und ich sehe ein, dass er recht hat. »Ich passe auf, dass dir nichts passiert«, verspricht er mir, und ich fühle mich an das Radschlagen von vorhin erinnert. Er packt mich an den Schultern und sieht mich so eindringlich an, dass ich nicke. Ich bin pitschnass, die Klamotten kleben mir am Körper, und ich kann mir beim besten Willen nicht vorstellen, wie wir es bei diesem Unwetter nach unten schaffen sollen. Es war eine dumme Idee. Das Ganze war total bescheuert.

»Ich gehe zuerst und helfe dir dann runter, okay?«

Wieder nicke ich, und weil mir vor Nässe so kalt ist, beginnen meine Zähne zu klappern. Matt setzt sich an den Rand, stützt sich ab und verschwindet in der Tiefe. Mit Herzklopfen beuge ich mich vor, um zu sehen, ob er es schafft. Mit den Füßen erreicht er mit Müh und Not das Geländer. Oh-oh, ganz schön riskant. Sehr riskant. Doch er hat recht. Oben zu bleiben, wäre noch schlimmer.

»Okay, jetzt du, vertrau mir!«, ruft er. Schicksalsergeben nicke ich wieder und schließe die Augen. *Bitte, lass uns das überleben.* Langsam strecke ich die Beine nach unten und warte auf seine Hände. »Noch ein Stück, El!«, ruft er, und ich muss noch weiter runter, während sich meine Finger um die Brüstung krampfen. Ich lasse die Augen geschlossen und hoffe, dass es nur ein böser Traum ist, der aufhört, sobald ich bei Sonnenschein und Wärme wieder aufwache. Ich spüre seine Hände zuerst an dem einen, dann an dem anderen Bein. Und dann an meinen Schenkeln. Dann an der Taille. Schließlich stehe auch ich mit beiden Füßen auf dem Geländer. Ein tiefer Seufzer der Erleichterung, mein Herz macht einen Freudensprung. Wir halten uns an den Händen, als wir auf die sichere Treppe springen.

»Ich hab dich!«, flüstert er mir ins Ohr, ohne mich loszulassen, obwohl wir wieder festen Boden unter den Füßen haben. Ich drehe mich zu ihm. Wir stehen noch immer im strömenden Regen, sind nass bis auf die Knochen. Doch sein Gesicht ist so dicht vor meinem, genau wie vorhin, bevor uns der plötzliche Regenguss auseinanderriss. Matts Brille ist so nass, dass ich seine Augen nicht sehen kann, doch ich weiß, dass er mich ebenso intensiv ansieht wie ich ihn. Adrenalin pulsiert durch meinen Körper. Ich lehne mich an ihn.

Zu meiner Rechten kracht ein Donner, ich zucke zusammen und löse mich aus seiner Umarmung.

»Komm«, sagt er bedauernd und greift wieder nach meiner Hand. Wir rennen die Stufen hinunter und um das Gebäude herum und der Regen verfolgt uns die ganze Zeit. Es fühlt sich an, als käme ich gerade vom Schwimmen. Es fühlt sich genau wie letztes Mal an.

In Rekordzeit sind wir am Auto, springen hinein und sind endlich im Trockenen.

»Du meine Güte«, stöhne ich. »Wo kam *das* her?«

»Florida-Wetter, das Einzige, was ich nicht vermisst habe«, sagt Matt und schaltet die Autoheizung ein. Die warme Luft tut gut. Aber leider kleben mir die Klamotten noch am Leib, und meine Haare sind so nass, dass mir das Wasser ins Gesicht tropft. »Alles okay?«, fragt Matt besorgt.

»Abgesehen von dem Gefühl, dass ich gerade in voller Montur geduscht habe, geht's mir gut, danke.« Trotz Zähneklappern bekomme ich ein Lächeln hin. Matt sieht genauso mitgenommen aus, seine Haare kleben am Kopf, und seine Kleidung ist so nass, dass sie um mindestens zwei Nuancen dunkler aussieht. Er nimmt seine Brille ab, um sie am T-Shirt abzutrocknen, bis ihm auffällt, dass sein Shirt noch nasser ist.

»Hey, ich hab noch gar nicht alles ausgepackt. Dahinten müsste eine Tasche mit Klamotten sein. Kannst dir gern was nehmen, falls du etwas Trockenes anziehen möchtest.« Er dreht sich um und greift nach hinten.

»Super.« Ich betaste meine Hose. »Trockene Sachen wären toll. Zu doof, dass wir deine Sitze jetzt so nass machen.«

»Macht doch nichts«, sagt er achselzuckend. »Hier!« Er öffnet eine große Tasche mit Klamotten. Der mir so vertraute Matt-Geruch schlägt mir entgegen. Er holt ein paar T-Shirts heraus und setzt sich wieder richtig hin. Als er mir einen Stapel in die Hand drückt, nehme ich das oberste, um mir das Gesicht abzuwischen und die Haare zu rubbeln. Anschließend wickele ich es mir um den Kopf. Es sieht bestimmt lächerlich aus, aber was soll's? Ich sehe, dass Matt sich die Brillengläser trocken reibt. Dann setzt er die Brille wieder auf und macht Anstalten, sein nasses T-Shirt auszuziehen.

Instinktiv verschränke ich die Arme vor dem Bauch, genau wie früher am Abend, als er so überraschend vor mir stand. Als wollte ich mich irgendwie zusammenhalten, mich vor der Wucht der Erinnerungen schützen. Als ich merke, was vor sich geht, pocht mein Herz wie wild, und mein Atem geht schneller. Er zieht sein T-Shirt aus. Gleich wird er mit nacktem Oberkörper dasitzen. Und mir bleibt wohl nichts anderes übrig, als meines ebenfalls auszuziehen. Vor ihm. Hier.

Das letzte Mal tat ich das in der Nacht, bevor er wegging.

Und plötzlich schießen mir die Erinnerungen an jene Nacht wie eine Sturzflut durch den Kopf. Es war die erste und einzige Nacht, in der wir richtig zusammen waren, und es war so wunderschön gewesen, dass sie mir danach noch lange Hoffnung gab. Doch die Erinnerung an jene Nacht beschwört sofort Erinnerungen an das herauf, was dann kam, und meine Hände drücken sich noch fester an meinen Bauch, weil Matt mich auf gar keinen Fall noch einmal so verwundbar erleben darf. Mein Blick fällt auf den Zettel im Becherhalter. Vorhin mochte er ja noch nett gewesen sein, doch jetzt kommt er mir genauso vor wie all die anderen Zettel, die er mir früher geschickt hat. Das Blatt wirkt auf mich wie der Abschiedsbrief, den ich nie erhalten habe.

»Was ist?«, fragt er und mustert mich irritiert. Er trägt ein neues Shirt, ein schwarzes mit einem Band-Logo darauf, und ich bin mir ziemlich sicher, dass es dasselbe ist wie an dem Abend, als wir uns kennenlernten. »Oh«, sagt er, als sei ihm gerade ein Licht aufgegangen, »ich schaue natürlich weg, damit du dich umziehen kannst.« Aber darum geht es gar nicht. Es geht um ihn.

»Ich kann nicht.« Meine Stimme ist leise, denn ich habe nicht die Kraft, lauter zu sprechen.

»Was?«, fragt er ratlos.

»Ich kann nicht«, sage ich etwas lauter, kräftiger. Ich spüre, wie ich innerlich zerbreche, und ich muss es endlich aussprechen, bevor es zu spät ist. »Ich kann nicht länger so tun, als sei alles okay, denn das ist es nicht. Zumindest für mich.«

»Okay …«, sagt er betroffen.

»Warum hast du es getan?«, frage ich, und ich sehe, dass er den Mund auf- und dann wieder zumacht. Es trifft ihn unerwartet, das merke ich, aber ich kann es nicht länger verdrängen. Mein Herz beruhigt sich langsam wieder und drängt mich, es endlich anzusprechen. Es *muss* sein.

»Was … getan?«, hakt er nach.

»Mich verlassen«, sage ich.

»Ella …«

»Im Ernst. Ich *muss* es wissen.«

»Du weißt, warum ich wegging. Mein Vater bekam einen neuen Job in Houston. Da sind meine Eltern umgezogen und ich musste natürlich mit.« Er sieht nach vorn, nicht auf mich. Es klingt so einstudiert, so gestellt.

»Ja, diesen Teil kenne ich inzwischen. Es geht um später. Um das, was danach war.«

»Was meinst du?«

»Wieso hast du dich nie gemeldet? Nie auf meine Anrufe reagiert? Oder auf die von Jake? Wir haben uns die größten Sorgen gemacht. Warum bist du verschwunden und hast dich nie gemeldet?«

»Die Sache ist etwas kompliziert …«

»Wie kompliziert wäre bitte schön ein Anruf?«, schreie

ich und merke, dass mir Tränen in die Augen schießen. Ich habe sie den ganzen Abend zurückgehalten. Deshalb war ich gleich am Anfang, an der Tiki-Bar, so ablehnend. Er hat mich die ganzen Monate leiden lassen.

»Komplizierter, als ich dachte …«, sagt er leise und sieht mich endlich an.

»Du hast uns nicht die kleinste Chance gegeben.«

Er seufzt und stößt dabei alle Luft aus seinen Lungen. »Es gibt so vieles, was du nicht weißt …«

»Dann erzähl es mir endlich!«, flehe ich ihn an. »*Was* weiß ich nicht?« Was für Geheimnisse schleppt er mit sich herum? Was könnte so schlimm sein, dass er es vor mir verheimlichen musste, so dramatisch, dass es uns auseinanderriss? »Meinst du nicht, dass ich es verdient habe, die Wahrheit zu erfahren?«

Er sieht mich an, mit einem Blick, den ich nicht von ihm kenne. Ist es Angst, Sorge, Frust oder Resignation? Traurigkeit? Oder alles gleichzeitig?

»Es ist so, dass … ich eine Menge Fehler gemacht habe, und das möchte ich wieder in Ordnung bringen. Ganz ehrlich. Aber ich möchte nicht über damals reden«, sagt er zerknirscht. »Ich möchte die Zeit hinter mir lassen und nach vorn blicken.«

»Du meinst, einen Abend von früher nachzuspielen, sei ein Schritt nach vorn?«, frage ich aggressiver als beabsichtigt. »Wie könnte ich dir jemals verzeihen, wenn du mir nicht endlich sagst, was los war!«, fauche ich.

Er nickt resigniert und fängt an, mit seiner Uhr zu spielen. Wegen irgendetwas ist er hypernervös und ich wappne mich innerlich für einen schweren Schlag. Das Blut rauscht in meinen Ohren.

»Okay«, sagt er dann, und es klingt so gequält, als bereite ihm dieses Wort körperliche Schmerzen. »Wir sind nicht wegen des Jobs meines Vaters nach Houston gezogen«, gesteht er seiner Armbanduhr, nicht mir, und ich ziehe entsetzt die Augenbrauen hoch. Das war auch gelogen? »Es war wegen … meines Bruders. Er … hatte Riesenärger am Hals.«

»Chris? Was für Riesenärger?«, frage ich mit matter Stimme. Was konnte so schlimm sein, dass Matt und seine Familie gezwungen waren, in einen anderen Bundesstaat zu ziehen? Was konnte ihn zwingen, jeden Kontakt mit mir abzubrechen – und mich ein halbes Jahr lang im Ungewissen zu lassen?

»Eine ganz üble Sache«, sagt Matt mit einem wehmütigen Lächeln, das ihm aber schnell wieder vergeht, als er meinen ernsten Blick sieht. Er atmet tief aus und fährt dann fort: »Weißt du noch, dass ich dir erzählt habe, er würde Kapitän seiner Fußballmannschaft werden?« Ich nicke. Matt war damals so stolz. »Doch kurz darauf ist er aus der Mannschaft geflogen. Wegen … Drogen.«

Er verstummt und ich muss diese Neuigkeit zunächst verarbeiten. »Okay«, sage ich dann. »Das ist übel, aber was hatte es mit deinem Weggang zu tun? Mit *uns?*« Nervös warte ich auf seine Antwort.

»Er ist nicht nur aus der Mannschaft geflogen …« Matt

sucht verzweifelt nach den richtigen Worten. »Er flog auch von der Schule, weil er Drogen nicht nur *genommen,* sondern auch mit ihnen gedealt hat«, gesteht er. »Es war ein Riesenskandal und Chris war mittendrin.« Matt verstummt und zuckt hilflos mit den Schultern.

»Das klingt ja verrückt. Ihr seid also wegen Chris nach Houston gezogen, nicht wegen des Jobs deines Dads?«

»Ja.« Matt nickt. »Ja, es war – echt schlimm. Er war sogar im Gefängnis.« Matt umklammert das Lenkrad und atmet mehrmals tief ein und aus. Ich würde ihn so gern trösten, für ihn da sein, ihn in die Arme nehmen, doch ich weiß nicht mehr, wie es geht. Ich weiß nicht, wie ich ihn wegen dieser Sache trösten kann, denn ich habe nichts davon mitbekommen. Er hat es mir nie erzählt. Und ich weiß nicht, was mehr wehtut – dass er es vor mir verheimlicht hat oder dass er es allein durchstehen musste.

»Jedenfalls hat meine Mom damals beschlossen, dass wir umziehen müssen«, fährt er fort und starrt wieder vor sich hin. »Sie ist fast verrückt geworden vor Kummer. Sie war völlig durch den Wind. Sie ging nicht mehr zur Arbeit, traute sich nicht mehr aus dem Haus. Sie war völlig fertig. Es war eine schlimme Zeit … für uns alle.« Gequält schließt er für einen Moment die Augen. »Es war, als hätte ich plötzlich keine Mutter mehr, verstehst du? Mein Dad ging einfach weiter zur Arbeit, als sei nichts passiert. Dafür habe ich ihn gehasst.« In Matts Stimme schwingt noch seine ganze Wut mit. »Weißt du, unser ganzes Leben hat sich immer nur um ihn gedreht, und kaum macht einer von uns eine Dummheit und bräuchte ihn, da kneift er. Damals habe ich ihn richtig gehasst dafür, dass er sein Leben weiterlebte, während wir anderen vor die Hunde gingen.« Wieder schließt er gequält die Augen.

Ich hatte immer gewusst, dass er seiner Mutter und seinem Bruder näherstand als seinem Vater, doch dass es so schlimm war, habe ich nicht geahnt. Das hat Matt nie erwähnt. Ich war ein paarmal bei ihnen zu Hause gewesen und hatte seinen Vater beim Abendessen gesehen, doch er war nie übermäßig freundlich zu mir gewesen – im Gegensatz zu Matts Mutter. Ich kann mir nicht vorstellen, wie Matt sich gefühlt haben muss. Ich kann mir auch nicht vorstellen, dass diese Familie in jener schweren Zeit nach außen hin so tat, als sei alles normal, wenn ich bei ihnen am Tisch saß.

Ich weiß allerdings noch, dass Matt einmal in letzter Minute eine Programmänderung vorschlug und unbedingt ein Picknick machen wollte, obwohl wir ursprünglich bei ihm zu Hause essen wollten. War es, weil seine Mutter depressiv war? Wie konnte ich nichts von dieser Familientragödie mitbekommen haben?

»Warum hast du es mir nicht einfach erzählt?«, frage ich leise. Warum hat er mich nicht eingeweiht? Warum hat er mir nicht vertraut?

Er sieht mich an, seine Augen hinter den Brillengläsern sind gerötet, und ich spüre, wie schwer es ihm fällt, über diese Zeit sprechen zu müssen. Ich verstehe natürlich, dass er sich nicht gern daran erinnert, aber ich will es trotzdem wissen.

»Anfangs wollte ich dich nicht damit belasten«, sagt er und blickt kurz auf den Boden. »Kannst du dir nicht vorstellen, wie peinlich es ist, einen Bruder zu haben, der im Gefängnis sitzt? Besonders nachdem ich dauernd von ihm geschwärmt und dir erzählt hatte, dass er mein großes Vorbild ist.« Er macht eine kurze Pause und fährt dann mit belegter Stimme fort: »Gott, wie ich ihn *gehasst* habe, dass er mich so enttäuscht hat ...« Er schnieft. »Ich wollte nicht, dass du diesen kaputten Teil meines Lebens siehst. Es war schon schlimm genug, dass wir wegziehen mussten und alles. Ich wollte nicht von dir bedauert werden. Und außerdem ... bin ich es nicht gewöhnt, dass mir jemand so nahesteht. Es gab immer nur meine Familie für mich, und als dann diese Katastrophe passiert ist, hatte ich einfach nur Angst.«

»Du hattest Angst, es mir zu erzählen?«, frage ich in schärferem Ton als beabsichtigt. Denn ich habe ihm immer alles erzählt, einfach *alles.* Und er war mit dieser Riesensache konfrontiert und hat mir kein Sterbenswörtchen gesagt!

»Ich weiß, es klingt dumm, das sehe ich inzwischen ein, aber ich hatte Angst und war völlig durch den Wind ... Ich hatte Angst, dass unsere Beziehung in die Brüche geht, wenn ich dich mit reinziehe«, sagt er so hastig, dass er fast ins Stottern kommt. Er beugt sich ein Stück zu mir, und ich weiche zurück, damit der Abstand zwischen uns gewahrt bleibt. »Ich wollte, dass wenigstens mit uns beiden alles so blieb, wie es war. Ich habe es *gebraucht,* dass meine Welt mit dir noch intakt blieb. Du warst mein einziger Halt, als alles andere zu Bruch ging. Du warst so wichtig für mich – und bist es immer noch.«

»Wie konnte ich so wichtig für dich sein, wenn du mir etwas so Bedeutendes verschwiegen hast?«, frage ich, und mein Herz beginnt zu hämmern, als mir klar wird, dass unsere Beziehung bei Weitem nicht so innig war, wie ich mir immer eingebildet hatte. Er hat mir nie alles erzählt, sich mir nie wirklich geöffnet. »Ich hätte dir helfen können. Ich hätte dir zugehört.«

»Ich weiß, ich weiß«, sagt er leise und wird dann etwas lauter. »Die Sache ist die, dass ich es dir sagen *wollte,* aber nicht mal *das* bekam ich hin.«

»Moment mal, wann? Wie?«

»Bei Starbucks, weißt du noch? Da habe ich dir einen Zettel gegeben.«

Ich denke an unsere Besuche bei Starbucks zurück. Es waren einige. Einmal, stimmt, da gab er mir eine beschriebene Serviette, die er gefunden hatte: eine Liste mit Medikamenten. »Was ist das?«, habe ich ihn gefragt, und da hat er nur mit den Schultern gezuckt und auf die Tasse gestarrt, die er in beiden Händen hielt.

»Du hast mir eine Liste mit Medikamenten gegeben, stimmt. Die du im Starbucks auf dem Boden gefunden hattest«, bestätige ich mit tonloser Stimme.

»Ich hatte gehofft, es sei ein Hinweis«, sagt er verlegen und starrt wieder auf seine Hände, immer auf seine Hände.

»Eine Liste mit Medikamenten? Wie hätte ich wissen

sollen, dass du mir damit etwas sagen wolltest?« Ich brülle ihn fast an.

»Ich weiß nicht. Ich weiß es einfach nicht. Ich habe es versucht, aber … du weißt ja, dass ich nicht gut darin bin zu …«

»Zu kommunizieren«, führe ich seinen Satz zu Ende.

»Richtig. Ja. Und dann der Zettel, den ich dir zeigte, kurz bevor ich weg bin …«

»Moment! Du meinst den Zettel, den du in der Schule gefunden hattest und auf dem stand, dass jemand ins Gefängnis musste, weil er sein Mittagessen in der Schulcafeteria nicht bezahlt hatte? Das sollte ein *Hinweis* für mich sein?«, frage ich ungläubig. »Matt.« Allmählich begreife ich, wie sehr er sich bemüht und es nicht hinbekommen hat. »Mann, du hättest es doch nur sagen müssen. Ein Satz, mehr hätte es nicht gebraucht«, sage ich kopfschüttelnd. »Ich meine, genau wie heute Abend. Du hättest mir das alles auch schon auf der Party erzählen können, aber nein! Du musstest mit mir wegfahren und quasi unseren gesamten ersten Abend nachspielen. Ich will doch nur, dass du ehrlich zu mir bist und mir nichts mehr verheimlichst.«

Er ballt die Fäuste und hält sie sich vors Gesicht, wodurch seine Brille verrutscht. »Wenn ich könnte, würde ich alles anders machen«, sagt er leise.

»Du hast gelogen!«, schreie ich ihn an. »Du hast Dinge vor mir verheimlicht und gelogen. Du sagst, du wärst glücklich mit mir gewesen, aber wie konnte das sein, wo es nicht mal eine richtige Beziehung war! Man kann keine halbe Beziehung mit jemandem haben. Geht nicht.«

Er nimmt die Hände vom Gesicht und nickt. Er sieht verletzt und verwundet aus, doch ich kann mich nicht bremsen.

»Ich meine, sogar das mit dem Umziehen, weil dein Vater eine neue Stelle bekam, war eine Lüge.«

»Es war leichter, als dir die Wahrheit zu sagen. Es war eine gute Ausrede«, sagt er resigniert.

»Also, erzähl: Was ist genau passiert?«, sage ich streng und verschränke die Arme vor der Brust. Ich will hören, wie diese Geschichte ausging.

»Mit meinem Bruder?« Ich nicke. Er ist sichtlich verlegen, fährt aber tapfer fort: »Meine Mom wollte, dass wir nach Houston umziehen, um … näher dran zu sein. Mein Dad gab schließlich nach. Als ich sah, wie beschissen es dort war, hätte ich so gern mit dir geredet. Ich habe dich schrecklich vermisst. Doch das ließen meine Eltern nicht zu. Echt, glaub mir, es war so schlimm«, sagt er, und ich blicke ihn fragend an, um ihn zum Weiterreden zu ermuntern.

»Weißt du, er musste mit einigen Jahren Gefängnis rechnen, und dann waren da diese Typen, die hinter ihm her waren. Sprich: Typen, die bei uns einzubrechen versuchten, weil Chris ihnen angeblich Geld schuldete.« Matt schüttelt sich bei der Erinnerung. »Ich konnte es dir nicht erzählen. Ich wollte dich aus der ganzen Sache raushalten.«

»Ernsthaft?«, frage ich. Das Ganze klingt für mich eher wie ein Film, nicht wie das normale Leben. Es klingt schrecklich.

»Ernsthaft. Es war alles zum Kotzen. Alles. Ich habe in ständiger Angst gelebt und hätte mich am liebsten in ein Mauseloch verkrochen. Meine Eltern waren nur noch am Streiten und drohten damit, sich gegenseitig umzubringen, wenn sie nicht gerade Chris an den Kragen wollten. In der Schule fand ich keinen Anschluss. Ich war der Neue und legte es natürlich auch nicht darauf an, Leute kennenzulernen, deshalb war es vermutlich auch meine Schuld. Ich habe es gar nicht probiert … Ich war so wütend, so wütend auf mich selbst, weil ich dir das antat, aber auch auf meinen Bruder, weil er uns das antat, und auf … alles. Ich kam nicht damit klar. Er ist mein Bruder, begreifst du? Nie im Leben hätte ich mir vorstellen können, dass … dass so etwas passiert.«

»Ich wünschte, du hättest es mir erzählt. Ich hätte zu dir gehalten. Jake sicher auch.«

»Ich weiß, dass du zu mir gestanden hättest. Dass ich es vor dir verheimlicht habe, tut mir am allermeisten leid. Denn wenn du von Anfang an gewusst hättest, warum wir wirklich wegzogen, hätte ich dich als Freundin behalten. Aber als wir erstmal in Texas waren …«

»… konntest du es nicht mehr.«

»Konnte ich es nicht mehr.« Er schüttelt den Kopf. »Meine Eltern wollten nicht, dass du mit hineingezogen wirst, für den Fall, dass etwas passiert … aber ich glaube, der Hauptgrund war, dass es ihnen unsagbar peinlich war.«

»Moment mal …« Ich mache eine Pause und sehe ihn an. »Wenn du all das wusstest, warum hast du dann zuerst eine Fernbeziehung vorgeschlagen? Warum hast du nicht einfach Schluss gemacht? Nicht dass ich es mir gewünscht hätte, aber … warum hast du es nicht getan?«

»Wollte ich doch gar nicht! Ich dachte oder hoffte wahrscheinlich, dass, wenn wir erstmal in Texas wären, alles nicht so schlimm wäre wie befürchtet. Dass unser Leben wieder in normalen Bahnen verliefe. Irgendwie hoffte ich auch, wir würden wieder nach Orlando zurückkehren … ich weiß nicht. Ich konnte nicht Schluss machen. Ich wollte dir nicht wehtun.« Wieder fummelt er an seiner Uhr herum.

»Du wolltest mir nicht *wehtun?*«, wiederhole ich entgeistert.

»Ja …« Er streicht die Haare zurück und lehnt den Kopf an die Kopfstütze. Seine Augen suchen das Schuldach ab, als wäre dort eine Antwort zu lesen. »Ich wusste nicht, wie schlimm es wirklich um meinen Bruder stand. Ich sagte ja schon, dass ich es dir erzählen wollte, sobald wir dort waren, aber …«

»… aber dann hast du es nicht geschafft«, führe ich seinen Satz sarkastisch zu Ende.

»Richtig.«

Ich starre ihn an und warte auf mehr, auf weitere Erklärungen, denn das hier reicht mir nicht. Okay, es war eine schlimme Zeit für ihn, und ja, es tut mir leid, aber das kann doch noch nicht alles sein. Warum hat er nicht von Texas aus Schluss gemacht? Warum ließ er mich in der Luft hängen? Ich weiß nicht, ob es an seiner Geschichte oder an meinen aufgestauten Gefühlen liegt, aber plötzlich fängt mein Herz wieder an zu hämmern.

»Das ergibt keinen Sinn, Matt!«, schreie ich ihn an. »Was für eine billige Ausrede! Dachtest du wirklich, das nehme ich dir ab? Und sei bereit, alles zu vergessen und zu verzeihen? Ich habe dich *geliebt,* verdammt noch mal! Das wusstest du! Du kannst dir nicht vorstellen, wie sehr ich gelitten habe.« Tränen laufen mir übers Gesicht und vermischen sich mit den restlichen Regentropfen, die aus meinen Haaren rinnen, und ich weiß weder, was genau mir aufs Shirt tropft, noch warum ich innerlich Achterbahn fahre: von traurig zu wütend und wieder zurück zu traurig. Matt lässt den Kopf sinken, schlägt sich die Hände vors Gesicht, und ich spüre, wie hilflos er sich fühlt, doch das ist mir im Moment total egal.

»Ich weiß, ich weiß«, sagt er, und als er mich wieder ansieht, sehe ich seine Augen funkeln, und mir wird plötzlich bewusst, dass wir in einem engen Auto sitzen. »Denkst du etwa, ich hätte nicht gelitten?« Er hebt die Stimme. »*Ich* war schließlich der Böse. Ich musste auch ohne dich weiterleben.«

»Matt, ich dachte, wir seien ein Paar!« Ich schreie, damit er mich auch wirklich hört. »Wir haben nie Schluss gemacht, und ich hatte keine Ahnung, woran ich war, das hat mich fast umgebracht. Ich wollte dich innerlich nicht abhaken, weil ich *wusste,* dass du zu mir zurückkommen würdest. Und als ich dann Woche um Woche nichts von dir hörte, kam ich mir schrecklich dumm vor.« Er schweigt und hört nur zu. Es tut so weh, alles tut weh. »Warum hast du nicht irgendwann Schluss gemacht? Dann wäre die Sache abgeschlossen gewesen. Statt dich einfach tot zu stellen?« Ich schluchze nur noch und ringe um jeden Atemzug.

»Weil ich nicht Schluss machen *wollte!*« Jetzt schreit er auch. »Ich wollte, dass es mit uns weitergeht, obwohl alles dagegen sprach. Ich *konnte* nicht Schluss machen mit dir! Ach, ich weiß auch nicht.« Er ringt nach Luft. »Ich glaube, ich dachte, wenn ich einfach nichts mehr von mir hören lasse, würdest du dein Leben weiterleben und mich vergessen. Ich wollte dir dein letztes Schuljahr nicht mit einer Fernbeziehung verderben, mit einem festen Freund, der regelmäßig vor Gericht erscheinen und die Schulden seines Bruders zurückzahlen muss.«

»Was für Schulden?«, frage ich bestürzt.

Wieder schließt er die Augen. »Er hat mit Drogen gedealt. Die hat er von einem Typen bekommen, der natürlich Geld haben wollte. Dieser Typ hat uns verfolgt, weil Chris nicht den ganzen Bestand verscherbelt hatte.« Matt schlägt die Augen wieder auf und sieht mich an. »So, jetzt weißt du, warum ich es dir nie erzählt habe. Es ist megapeinlich und … klingt total verrückt. Jedenfalls habe ich mich lieber aus deinem Leben ausgeklinkt, als dich damit zu konfrontieren.«

»Das ist wirklich verrückt! Ihr wurdet *verfolgt?*«, frage ich fassungslos. »Ich kann nicht glauben, dass du das durchmachen musstest!«

»Doch«, sagt er. »Aber ich weiß, dass das keine ausreichende Entschuldigung ist.«

»Nein, ist es nicht. Aber immerhin.« Ich denke daran, wie unterschiedlich die letzten Monate für uns verlaufen sind. Wir waren beide wütend und einsam. Es wäre sicher besser gewesen, wenn wir einander gehabt hätten. Nicht perfekt – vor allem nicht für ihn –, aber besser. »Und der Brief?«, frage ich, weil ich fragen *muss.*

Sein Gesicht wird ausdruckslos und er zieht sich wieder in sein Schneckenhaus zurück. »War echt dumm, ich weiß. Ich hab's dir doch gesagt: Ich verhalte mich bescheuert und kann nicht kommunizieren wie ein normaler Mensch.«

»Er war mehr als dumm.«

»Jake hat mir eine Nachricht geschickt, auf dich ich antworten *musste* ...«

»Ach nee! Und auf eine *meiner* Nachrichten zu antworten, kam dir nicht in den Sinn?«, schreie ich ihn an. Zu hören, dass er mit Jake gesprochen hatte und mit mir nicht, war auch beim zweiten Mal nicht leichter.

»Es ging um dich. Er sagte, ich müsse offiziell mit dir Schluss machen. Es war seine erste SMS, in der er mir nicht drohte oder mich als üblen Freund beschimpfte. Er schrieb, ich sei es dir schuldig.«

»Oh«, sage ich, denn mehr bekomme ich nicht heraus. Sein Gesicht ist offen und aufrichtig, und obwohl ich komplett bekleidet bin, fühle ich mich entblößt. Ich schlinge die Arme noch fester um mich.

»Deshalb wollte ich dann doch mit dir Schluss machen.«

Ich möchte ihm glauben. Ich möchte denken, dass er es ehrlich gemeint hat. Doch dann sehe ich den Brief wieder vor mir, nicht mit seiner Schrift, sondern in einer fremden Handschrift geschrieben, und wieder steigt eine unbändige Wut in mir auf. Weil dieser Brief absolut keine Rechtfertigung war, weil er keinen Schlussstrich zog – worauf ich gehofft hatte. »Du hast mir einen Zettel geschickt, den du auf dem Boden gefunden hattest und in dem sich ein Junge bei einem Mädchen entschuldigt.«

»Ja …«

»Und du dachtest, das mache mir die Sache leichter?«

»Es war blöd von mir, ich weiß.«

»Du hättest alles Mögliche machen können, aber etwas Besseres ist dir nicht eingefallen?«, sage ich ungläubig.

»Ich wusste nicht, was ich schreiben sollte!«, verteidigt er sich und sieht mich wieder an. »Was sagt man nach einer so langen Zeit des Schweigens? Ich hatte begriffen, was für einen Mist ich gebaut hatte. Ich hatte begriffen, dass ich einen Riesenfehler gemacht hatte, aber da war es schon zu spät, dich noch damit zu belasten. Und die Wahrheit durfte ich dir sowieso nicht sagen. Deshalb dachte ich, es wäre besser, wenn du eine Entschuldigung bekommst, wenn auch nicht unbedingt eine von mir selbst. Tut mir leid. Es tut mir wirklich sehr, sehr leid.«

»Das war genau dasselbe wie die anderen ›Botschaften‹ von früher. Du hättest es mir sagen können. Du hättest mit mir reden können. Warum kannst du nicht mit mir reden?« Ich schreie förmlich. »Warum *vertraust* du mir nicht?«

Wieder sieht er mich an, sehr liebevoll, und ich merke, wie schwer es ihm fällt, seine Gefühle unter Kontrolle zu halten. »Es tut mir so leid. Ich hätte dir vertrauen sollen, ich weiß. Als ich dann in Texas war, wurde mir klar, dass es sehr viel besser gewesen wäre, in dieser Situation, so schlimm sie auch war, jemanden zu haben, den ich liebte, als ganz allein dazustehen.«

»Ach, das ist dir plötzlich klar geworden?« Ich platze fast vor Wut. Diese Gefühle waren so lange in meiner Brust eingesperrt und nun entladen sie sich wie bei einem Vulkan. »Das wusste ich von Anfang an, aber jetzt bin ich mir nicht mehr so sicher. Wie könnte ich dir noch vertrauen? Mein Vertrauen hast du verspielt, als du fortgegangen bist, als du mich belogen hast. Du hast mir alles genommen. Schau mich doch an! Ich kann nicht mal mehr mein T-Shirt ausziehen, ohne auszuflippen.« Ich zeige auf mein nasses Oberteil, um es noch deutlicher zu machen. »Du warst in meinen Augen der Gute, derjenige, der mir bewiesen hat, dass nicht alle Jungs Idioten sind. Und dann hat sich mein Bild von dir auf einen Schlag komplett verändert«, schreie ich ihn an. »Du hast keine Ahnung, wie viel du mir bedeutet hast und wie ich mich gefühlt habe, als du plötzlich nicht mehr da warst. Ich lag nächtelang wach und habe gegrübelt und gegrübelt – um endlich herauszufinden, was schiefgelaufen war. Warum du dich nicht mehr bei mir gemeldet hast.« Ich mache eine kurze Pause und sehe ihn dann an. »Ich wusste ja nicht mal, ob du überhaupt noch lebst. Hast du vielleicht auch mal *daran* gedacht?«

Zuerst schweigt er betroffen und schüttelt nur den Kopf. Dann sagt er: »Ella, du bist der einzige Mensch, dem ich so viel bedeutet habe. Ich kann nur immer wieder sagen, wie leid es mir tut.«

»Das reicht mir nicht«, schnaube ich, denn es reicht wirklich nicht und wird nie reichen. Ich will, dass er am eigenen Leib spürt, wie ich mich damals gefühlt habe, wie abgelehnt, ratlos und … schrecklich einsam ich war. Das war das Schlimmste, die Einsamkeit. Nach der Sache mit Nick und dann mit Matt war ich davon überzeugt, dass ich keinem Jungen vertrauen konnte. Ich habe all die Lebensfreude und Kraft verloren, die ich dank ihm aufgebaut hatte.

»Wie geht es deinem Bruder?«, erkundige ich mich, denn trotz meiner Wut auf Matt bin ich kein Monster, und ich möchte es wirklich wissen. »Und sei bitte ehrlich!«

»Es hat sich herausgestellt, dass er nicht der Drahtzieher des Drogenrings war, sondern nur ein Mitläufer«, sagt Matt grimmig. »Der Haupttäter, der uns so schikanierte, wurde geschnappt, und mein Bruder ist auf Bewährung auf freiem Fuß. Natürlich wird er streng überwacht und alles …«

»Das ist ätzend«, sage ich, denn ich kann es mir vorstellen. Abgesehen von *unseren* Problemen ist die ganze Situation wirklich schrecklich.

»Ja … Meine Eltern sind noch dort und sie sind … sie können mit der Situation jetzt umgehen. Meine Mom hat mich überredet, hierher zurückzukehren.«

»Sie hat dich *überredet?*« Ich sehe ihn fragend an.

»Na ja, ein bisschen«, gesteht er und sieht mich reumütig an. »Ich wollte es natürlich auch, aber andererseits wollte ich Mom auch nicht im Stich lassen. Und ich wollte *dir* nicht noch mal wehtun. Doch sie meinte, es wäre das Beste für mich.« Er blickt aus dem Fenster in die Nacht.

»Ich wäre für dich da gewesen«, sage ich ein letztes Mal.

»Ich weiß.«

»Wirklich?«

»Ja.« Er sagt es mit fester Stimme und sieht mich dann wieder an. Ich schüttele den Kopf und schaue weg, kämpfe gegen Tränen an. Seinetwegen habe ich schon zu viel geweint. Er streckt einen Arm aus und will nach meiner Hand greifen, doch ich ziehe sie schnell weg. Er sollte wissen, dass man eine entsicherte Handgranate besser nicht anfassen sollte; so ähnlich fühle ich mich gerade. Er sieht auf meine Hand und zieht seine langsam wieder zurück. »Ich weiß, dass ich Mist gebaut habe, und ich weiß, dass ich kein Recht habe, etwas von dir zu erwarten, aber jetzt bin ich wieder da und bereit, alles zu tun, damit du mir verzeihst. Ich will nicht, dass es zwischen uns aus ist.«

»Aber wie könnte ich dir jemals wieder vertrauen?«, frage ich leise.

»Ich werde ab jetzt mit dir reden. Keine Zettel mehr, keine versteckten Botschaften. Ich will kein verstockter Mistkerl mehr sein. Ich werde dir alles sagen. Ich will dich, ohne Wenn und Aber.«

»Das ist nicht genug«, wiederhole ich, und das meine

ich ernst. Was er sagt, sind nur Worte. Ich fühle mich in die Enge getrieben, klaustrophobisch, und ich weiß nicht, ob es nur an dem Auto liegt. Ich möchte die Fenster aufmachen und frische Luft hereinlassen, doch dann müsste ich auch den Regen in Kauf nehmen. Er hat noch nicht ganz aufgehört.

»Ella, bitte! Gib mir noch eine Chance!«

»Ich kann nicht.«

»El…«

»Ich freue mich wirklich, dass es bei dir zu Hause wieder besser läuft und alles«, sage ich, hole tief Luft und blinzele ein paar Tränen weg. »Aber ich gehe weg, Matt. Jetzt bin ich an der Reihe zu gehen. In drei Monaten bin ich weg, dann wirst du merken, wie es sich anfühlt, wenn man zurückgelassen wird.«

»Wohin gehst du?«, fragt er verwirrt, als wäre ihm der Gedanke, dass ich von hier weggehen könnte, nie gekommen.

»Nach Tallahassee, an die Florida State University.«

»Oh«, sagt er, und diese eine Silbe besteht aus wesentlich mehr als nur zwei Buchstaben. »Ich dachte immer, ich meine, ich ging davon aus … was soll's.«

»Tja«, sage ich, »an diese Möglichkeit hast du nicht gedacht, stimmt's?« Obwohl ich ihn die ganze Zeit über angeschaut habe, habe ich ihm nicht wirklich in die Augen gesehen. Es wäre zu schwer gewesen. Doch für den nächsten Satz muss ich es tun und es bricht mir fast das Herz. »Bitte akzeptiere es.«

Er öffnet den Mund, als wollte er etwas sagen, doch dann macht er ihn wieder zu. Weil er weiß, dass ich recht habe.

»Ich fahre dich jetzt am besten zu Meg zurück, oder?« Er legt die Hände bedächtig aufs Lenkrad.

Ich nicke und schaue hinaus in die Nacht. Obwohl ich anfangs dachte, diese Nacht verheiße endlose Möglichkeiten, sehe ich jetzt nur noch Dunkelheit und Sackgassen. Die Magie und das Geheimnisvolle sind verschwunden.

Unsere Unterredung endet mit einem Knall, und ich befürchte fast, die Nachbarn würden davon aufwachen, das Licht anmachen und sich fragen, ob in dem unbeleuchteten Wagen hinter der Schule gerade eine Explosion stattgefunden hat. Aber nein, niemand außer uns hat mitbekommen, wie alles zusammengebrochen ist. Die Sekunden dehnen sich aus zwischen unseren Worten und dem Anspringen des Motors, und wir bleiben zurück mit der dumpfen Stimme der Nacht. Die Zikaden sind unterwegs, doch ihr Zirpen klingt mehr wie Lärm als wie Musik.

Und es erscheint mir sehr passend, dass unsere Beziehung an derselben Stelle endet, wo sie einst anfing.

12. DAMALS

22.45 Uhr

»So«, flüsterte ich und musste erst einmal verschnaufen, nachdem wir den Abstieg vom Dach bewältigt hatten und wieder sicher auf der Treppe standen.

»Geh du voraus!«, sagte ich zu Jake. Grinsend griff er in die Papiertüte und holte zwei kleine Fläschchen Rum heraus.

»Aha, flüssiger Mut?« Was er wohl noch alles in seiner Trickkiste hatte? Normalerweise würde mir so viel Alkohol Sorgen machen, doch in Anbetracht des bevorstehenden Nacktbadens fand ich ihn plötzlich ganz verlockend. Oh Mann, wie konnte ich so etwas denken?

Jake öffnete eines der Fläschchen, nahm einen Schluck und reichte es dann an Meg weiter. Das zweite, noch ungeöffnete Fläschchen gab er Matt.

»Okay …«, sagte Matt und schraubte es auf. »Runter damit!« Er nahm einen tiefen Schluck und überließ mir den Rest. Ich holte Luft, legte den Kopf in den Nacken und leerte das Fläschchen. Obwohl der Rum kalt war, brannte er wie Feuer in der Kehle und in meinem ganzen Körper. Ich musste husten und hätte das Feuer gern wieder ausgespuckt, doch das hätte jetzt auch nichts mehr geholfen. Also schluckte ich es, um die Flammen zu löschen, doch der Brechreiz ging nicht weg.

»Das war mein erstes und letztes Mal«, flüsterte ich. Meg legte mir einen Arm um die Schultern und drückte mich. Tja, mitgefangen, mitgehangen. Nachdem Jake die leeren Fläschchen wieder verstaut hatte, marschierte er zum Schwimmbecken, und wir folgten ihm wie Lämmchen.

Das Schwimmbecken lag neben der Sporthalle, näher am Waldrand als an der Straße. Es gab zwar einen kleinen Metallzaun, doch der war kein wirkliches Hindernis. Wir waren alle schon über höhere Zäune geklettert, sogar schon an diesem Abend. Die Laternen an jeder Ecke des Pools beleuchteten die Szenerie und warfen ihre Schatten aufs Wasser. Dann standen wir am Rand des Beckens und warteten darauf, dass jemand – Jake – den ersten Schritt beziehungsweise den ersten Sprung machte.

»Showtime!«, verkündete er, zog blitzschnell Shirt und Hose aus und stand nur noch in seinen Boxershorts da. Er wirkte schon blass, wenn er angezogen war, doch ohne seine Kleidung war seine Haut gespenstisch weiß, fast durchsichtig.

»Süßer, du solltest dich wirklich mal in die Sonne legen«, sagte Meg kopfschüttelnd.

»Und diesen Astralkörper ruinieren?«, fragte er mit gespielter Empörung, drehte sich um und sprang ins Wasser. Wir starrten ihm nach, bis er wieder auftauchte.

»Wooooah, ist super!«, rief er und schüttelte sich das Wasser aus den Haaren. »Also, der Nächste, bitte!«

Meg entledigte sich blitzschnell ihres Shirts und ihrer Hose und sprang zu ihm ins Wasser. Ich versuchte mich zu erinnern, ob ich meine Beine rasiert hatte. Ach ja! Zum Glück hatte ich auch einen schwarzen BH und ein passendes Höschen an. Schlicht, aber klassisch. Ich trug immer hübsche Unterwäsche, wenn ich zu einer Party ging. Nicht weil ich vorhätte, jemanden aufzureißen, das nicht. Ich mochte es, wenn ich auch unter der Kleidung gut aussah. Mit hübschen Dessous fühlte ich mich einfach wohler … und selbstsicherer.

»Also …« Matt sah mich an. Es war dunkel, das Schwimmbecken war nur schwach beleuchtet. Ich war froh, dass er die Röte nicht sehen konnte, die sich auf meinen Wangen ausbreitete.

»Tja, dann sind *wir* jetzt wohl dran«, sagte ich tapfer und nestelte an meinem Shirt herum, weil ich abwarten wollte, was er tun würde. Zu meiner Überraschung drehte er sich weg und gab mir zu verstehen, ich solle als Nächste ins Wasser springen. Ich musste lächeln. Das hätte Nick nie getan. Blitzschnell zog ich mir das Shirt über den Kopf, schlüpfte aus meiner Jeans und sprang ins Becken.

Das Wasser fühlte sich gut an – warm, aber nicht zu warm. Als mein Kopf wieder über Wasser war, strich ich mir die Haare aus dem Gesicht und rieb mir das Wasser aus den Augen. Meg und Jake waren bereits auf der anderen Seite des Beckens, steckten die Köpfe zusammen und unterhielten sich leise. Aha, sie hatten offenbar Geheimnisse, die wir nicht hören sollten. Hinter mir platschte es, und als ich mich umdrehte, tauchte Matts Kopf gerade wieder aus dem Wasser auf.

»So.« Prustend wischte er sich das Wasser aus dem Gesicht. »Das ist mal was Neues.« Obwohl ich nicht mehr ganz nüchtern war, genierte ich mich. Er müsste nur nach unten schauen und schon könnte er alles sehen. *Alles.* Ich machte ein paar Schwimmzüge und schwamm in einigem Abstand an ihm vorbei.

»Für mich auch. Vielleicht sind wir sogar die Ersten, die hier in Unterwäsche schwimmen«, sagte ich und hoffte, dass ich dabei nicht errötete.

»Nun, ich empfinde es als Ehre, zu diesen Pionieren zu gehören.« Er grinste. Ich merkte, dass er von sich aus auf Abstand zu *mir* ging. Welchen Grund hatte *er,* sich zu genieren? Ich konnte nicht viel sehen, doch seine Haut sah weich und sonnengebräunt aus. Seine Arme waren zwar dünn, aber doch einigermaßen muskulös, vermutlich vom Gitarrespielen, und ich ertappte mich dabei, wie ich ihn anstarrte. Er hatte Gänsehaut an den Schultern, als er nun wie ich im Wasser auf der Stelle trat. Mit unseren Händen schlugen wir Wellen, und das Wasser schwappte sachte an unseren Hals, trotz des Abstands zwischen uns.

»Zu Recht! Es gibt nur wenige Personen, die mich bisher im BH gesehen haben.« Hilfe, hatte ich das tatsächlich gesagt? Ich hörte auf, Wasser zu treten, und schwamm ein Stück auf ihn zu.

Er grinste etwas verlegen. »Wenn ich gewusst hätte, dass wir das hier machen, hätte ich mir was Schickeres angezogen«, sagte er und ruderte langsam mit den Armen.

»Oh, du warst doch ganz gut angezogen«, versicherte ich ihm.

»Das meine ich nicht. Ich bin mir ziemlich sicher, dass ich meine Batman-Boxershorts anhabe.«

Ich lachte und errötete bei dem Gedanken, dass er fast nackt war. »Na, ich hoffe, dass ich die noch genauer zu sehen bekomme, bevor die Nacht zu Ende ist«, sagte ich neckend.

»Oh nein! Dieses Privileg ist nur wenigen Auserwählten vergönnt.«

»Und was muss man tun, um zu diesen Auserwählten zu gehören?«, fragte ich keck. Hatte ich das wirklich gesagt? Ich wusste gar nicht, wo diese Worte hergekommen waren. Jedem anderen gegenüber wäre mir das peinlich gewesen, doch bei Matt und im Schutz der Dunkelheit und der Stille um uns herum fühlte ich mich … unwiderstehlich.

»Das erfordert jahrelanges Training. Ein Fortgeschrittenen-Diplom. Und Schokokekse.«

»Schokokekse?«

Er grinste, und ich merkte, dass sein Kopf inzwischen nur noch wenige Zentimeter von mir entfernt war. »Ich *liebe* Schokokekse.«

»Werde ich mir merken«, sagte ich und sah ihn an. Er wirkte aufgeregt, offen und sah ohne Brille genauso süß aus wie mit. »Kannst du überhaupt etwas sehen?«

»Ohne Brille, meinst du? Ja. Ich brauche sie hauptsächlich zum Autofahren. Du bist für mich im Moment kein verschwommener Fleck, falls du das meinst.«

»Wie viele Finger siehst du?«, fragte ich und hielt drei Finger hoch.

»Ähmm …« Er paddelte näher. »Zweiundachtzig?«

»Nah dran.« Ich lachte.

»Danke übrigens«, sagte er, und eine kleine Welle schwappte ihm ans Kinn.

»Wofür?«

»Dass ihr mich mitgenommen habt«, sagte er ernst. »Ich mache nicht oft solche Sachen, weißt du. Ich meine Alkohol trinken, nackt schwimmen und so …«

»Oh, also, ich auch nicht. So was wie heute Abend kommt echt selten vor.« Da merkte ich, dass er auf meinen BH schielte. Der Lichtschein einer Laterne fiel genau auf seine Nase. Normalerweise hätte mich sein Blick irritiert oder geärgert, doch stattdessen … fühlte ich mich attraktiv. Ich genoss es, dass er mich ansah.

»Ich find's toll mit euch. War ein cooler Abend bis jetzt.«

»Und ich freue mich, dass du dabei bist. Ich hätte mich wie das fünfte Rad am Wagen gefühlt, wenn ich mit den beiden allein unterwegs wäre«, sagte ich und deutete mit dem Daumen über meine Schulter.

»Apropos …« Mit einem Ruck hob er das Kinn, und ich

begriff, dass ich mich umdrehen sollte. Was ich da sah, bestätigte meine Befürchtung.

Jake drückte Meg mit dem Rücken an den Beckenrand und sie hatte ihre Beine um seine Taille geschlungen. Und ihre Köpfe … nun, sie waren sich so nah, dass man meinen konnte, sie würden sich nicht nur küssen, sondern sich lebendig auffressen. Als hätten sie sich noch nie zuvor geküsst. Megs Hände krallten sich in seinen Rücken, als suchten sie nach einem neuen Territorium, das es zu erobern galt.

»Das ist … nicht gut«, sagte ich.

»Ich glaube, das ist den beiden im Moment egal«, kommentierte Matt hinter mir.

»Na schön, dann sollten wir den beiden ihre Privatsphäre lassen.«

Matt nickte und begann, in die andere Richtung zu schwimmen, wo das Wasser tiefer war. Wir schwammen schweigend, bis wir am Beckenrand angekommen waren. »Hier kann ich nicht mehr stehen«, sagte ich überflüssigerweise, schließlich war am Beckenrand zu lesen, dass das Wasser hier zwei Meter vierzig tief war. Hier konnte keiner mehr stehen. Ich ruderte mit den Beinen, um mich über Wasser zu halten, und bemühte mich, dass es mehr cool als albern aussah.

»Ich hab dich!« Matt war plötzlich direkt vor mir und fasste mich um die Taille. Ich kreischte erschrocken auf, als ich seine Hände an meinem nackten Bauch spürte und er mich an sich zog. Mein Herz klopfte zum Zerspringen, als er mich an seinen Oberkörper drückte. Dann hob er mich hoch und warf mich buchstäblich über seine Schulter.

»Lass mich runter!« Lachend hämmerte ich mit beiden Händen an seinen Rücken.

»Du hast es nicht anders gewollt.« Er hob mich wieder in die Luft und ließ mich dann ins Wasser fallen. Vor lauter Aufregung vergaß ich, die Luft anzuhalten, und bekam literweise Wasser in den Mund. Bis ich wieder an der Oberfläche war, hatte ich das Gefühl, mein Kopf bestünde zu neunzig Prozent aus Wasser. Matt grinste zufrieden.

»Du Schuft!« Halb hustend, halb prustend versuchte ich, das Wasser aus Mund und Nase zu bekommen, und sann auf Rache. Ich schwamm auf ihn zu, sprang an seinen Hals und versuchte, ihn unter Wasser zu drücken. Ich staunte selbst, um wie viel mutiger das Wasser – und vielleicht auch der Alkohol – mich machte. Ich trug nur meine Unterwäsche und fand es völlig normal, auf einen Jungen zu springen! Was war nur in mich gefahren?

»Das ist unfair!«, rief er und kitzelte mich am Bauch, was mich laut quieken ließ. Er hatte meine Achillesferse entdeckt – ich war unglaublich kitzelig. Es war richtig schlimm. Man musste mich nur ansehen und daran denken, mir an den Bauch zu fassen, schon musste ich lachen.

»Hey!«, rief ich und schnappte nach Luft. Ich umschlang ihn mit den Armen und Beinen, um ihn endgültig unter Wasser zu drücken, als mir plötzlich bewusst wurde, wie … nah wir uns waren. Echt nah. Wir waren Bauch an Bauch, meine Beine waren um seine Taille geschlungen. Unsere

Brustkörbe hoben und senkten sich im Gleichtakt. Seine Lippen waren nur wenige Zentimeter von meinen entfernt. Plötzlich hielt er inne und sah mir in die Augen. Eine Sekunde lang dachte ich an den Moment auf dem Dach zurück. An den Schock, als wir uns küssten. Als sich unsere Finger berührten. Stumm sahen wir einander an.

Da huschte ein Lichtstrahl über sein Gesicht, dann der nächste. Hektisch sah er zur anderen Seite des Beckens. Wir erstarrten, als plötzlich eine Sirene ertönte.

»Polizei?«, rief er Jake zu.

»Was?!« Jake ließ Meg abrupt los. »Au Mist, nichts wie weg!«

Ich ließ von Matt ab und sah mich um. Die Strahlen mehrerer Taschenlampen wanderten von einem Schulgebäude zum nächsten. Sie hatten uns noch nicht entdeckt, aber bei dem Lärm, den wir machten, war es nur eine Frage der Zeit. Was normalerweise *nie* passierte, war passiert: Jemand musste uns gehört und die Polizei gerufen haben. Matt griff nach meiner Hand und zog mich mit sich zum Beckenrand. Ich half mit, so gut ich konnte. Als ich den Kopf drehte, sah ich, dass Jake bereits aus dem Wasser geklettert war und Meg kurz vor dem Treppchen noch im Wasser schwamm. Trotz meiner Panik fiel mir auf, dass Jake nicht auf sie wartete.

Matt hielt meine Hand noch immer fest, als wir am Beckenrand entlang zu der Stelle rannten, wo unsere Klamotten lagen.

»Schnapp sie dir und lauf!«, sagte er, riss seine Sachen an

sich und setzte seine Brille wieder auf. Ich krallte mir meine Hose und meine Schuhe. Verflixt, wo war mein Shirt? Das Shirt, das Meg mir geliehen hatte. Es war nirgends zu sehen. Dafür raffte ich gleich auch Megs Kleidung an mich. Jake, tropfnass, griff ebenfalls nach seinen Sachen.

»Hey, hey ihr!«, hörten wir da eine Männerstimme auf der anderen Seite des Campus rufen. Verflixt, sie hatten uns gesehen. Ich ließ Shirt Shirt sein und sah fragend zu Matt hoch. Er blickte sich suchend um, um sich für eine Fluchtroute zu entscheiden. Er kannte sich hier allerdings nicht aus und das merkte man ihm an.

»Lauft!«, zischte Jake in gebückter Haltung. Er übernahm wieder mal die Führung. Interessant, dass die Nacht uns zum Anfang zurückkatapultierte und wir nun schon zum *zweiten* Mal vor den Bullen weglaufen mussten.

Wir rannten hinter das Gebäude, auf dessen Dach wir vorhin geklettert waren, und sprinteten über den Parkplatz zurück zur Straße. Der Boden war hart und rau unter meinen nackten Füßen. Kieselsteinchen drückten sich in meine Sohlen, und ich musste aufpassen, dass ich nicht in Glasscherben trat. Doch nichts konnte mich aufhalten. Die ganze Zeit ließ Matt meine Hand nicht los. Nur vage nahm ich wahr, dass wir gerade alle vier in Unterwäsche durch die Straße liefen. Oje, was hätten wir jetzt alles auf dem Kerbholz, falls wir geschnappt wurden: unbefugtes Betreten des Schulgeländes. Unsittliche Entblößung. Verbotener Alkoholkonsum, da wir noch keine 21 waren. Meine Eltern würden mich umbringen. Ich sah zu

Matt und spürte, dass er das nicht zulassen würde. In seinem Blick lag so eine Entschlossenheit, dass er nicht mal merkte, wie ich ihn musterte. Er dachte nur an Flucht. Ich konnte ihm vertrauen.

Wir bogen in die erste Straße rechts ein, wo unsere Autos standen. Sie waren zum Glück noch da.

»Mein Auto!«, rief Meg hinter uns. Ich kramte ihre Schlüssel aus ihrer Hosentasche und warf sie ihr zu. Blitzschnell hatte sie die Türen entriegelt und wir sprangen alle hinein. Matt und ich auf den Rücksitz, Meg setzte sich ans Steuer und Jake auf den Beifahrersitz.

»Auf, fahr los!«, rief Jake.

»Warte, nein. Damit rechnen sie doch nur«, keuchte Meg. »Besser, wir warten noch kurz. Sie halten sicher nach einem Auto Ausschau, das gleich davonbraust. Aber sie wissen nicht, wo wir geparkt haben. Deshalb ist es besser, wir warten noch eine Weile ab.«

»Damit sie uns schnappen können?«

»Hier finden sie uns nicht.«

»Meg hat recht«, sagte ich. »Sie gehen nicht davon aus, dass wir die Nerven behalten. Sie warten nur darauf, dass wir losfahren, damit sie uns rauswinken können.«

»Und keiner von uns ist ganz nüchtern«, gab Matt zu bedenken. Obwohl es damit drei zu eins stand, warteten wir Jakes Reaktion ab. Nach einer längeren Pause seufzte er schließlich und nickte.

»Ja, ihr habt recht. Wir warten.«

Natürlich machten wir kein Licht. Wir saßen im Dunkeln und wagten weder zu reden noch uns zu bewegen. Etwas Licht kam nur von der Straßenlaterne ein Stück weiter vorn und aus dem Haus, vor dem wir geparkt hatten.

»Auto«, zischte Matt. Wir duckten uns. Der Wagen fuhr langsam an uns vorbei, hielt aber nicht an. Als er vorbei war, richteten wir uns wieder auf und seufzten.

»Das müssen wir jetzt jedes Mal machen, richtig?«, fragte ich.

»Ein Glück, dass es keine viel befahrene Straße ist.« Meg hatte noch nicht ausgesprochen, da wurde sie von Scheinwerfern angestrahlt. Wieder duckten wir uns blitzartig und der Wagen fuhr rasch vorbei.

»So viel zum Thema ›nicht viel befahren‹«, stöhnte ich. Mein Herz schlug Purzelbäume. Es wusste nicht, was es tun sollte – langsamer schlagen oder schneller. Trotzdem fühlte ich mich sicher. In Megs Auto war ich gut aufgehoben. Es würde gut ausgehen, ich spürte es. Ich sah nach unten, auf Matts Hand, die meine immer noch umklammerte. Erst jetzt, in dem allgemeinen Schweigen, hatte ich Zeit zum Nachdenken. Ich war noch nie mit einem »guten« Jungen gegangen. Und jetzt war Matt da, der mich nicht nur auf dem Dach geküsst, sondern auch auf der ganzen Flucht meine Hand nicht losgelassen hatte. Um sicherzugehen, dass ich nicht zurückblieb. Er hatte mich kein einziges Mal losgelassen. Bis jetzt nicht.

Ich betastete meine Lippe und dachte an den Funken zurück – den Moment, in dem mir klar wurde, dass das zwischen uns etwas ganz Besonderes war. Doch für große

Gefühle war es eigentlich noch zu früh, viel zu früh. Lag es eventuell nur an der Aufregung dieser Nacht? War es nur ein Adrenalinschub? Oder waren die Gefühle echt?

Meg und Jake, die in Liebesbekundungen in der Öffentlichkeit ganz groß waren, rannten auseinander, sobald Gefahr drohte. So sollten Beziehungen eigentlich nicht sein. Und doch konnten sie nicht voneinander lassen. Was machte eine gute Beziehung aus?

Nach ein paar Minuten hatte sich mein Atem beruhigt. Meine Haut war klebrig vom Chlor, und erst jetzt wurde mir bewusst, dass ich immer noch nur meine Unterwäsche anhatte. »Wir sollten uns wieder anziehen«, schlug ich vor und merkte, dass ich dabei rot wurde.

Erst da schien Matt aufzufallen, dass er immer noch meine Hand hielt, und er zog sie hastig weg, mit einem verlegenen Lächeln, als müsste er sich dafür entschuldigen. Meine Hand fühlte sich augenblicklich kalt, leer und allein an. Vielleicht war es aber doch nur die allgemeine Aufregung.

»Ich hab dein Oberteil, falls du es möchtest«, sagte er und durchwühlte den Klamottenhaufen auf seinem Schoß. Er reichte mir das Shirt, das Meg mir an diesem Abend geschenkt hatte. Ich war heilfroh, dass ich es nicht verloren hatte. Eigentlich klar, dass er auch *daran* gedacht hatte!

Ich warf Meg ihre Sachen nach vorn und zog mich dann eilends an. Kein schönes Gefühl, unter den trockenen Klamotten nass zu sein. Und ich wusste, dass sich dunkle Flecken auf dem Stoff abzeichnen würden, aber immerhin war ich wieder bekleidet!

Wieder schwiegen wir.

Plötzlich zuckten wir zusammen: Jakes Handy gab einen Song der Flaming Lips zum Besten. Rasch zog er es aus seiner Tasche und ging dran.

Er antwortete nur einsilbig und blickte nervös von Meg nach draußen und wieder zu Meg. Nach zwei Minuten legte er wieder auf.

»Wer war das?«, wollte Meg sofort wissen.

»Elise.«

»Elise vom Wing King?«

»Ja.« Er sah Meg nicht an, sondern starrte auf einen Baum neben dem Auto.

Ich sah Matt fragend an und er nickte bestätigend. Das war die Ruhe vor dem Sturm. Die Befragung vor dem großen Krach.

»Warum ruft sie dich an?«

»Weil sie noch was mit mir unternehmen wollte. Was dagegen? Du und ich, wir sind schließlich nicht mehr zusammen.«

»Spazieren gehen?«, fragte mich Matt leise. Meg begann bereits zu brüllen, etwas von wegen »wissen« und »nicht nötig haben«. Nein, das wollte ich mir nicht anhören.

»Gern«, flüsterte ich zurück. Leise stiegen wir aus. Wenn wir uns zwischen den Bullen und den beiden Streithähnen dort drin entscheiden mussten, dann waren uns die Bullen eindeutig lieber.

»Wow … das wird bestimmt heftig«, sagte Matt, als wir die Straße überquerten. Ich kannte sie gut. Sie machte mehrere Biegungen, sodass wir in etwa zehn Minuten wieder am Ausgangspunkt sein würden. Bis dahin hätten sich die beiden eventuell wieder etwas beruhigt und wir könnten uns wieder ins Auto wagen. Es war eine Straße mit kleinen Häusern auf beiden Seiten, und jedes sah noch verschlafener aus als das davor. Die Lichter waren schon aus, die Autos standen in der Einfahrt. Man hatte den Eindruck, wir wären die Einzigen, die noch wach waren.

»Tja, so sind Meg und Jake eben.«

»Sind sie immer so … hitzig?«

»Na ja, eine Weile lief's ganz gut zwischen ihnen. Relativ lange sogar. Doch ihre Beziehung war immer ein bisschen … zu intensiv. Bei ihnen heißt es immer ›alles oder nichts‹, weißt du. Aber wenn man zu viel in etwas oder jemanden investiert, wird man sehr … emotional und abhängig.«

»Sie sind beide extrem temperamentvoll, nicht wahr?«

»Dabei kennst du sie noch nicht lange.« Ich stieß ihn mit dem Ellbogen an. »Warte ein Jahr! Dann wunderst du dich über gar nichts mehr.«

»Aha«, sagte er, fast wehmütig, wie ich fand.

»Du *wirst* doch ein Jahr lang hierbleiben, oder?«

»Ja, bestimmt. Ich meine, ist zumindest so geplant. Normalerweise sind wir immer mindestens ein Jahr am selben Ort.«

»Gut, denn das hier ist nur die erste Nacht.« Ich lächelte ihn an und er erwiderte den Rippenstoß von vorhin. Ich wünschte mir, er würde wieder meine Hand nehmen und seine Finger zwischen meine schieben, aber natürlich wollte ich nicht die Initiative ergreifen.

»Die hat aber doch wohl ein Armband verdient, oder? Ich meine, zweimal fast von der Polizei geschnappt werden …«

»Na klar, absolut.« Ich nickte, strich über meine Armbänder und freute mich schon darauf, die Nacht mit Matt in meine Sammlung aufzunehmen.

»Erzählst du mir die Geschichte von einem dieser Bänder?«

»Ähmmm …« Ich betrachtete mein Handgelenk und suchte das interessante heraus. »Okay, das hier.« Es war das orangefarbene. »Es erinnert an den Tag, an dem Meg und ich alle Prüfungen hinter uns hatten. Das haben wir mit einem Strandtag gefeiert.«

»Na, das klingt aber nicht *allzu* verrückt.«

»Nein, sie haben nicht alle mit verrückten Ereignissen zu tun. Das hier war einfach ein echt schöner Tag. Wir haben nur noch ein Schuljahr vor uns, deshalb war es nett, einfach abzuhängen und uns vom Lernen zu erholen.«

»Ah, verstehe«, sagte er. »Ich war hier noch nicht am Strand. Wir haben noch nie so nah am Meer gewohnt, deshalb freue ich mich so darauf.«

»Wo habt ihr früher gewohnt? Du hast gar keinen Akzent.«

»Das ist wahrscheinlich immer so, wenn man dauernd umzieht. Geboren wurde ich in Virginia, und während meiner Grundschul- und Mittelstufenzeit sind wir quasi durch die halben USA gezogen. Dann wurde mein Vater nach Übersee versetzt, als ich fast mit der Middle School fertig war, und während meiner ersten Highschooljahre waren wir in Europa.«

»Europa? Wow, da würde ich gern mal hinreisen«, sagte ich schwärmerisch.

»Gut, eines Tages fahre ich mit dir dorthin«, sagte er. Mir war natürlich klar, dass es nur ein leeres Versprechen war, etwas, das man in einer magischen Nacht leichtfertig dahinsagt, und doch zauberte diese Vorstellung ein Lächeln auf mein Gesicht. »Was würdest du sonst noch gern machen?«

»Ich weiß nicht …«

»Doch, weißt du«, sagte er. Er schien mich offenbar schon gut zu kennen.

»Nach der Highschool möchte ich studieren.«

»Und abgesehen davon?«

»Ein Buch schreiben, das weißt du ja.« Ich machte eine kurze Pause. »Und in einer Band singen.«

»Echt?«

»Ja.« Ich errötete. »Aber das habe ich bisher noch niemandem verraten.«

»Auch Meg nicht?«

»Doch, ja. Okay, Meg weiß es. Sie weiß alles von mir.«

»Das ist ja großartig! Und wieso hast du es noch nie gemacht? Du hast schließlich Freunde, die eine Band haben.«

»Ich bin ehrlich gesagt nicht gut. Ich kann nicht wirklich gut singen. Außerdem hätte ich viel zu viel Schiss.«

»Ella, du bist heute Abend praktisch nackt mit einem Beinahe-Fremden in einen Pool gesprungen. Wenn du das schaffst, kannst du auch auf einer Bühne singen.« Das sagte er mit so großer Überzeugung, dass ich es ihm beinahe abnahm.

»Danke«, sagte ich leise und stieß ihn kumpelhaft mit der Schulter an. Er schubste zurück, und wir lächelten beide, als wüssten wir, dass es etwas ganz anderes bedeutete.

Schweigend gingen wir weiter, bis er sich plötzlich bückte und einen Zettel vom Boden aufhob.

»Schon wieder was gefunden?«

»Ja, schon wieder«, sagte er und faltete das Papier auseinander. Es war etwas zerknüllt und zu einem Schwan gefaltet. Es fühlte sich fast wie etwas Verbotenes an, die Flügel auseinanderzufalten, um das geheimnisvolle Innere zu enthüllen.

»Und? Was steht drauf?«, fragte ich.

»Scheint ein kurzer Brief zu sein.« Er reichte mir das entfaltete Papier und holte sein Handy aus der Tasche. Mithilfe des beleuchteten Displays konnten wir die kleinen Blockschriftbuchstaben entziffern. Die Wörter sahen wie hastig hingekritzelt aus, als wollte der Schreiber möglichst schnell loswerden, was er auf dem Herzen hatte.

Tut mir Leid, dass ich auf der Party Mist gebaut habe. Ich wollte dich nicht verletzen. Lass es uns noch einmal versuchen, okay?

»Herrje, was könnte da passiert sein?«, fragte ich. Matt steckte sein Handy wieder ein und faltete den Zettel zusammen.

»Ich stelle mir vor, dass dieser Junge – ich denke, dass es ein Junge war, wegen der Schrift – auf der Party etwas Fieses gesagt oder getan hat, über das sich seine Freundin geärgert hat.«

»Meinst du, er ist fremdgegangen?«

»Keine Ahnung. Aber bei etwas so Schlimmem würde er sich wohl kaum mit einem Schmierzettel entschuldigen, oder?«

»Du hast offensichtlich keine Ahnung, wie die Jungs von der Highschool sind.«

»Falls du es vergessen hast: Ich bin auch einer.«

»Na ja, sagen wir es mal so: Nicht alle sind so nett wie du.«

»Oh-oh, du hast meine dunkle Seite noch nicht gesehen«, sagte er und klopfte mit einem fiesen Grinsen die Fingerspitzen aneinander.

»Das nehm ich dir nicht ab. Also kein Fremdgehen. Vielleicht hat er hinter ihrem Rücken etwas Gemeines gesagt?«

»Das war auch mein erster Gedanke.«

»Es ist dieses Macho-Gehabe. Wenn Jungs unter sich sind, sagen sie oft Dinge, nur um cool dazustehen und ohne zu bedenken, dass sie andere dadurch verletzen können.«

»Du hast schon einiges erlebt, hm?«

»Du redest mit dem Mädchen, das mit einem High-five abserviert wurde, wenn ich dich daran erinnern darf!«

»Manche Jungs sind wirklich bescheuert, stimmt's?«

»Das ist auch eines der Probleme von Jake und Meg. Vor den anderen macht er immer total auf Macho. Du weißt schon, große Klappe und so weiter.« Dann würde ich ihm immer am liebsten den Hals umdrehen. Nick war auch so. Ich kam nie damit klar – keine Ahnung, wie Meg es schafft.

»Wir sind schlimm.«

»Nicht alle von euch.« Ich sah ihn an und hoffte, dass er begriff, was ich meinte. »Was dieser Typ wohl gesagt hat?«

»Vielleicht hat er vor seinen Kumpels damit geprahlt, wie weit sie gegangen waren?«

»Könnte sein. Ja, vielleicht hat er ihnen erzählt, sie sei eine ganz heiße Nummer im Bett oder so.«

»Möglich«, sagte Matt.

»Oder sie hätten es in der Schule gemacht.«

»Womöglich auf dem Schuldach. Hey, Moment mal – iiih!«

»Möchte ich mir lieber auch nicht vorstellen.« Ich schüttelte mich. »Aber eines muss man dem Kerl lassen: Er hat eine tolle Falttechnik.«

»Stimmt. Ich hab noch nie eine so hübsch gefaltete Nachricht gekriegt.«

»Tja, dann warst du vermutlich mit den falschen Mädchen zusammen«, sagte ich. »Ein weiterer Punkt für deine Datingliste: Deine nächste Freundin darf weder Haustiere noch Pflanzen haben, die eure Beziehung sabotieren könnten, und sie muss aus einem Blatt Papier einen Schwan falten können.«

Er lachte und sah mich dann an. »Stimmt. Ich muss nur erst die Richtige finden.« Während wir weiter die Straße entlanggingen, musterte ich ihn verstohlen von der Seite.

»Warum bedeuten dir diese Zettel und anderen Fundstücke so viel?«

»Weiß nicht. Vielleicht, weil sie mich daran erinnern, dass jeder Mensch eine Geschichte hat, weißt du. Ich natürlich auch, aber in meiner Geschichte gibt es bei jedem Umzug einen Bruch. Ich muss jedes Mal neu anfangen. Und ja, Neuanfänge können cool sein, doch wenn keine Geschichte dahinter steht, fühlt man sich irgendwie …«

»Einsam?«, warf ich ein.

»Ja, ein bisschen.« Er senkte den Blick und fuhr sich durch seine nassen Haare. Ein paar Regentropfen fielen heraus.

»Immerhin hast du deinen Bruder«, sagte ich versuchsweise.

»Ja, wir stehen uns sehr nahe«, antwortete er achselzuckend. »Wir haben schon viel zusammen erlebt, mit all den Umzügen und so.«

»Sammelt er auch Sachen?«

»Nein, er lebt sich leichter an fremden Orten ein als ich. Er findet schneller Anschluss und wird oft auch zum Anführer einer Gruppe.«

»Ist er einer von denen, die gern im Mittelpunkt stehen?«

»Ich will es mal so sagen: Er hätte uns problemlos die Getränke im Shop & Shop besorgen können. Manchmal nimmt er mich mit, wenn er um die Häuser zieht, doch seine Freunde sind nicht so ganz mein Geschmack. Etwas zu wild. Im Vergleich dazu ist der heutige Abend fast schon lahm.«

»Zum Beispiel?«, hakte ich nach.

»Ähm … einmal rief er mich an und bat mich, ihn von einem Feldweg abzuholen. Damals wohnten wir in New Mexico, es war also vor Italien. Er hatte keine Hose mehr.« Matt lachte.

»Oh, wow!« Ich kicherte.

»Aber natürlich ist er nicht immer so drauf. Er passt sich einfach gern an. Genau wie meine Eltern – meine Mutter ist sehr gesellig und schließt schnell neue Bekanntschaften. Und mein Vater geht voll und ganz in seinem Beruf auf.«

»Dann wärst da noch du«, sagte ich und begriff, wie wenig er in seine Familie passte. Vielleicht brauchte er deshalb diese Zettel und Erinnerungsstücke anderer Leute – das war seine Art, sich irgendwo zu integrieren.

»Und dann wäre da ich«, wiederholte er. »Ja, die Zettel und Fotos, die ich so gern auflese, sind Bruchstücke meiner Umwelt. Sie zeigen mir manchmal, dass es auch Menschen gibt, die ausgelassen und glücklich sind und massenhaft Erinnerungen haben. Ich glaube, das gibt mir das Gefühl, ihnen nahe zu sein … und auch irgendwie dazuzugehören.« Er machte eine kurze Pause. »Himmel, ich habe noch nie mit jemandem darüber geredet. Entschuldige …«

»Ach was, du brauchst dich nicht zu entschuldigen. Ich finde es interessant.« Aber es war mehr als interessant. Es war traurig. Er fand seinen Platz in der Welt durch die Erinnerungen anderer Leute, nicht durch eigene. Wie konnte man so leben? »Und was *machst* du mit deinen Fundstücken?«

»Oh, ich sammele sie in einem Schuhkarton. Richtig, ich bin ein cooler Typ«, sagte er und lachte spöttisch. »Ich habe einen Karton voller Erinnerungsstücke von wildfremden Menschen.« Er schluckte. »Ich weiß nicht. Vielleicht ist es an der Zeit, damit aufzuhören.«

»Ich würde gern mal einen Blick in diesen Karton werfen.«

»Okay«, sagte er und nickte. »Du darfst dabei sein, wenn dieser Schwan hier dazukommt.«

Ich lächelte und hoffte von ganzem Herzen, dass Orlando endlich die Heimat war, nach der er sich so sehnte.

Als wir zum Auto zurückkamen, lehnte Jake an seinem Truck und rauchte eine Zigarette. Der Rauch tanzte um seinen Kopf und er stieß einen abgrundtiefen Seufzer aus. Auweia, das verhieß nichts Gutes. Jake rauchte nur, wenn er gestresst oder sehr wütend war. Der Streit mit Meg war ihm offenbar an die Nieren gegangen. Und die Tatsache, dass Jake allein dastand, gefiel mir auch nicht.

»Steig ein, wir müssen los!«, bellte er Matt an.

»Was ist denn los?«, fragte Matt.

»Matt, ich will weg hier!«

»Was ist passiert? Wo ist Meg?«, fragte ich.

»Frag sie selbst! Deine Busenfreundin wird es dir sicher

gern erzählen.« Da erst sah ich Meg in ihrem Auto sitzen. Sie starrte vor sich hin und schäumte vor Wut, das sah man schon von Weitem.

»Jake, du kannst nicht fahren. Du hast getrunken.«

»El, bitte! Erspar mir deine Belehrungen. Spiel dich nicht als besorgte Mama auf, was du ja so gern tust, sondern halt dich raus, zum Teufel!« Seine Worte waren wie ein Schlag in meine Magengrube und vibrierten durch meinen ganzen Körper. Ich blieb abrupt stehen und starrte ihn fassungslos an.

»Jake, lass sie in Ruhe«, sagte Matt.

»Du kannst mich mal, Matt. Willst du lieber bei deiner neuen Freundin bleiben? Ist mir doch egal!« Jake warf seine Zigarette auf den Boden, trat sie aus und stieg in seinen Truck. Ich war hin und her gerissen. Einerseits wollte ich nicht, dass Matt bei Jake mitfuhr, wenn der in einer solchen Stimmung war. Ich hatte Jake schon wütend erlebt, aber *so* aggressiv noch nie. Andererseits wäre es mir lieber gewesen, wenn jemand bei ihm war, damit er keinen Blödsinn machte. Jake ließ den Motor an und wartete vermutlich nur noch auf Matt.

Matt sah mich an, dann zum Truck. Bevor er etwas sagen konnte, kam ich ihm zuvor und nahm ihm die Entscheidung ab.

»Du solltest mitfahren.«

»Von wegen! Nach dem, was er zu dir gesagt hat? Und wie er drauf ist?«

»Ich weiß, aber … so ist Jake nun mal.«

»Mag ja sein, ich kenne ihn nicht so gut wie du. Aber ich muss nicht seinen Aufpasser spielen.«

»Du bist aber auch nicht der Typ, ihn in dieser Stimmung allein wegfahren zu lassen«, sagte ich und sah ihm in die Augen. Er senkte den Blick.

»Na schön. Dann rufe ich dich später an.«

»Danke.«

»Ich … ähm, ja, ich hoffe, wir sehen uns bald wieder.« Er rannte zu Jake und befahl ihm, sich auf den Beifahrersitz zu setzen. Keine Umarmung für mich, nichts. Als ich dem davonfahrenden Truck nachblickte, fiel mir plötzlich ein, dass Matt meine Nummer gar nicht hatte.

13. JETZT

23.00 Uhr

Schweigend fahren Matt und ich zu Evans Party zurück. Ich habe nichts zu sagen. Ich bin wie betäubt. Matt schaltet Musik ein, um die Leere zu füllen, doch es klappt nicht. Ich merke zwar, dass ein Lied läuft, etwas Melodisches mit Stimmen und Instrumenten, doch ich kann mich nicht darauf konzentrieren. Unbewusst registriere ich jede seiner Bewegungen, jeden Atemzug, jedes Stirnrunzeln. Ich bin mir sicher, dass es ihm bei mir genauso ergeht.

Ich schicke Meg eine SMS, um ihr Bescheid zu geben, dass wir auf der Rückfahrt sind. Ich erwähne keine Details – das geht nicht per SMS. Doch sie scheint es bereits zu ahnen, denn sie antwortet nur mit: okay, ich warte draußen.

Kurz darauf vibriert mein Handy erneut, und ich denke, sie meldet sich noch einmal, doch dann sehe ich Jakes Namen.

Wo steckst du?

Fahren gerade zu Evan zurück

Hoffentlich begreift er, was das bedeutet, und belässt es dabei. Aber dem ist natürlich nicht so, denn kaum habe ich mein Handy weggelegt, da vibriert es schon wieder.

Was ist passiert?

Ich hole tief Luft und sehe aus dem Augenwinkel, dass Matt mich beobachtet. Ich bin mir sicher, dass er weiß – oder zumindest ahnt –, mit wem ich gerade kommuniziere. Aber wie könnte ich etwas über ihn schreiben, wenn er direkt neben mir sitzt? Ich würde ihm so gern alles sagen, doch ich schaffe es nicht. Im Moment bestimmt nicht.

Als ich gerade anfangen will, eine Antwort an Jake zu tippen, merke ich, dass das, was ich schreiben will, auch ihn betrifft. Dass es ohne mich kein Wiedersehen zwischen Matt und Jake geben wird. Ich bin das Puzzleteil, das darüber entscheidet, ob aus uns wieder eine Clique wird.

Das will ich nicht sein. Es kann doch nicht alles von meiner Entscheidung abhängen! Er hat mich verlassen. Und obwohl die Sache mit seinem Bruder und seiner Familie ganz schrecklich ist, komme ich nicht darüber hinweg, dass er mich belogen hat. Also ist es seine Schuld. Das muss Jake verstehen. Aber – wie soll ich das in eine kleine SMS packen? Ich schüttele den Kopf und schreibe nur:

Melde mich später noch mal

Ich hoffe, das reicht. Ich sehe, dass Matt wieder angestrengt auf die Straße und auf die Lichter starrt, an denen wir vorbeifahren. Der Regen hat aufgehört, doch alles sieht nass und glitschig aus. Er ist mir so nah und doch so fern. Das ist es dann wohl gewesen – dies ist der Schlussstrich, das endgültige Aus, das ich unbedingt haben wollte. Doch die große Erleichterung stellt sich nicht ein; es ist, als wollte ein kleiner Teil von mir nicht mitmachen, sondern am liebsten losheulen. Denn wenn ich nachher aussteige, ist es offiziell vorbei. Ein komisches Gefühl – sobald ich aus diesem Auto steige, bin ich frei.

Stimmt das wirklich?

Ich denke daran zurück, wie es war, als er wegging, an unseren letzten Abend und den Abschied. Jetzt, wo ich weiß, dass nicht der Job seines Vaters der wahre Grund für den Umzug war, fühlt es sich so anders an. Dass die Traurigkeit, die er zu verbergen suchte, mit seinem Bruder zu tun hatte. Wusste er damals bei unserem Abschiedskuss bereits, dass er mir das Herz brechen würde? *Ihm* brach der Abschied fast das Herz, das weiß ich. Ich erinnere mich noch gut an die Tränen in seinen Augen.

Trotzdem fühlt sich dieser Abschied heute sehr viel trauriger an.

Vor Evans Haus bremst Matt ab. Meg steht an der Haustür. Sie wirkt besorgt, tippt unruhig mit einem Fuß und hat die Hände auf die Hüften gestützt. Ich spüre, dass sie sich stark beherrschen muss, um nicht zum Auto zu rennen und Matt eine zu knallen. Ich würde sie beinahe lassen …

Als der Wagen steht, sehe ich Matt an und weiß nicht, was ich sagen soll. Es gibt nicht mehr viel zu sagen.

»Ella …«, beginnt er und starrt auf seine Hände, die auf dem Lenkrad liegen. »Es tut mir leid.«

»Ich weiß.« Es stimmt. Tief in meinem Inneren glaube ich wirklich, dass es ihm leidtut, dass er alles bereut, doch das entschädigt mich nicht für meinen monatelangen Kummer. Sein »Es tut mir leid« reicht als Entschuldigung nicht aus.

Er wendet mir den Kopf zu und in seinen Augen sehe ich Angst und Hoffnung. »El, du bist noch drei Monate hier. Gib mir bitte eine zweite Chance! Diesmal laufe ich nicht weg, egal was passiert. Und mit dir zusammen würde dieser Sommer sehr viel schöner werden.«

Nun ist es an mir, vergebens nach den richtigen Worten zu suchen. Denn es klingt so einstudiert, was er sagt, obwohl ich spüre, dass er es ehrlich meint. »Matt …«, beginne ich.

»Bitte«, fällt er mir ins Wort. »Denk wenigstens darüber nach. Selbst wenn du nicht mehr mit mir gehen möchtest, könnten wir doch wenigstens Freunde sein. Gute Freunde, meine ich.«

»Freunde waren wir nie«, sage ich leise und zupfe an meinem Armbändchen. »Ich meine, nicht wirklich. Wir waren immer mehr als das.«

»Dann lass es uns noch mal versuchen, okay? Sag einfach … sag bitte ja.«

Mein Herz zieht sich zusammen. Wir sind wieder am

selben Punkt. Wir sind wieder am Beginn dieses Abends, bei dem Spielchen, das wir spielen wollten. Doch Ja zu sagen, war vor einem Jahr sehr viel einfacher, als ich noch nicht wusste, wie weh es tun kann. Als ich noch nicht wusste, wie viel ein Ja bedeutet. Diesmal aber kommt es mir wie ein blasser Abklatsch vor, eine Erinnerung an das, was war und nie mehr sein kann.

»Ich kann nicht«, sage ich und schaue zu Meg, die mich zu sich winkt. Matt lässt den Kopf sinken, doch dann richtet er sich wieder auf, als wenn er noch nicht aufgeben wollte.

»Verurteile mich bitte nicht wegen dem, was mein Bruder getan hat. Ich bin nicht er.«

»Das weiß ich«, sage ich.

»Und ich werde auch nie sein wie er. Niemals!«

»Okay«, sage ich und sehe die Entschlossenheit in seinen Augen. Ich weiß, dass er ganz anders ist als sein Bruder – ihm würde so etwas nie passieren. Doch ich spüre auch, dass die Ereignisse ihre Spuren in ihm hinterlassen haben. »Ich muss jetzt gehen …«, sage ich, obwohl ich gern noch geblieben wäre, um weiter mit ihm zu reden. Doch das geht im Moment nicht.

»Du hättest mich heute Abend um ein Haar geküsst.«

»Matt …«

»Schon gut, ich wollte dich nur daran erinnern.«

Ich hole tief Luft und denke an den magischen Moment auf dem Dach zurück. Wie nah wir uns waren. Wäre da nicht dieses Gewitter losgebrochen …

Und es genügt. Ich hatte ihn tatsächlich küssen wollen. Doch das war davor gewesen. Bevor ich alles wusste. Bevor ich merkte, um wie viel schwerer es wird, je näher wir uns wieder kommen. Und wir können nicht zu diesem Punkt davor zurück; alles, was an diesem Abend schieflief, hat das bewiesen.

Aber es stimmt, ich wollte ihn küssen, ich weiß.

»Okay, das ist das eine, und das andere ist, dass ich dich schrecklich vermisst habe«, gesteht er, und ich muss unwillkürlich lächeln. Es sind so klare, einfache Worte, und ich wünschte, wir hätten *damit* angefangen, statt mit aller Gewalt zu versuchen, unsere erste Nacht neu zu inszenieren.

»Ich habe dich auch vermisst«, sage ich und schaue ihm noch einmal in die Augen, dann löse ich den Gurt und mache die Tür auf. Genug.

Ich schlage die Tür zu, bevor er noch etwas sagen kann, doch auf dem Weg zu Meg bleibe ich noch einmal stehen und drehe mich zu ihm um. Er sieht mir nach, und obwohl es dunkel ist, weiß ich, dass seine Augen feucht schimmern.

Meg läuft mir entgegen und empfängt mich mit den Worten: »Was sollte das?« Bevor sie mich ins Haus zieht, wirft sie noch einen finsteren Blick in Matts Richtung, und ich bin froh, dass Blicke nicht töten können.

»Wir haben uns ausgesprochen. Über Dinge geredet, die längst überfällig waren.«

Als ich erneut den Kopf drehe, ist er weg.

14. DAMALS

23.20 Uhr

Im Auto ließ Meg ihre ganze Wut am Lenkrad aus. »Er ist so ein Arsch«, schrie sie und schlug mit beiden Händen auf das Lenkrad ein. Wir standen immer noch in der Straße bei der Schule. Wir waren noch nicht weggefahren; dazu war es noch zu früh. Alkohol und Wut waren keine gute Kombination; allein schon den Zündschlüssel umzudrehen, wäre riskant gewesen. Deshalb öffnete ich eine Flasche Wasser, reichte sie Meg und ließ sie toben.

Ich saß auf dem Beifahrersitz, sah auf die Häuser vor uns und ab und zu wieder zu Meg. Ich wusste, dass sie sich zuerst etwas abreagieren musste, bevor ich ihr irgendeinen Rat geben konnte. Nicht dass ich einen parat gehabt hätte, ehrlich gesagt. Jake war in vieler Hinsicht ein Arsch, okay, aber wieder mit ihm rumzuknutschen, war keine gute Idee von ihr gewesen. Würde ich ihr aber natürlich nie sagen.

Die Jungs hatten sich noch nicht gemeldet. Ich ließ mir nichts anmerken, aber so allmählich machte ich mir Sorgen. Hoffentlich war ihnen unterwegs nichts passiert. Und ein Teil von mir, ein sehr kleiner Teil, fragte sich, warum Matt mir zum Abschied nur zugewinkt hatte. Keine Umarmung, nichts. Doch eigentlich hatte ich im Moment andere Sorgen, da ein größeres Drama im Gange war. Und was sollte ich mir den Kopf zerbrechen, bevor zwischen uns überhaupt etwas war?

»Mal ehrlich, da kommt dieser Mistkerl wieder angekrochen, als sei nichts passiert, und verspricht mir, sich zu ändern. Ab sofort ein anderer Mensch zu sein. Und schon eine Sekunde später rennt er zu einer anderen!«

»Was?« Ich war so in meine eigenen Gedanken versunken gewesen, dass ich einen Teil ihrer Schimpftirade verpasst hatte. Meg tobte nun schon eine ganze Weile.

»Nichts hat sich verändert«, schimpfte sie weiter, ohne auf meine Frage einzugehen. »Er ist und bleibt ein Arsch, trotz all seiner Versprechen.«

»Was für Versprechen?«

»Na ja … was er eben so gesagt hat.«

»Wann? Heute Abend?«

Meg schwieg und starrte auf ihre Hände. »Die Sache ist etwas kompliziert, weißt du. Heute Abend war nicht das erste Mal seit unserer Trennung, dass wir … rumgemacht haben«, gestand sie schließlich und traute sich nicht, mir in die Augen zu sehen.

»Wie bitte?!« Ich fiel aus allen Wolken. »Wie konntest du? Nach allem, was du gesagt hattest?«

»Das ist nicht so einfach zu erklären. Es ist eben Jake.

Mal könnte ich ihn auf den Mond schießen, mal liebe ich ihn. Hassliebe eben. Und ab und zu ruft er mich noch an.«

»Aber du hast doch mit ihm Schluss gemacht«, rief ich ihr in Erinnerung. »Und dafür gab es gute Gründe, vergiss das nicht.«

»Ich weiß und ich bin froh darüber. Als fester Freund war er echt das Letzte, aber … das bedeutet leider nicht, dass ich aufgehört hätte, ihn zu lieben.« Sie seufzte. Ich merkte ihr an, wie resigniert sie war und dass ihr dieses Geständnis nicht leichtfiel. »Er hatte mit etlichen anderen Mädchen was, seit … du weißt schon. Aber immer nur ein paar Tage. Und wenn dann Schluss ist, kommt er wieder bei mir an. Und ich verzeihe ihm. Jedes. Verdammte. Einzelne. Mal!«

»Aber warum? Du weißt, dass es nicht lange gut geht. Du hast etwas Besseres verdient, Meg.«

»Ich weiß, ich weiß. Es ist nur so, dass … Was glaubst du, wie ich mich fühle, wenn ich ihn *wieder* mit einer Neuen sehe? Dann hasse ich ihn. Doch wenn er mich danach wieder anruft, ist er total lieb und zerknirscht und verspricht mir hoch und heilig, dass er sich ändern wird. Ich weiß genau, dass er es nicht tut, aber … ich falle immer wieder auf ihn rein.«

Ich wusste nicht, was ich dazu sagen sollte. Schweigen machte sich breit. »Ich … ich glaube nicht, dass dich diese Art von Beziehung glücklich macht.« Sie zuckte nur die Schultern. »*Ich* würde es nicht aushalten«, fuhr ich fort. »Ich kenne euch beide und weiß, wie ihr tickt, aber …«

Ich sprach lieber nicht aus, was ich dachte, denn ich wollte ihr nicht wehtun. Aber wie konnte sie ihm noch vertrauen? Und wenn sie ihn so sehr liebte, warum dann nur heimlich? Aber ich stellte ihr eine andere Frage. »Und warum hast du es mir nie erzählt?«

»Weil du es nicht verstanden hättest und ich nicht wollte, dass du sauer auf mich bist.«

»Meg, ich würde nie sauer auf dich sein!« Doch ein bisschen war ich es schon. Was verschwieg sie mir sonst noch?

»Und außerdem war es mir auch peinlich«, gestand sie. »Ich hasse mich dafür, dass ich das mit mir machen lasse. Und ich glaube, ich dachte mir, es würde erst Realität werden, wenn ich es laut ausspreche. Dann hätte ich zugeben müssen, dass ich etwas tue, was ich eigentlich verachte.«

»Quatsch, du brauchst dich nicht zu hassen. Wenn schon, dann Jake. Du hast etwas Besseres als ihn verdient.« Sie sah so traurig und geknickt aus, dass sie mir richtig leidtat.

Ich wusste natürlich, warum sie nicht von ihm loskam. Es waren nicht nur sein gutes Aussehen und sein Wesen. Er wirkte auch oft so, als hätte er alles im Griff, und er hatte viele verrückte Ideen, bei denen man gerne mitmachen wollte. Aber im Grund genommen war das alles, was er ihr zu bieten hatte: Spaß haben und sich in seinem bescheidenen Ruhm als Mitglied einer Boyband sonnen. Nichts von Dauer und keine wirklichen Gefühle.

Weil ich nicht wusste, wie ich auf ihr Geständnis reagieren sollte, nahm ich sie einfach in den Arm. Sie zitterte am ganzen Körper und weinte lautlos. Da mussten wir wohl alle mal durch. Jeder war mal in dieser Situation. Sie musste ihre Gefühle nicht vor mir verbergen. Ihre Geheimnisse wurden von ihren Tränen fortgespült.

Wir blieben etwa eine halbe Stunde lang im Auto sitzen. Ich war in dieser Stadt aufgewachsen und wusste, dass wir nichts zu befürchten hatten. Die größte Gefahr für uns waren keine Räuber, die im Dunkeln lauerten, sondern Gemeinheiten unserer Freunde. Das zu wissen, war beruhigend, besonders in einer Situation wie dieser, als wir zu beschwipst zum Autofahren waren.

Ein Gackern durchbrach die Stille.

»Hühner?« Meg sah mich verdutzt an.

»Was zum … ach herrje, mein Handy! Es ist Barker.« Vor einigen Tagen hatten Jake und Barker mein Handy stibitzt und beschlossen, für jeden von ihnen einen besonders albernen Klingelton herunterzuladen, damit ich immer sofort wusste, wenn ein Anruf von ihnen kam. Jake hatte für sich das Zischen einer Dampflokomotive ausgewählt, Barker gackernde Hühner.

Mein Herz setzte einen Schlag aus, als ich mein Handy aus der Tasche zog. Rief er wegen Jake und Matt an? War mit ihnen alles in Ordnung? Hatte er etwas von ihnen gehört? Warum würde er sonst so spät anrufen?

»Hey, Barker, alles okay?« Erleichtert entspannte ich die Schultern, als ich hörte, dass alles in Ordnung war. Perfekt.

»Du, Meg ist auch hier. Ich stelle dich auf laut.«

»Hey, Barker«, sagte Meg.

»Hallo, ihr zwei. Also, weshalb ich anrufe: Als die Party aufflog, sind ein paar Leute rüber ins One Spin, um dort weiterzufeiern.« One Spin Records war der einzige noch übrig gebliebene Indie-Plattenladen vor Ort. Sie verkauften sowohl CDs und Schallplatten als auch Bücher und DVDs. Seit die iPods auf den Markt gekommen waren, hatten sie echte Existenzprobleme, und da war der Geschäftsführer auf die Idee gekommen, im hinteren Bereich des Ladens eine Bühne aufzubauen, damit hiesige Bands dort auftreten konnten, und auch andere Bands, die auf Tour waren. Außerdem hatten sie dort auch ein kleines Tonstudio, das die meisten der Bands vor Ort schon genutzt hatten. Es war wesentlich billiger als anderswo, und zudem bekamen ihre Aufnahmen dort einen tollen authentischen – sprich: blechernen – Sound. »Ich nehme an, dass es sich herumgesprochen hat, was heute Abend passiert ist, und da hat der Geschäftsführer die Bands eingeladen, bei ihm aufzutreten.«

»Au, cool!«, sagte ich und schaute dann zu Meg hinüber. Sie schien weniger begeistert. »Wann?«, erkundigte ich mich vorsichtig.

»Tja, das ist das Problem. Heute Abend. Jetzt gleich.«

»Was? Jetzt gleich?«, hakte ich ungläubig nach.

»Na ja, in einer halben Stunde, aber du weißt ja, wie es ist. Ich wollte euch beiden nur Bescheid sagen. Hab gerade mit Jake geredet, und er sagte, er sei nicht mehr bei euch. Darf man fragen, was passiert ist?«

»Jake war wieder mal Jake!«, zischte Meg.

»Okay, wundert mich nicht«, knurrte Barker.

»Ja, ähm, ich weiß nicht, ob wir es schaffen«, begann ich. Ich wollte wirklich gern hingehen. Ich wollte Matt wiedersehen, aber Meg ging natürlich vor. Daher würde ich mich nach ihr richten. Sie sollte entscheiden, was wir machten. Ich konnte sie in diesem Zustand unmöglich allein lassen.

»Nein, nein. Wir kommen. Gib uns eine halbe Stunde. Das lassen wir uns nicht entgehen«, sagte Meg.

Ich sah sie skeptisch an und fragte mich, warum sie hingehen und Jake wiedersehen wollte. Sie hatte mal gesagt, sie sei vermutlich masochistisch veranlagt, aber das ging nun doch etwas zu weit.

»Super. Also, dann bis nachher. Gabby freut sich, wenn ihr kommt, damit sie nicht das einzige Mädchen ist. Aus irgendeinem Grund glaubt sie, es würden nicht viele kommen, doch ich wette, dass der Laden voll wird.«

»Glaube ich auch«, versicherte ich Barker, obwohl ich mir alles andere als sicher war. Es war schon ganz schön spät. »Bis später.«

»Gut.« Ich beendete das Gespräch und sah Meg an. Sie wusste, was mein Blick bedeutete.

»Es ist die Nacht des Jasagens«, sagte sie und seufzte.

»Na und? Wir *müssen* nicht hingehen. Meiner Meinung nach war das Spiel aus, als wir uns getrennt haben, oder?« Bei dem Wort »getrennt« zuckte sie leicht zusammen.

»Egal, ich kneife nicht.«

»Bist du dir sicher?«

Sie strich sich die Haare zurück und sah mich an. »Du magst ihn, stimmt's?«

»Wen?«

»Matt natürlich. Ich habe euch beobachtet. Und ich habe dein Gesicht gesehen, als Barker gerade sagte, dass sie auftreten. Mann, Süße, wie lange kenne ich dich jetzt schon? Ich habe dich noch nie so … aufgedreht … gesehen wegen eines Jungen.«

Hm, was sollte ich dazu sagen? Okay, was ich für ihn empfand, war wirklich etwas Besonderes, ich wusste nur nicht, was es bedeutete. Es war noch so frisch; ich kannte ihn ja kaum. Doch als ich mit ihm schwimmen war oder durch die Nacht spazierte, hatte ich das Gefühl, mich so geben zu können, wie ich bin. Ich musste mich nicht verstellen, ich fühlte mich total wohl mit ihm.

»Er gibt mir das Gefühl, dass ich so sein kann, wie ich bin.«

Meg lächelte versonnen, weil sie vermutlich wusste, wovon ich sprach. Ob Jake ihr auch dieses Gefühl gab? »Gut, abgemacht«, sagte sie. »Wir gehen hin. Und außerdem freut sich Gabby, wenn wir kommen.«

»Hab ich gehört.« Ich seufzte. Es war nicht so, dass ich Gabby nicht mochte, ich nahm es ihr nur etwas übel, dass sie von Nicks Fremdgehen gewusst und mir nichts gesagt hatte. Ich fühlte mich von ihr hintergangen. Doch wegen Barker ließ ich mir nichts anmerken. Ich hatte die Jungs schon einmal verloren, damals, als Meg und Jake Schluss gemacht hatten, und dieses Risiko wollte ich nicht noch mal eingehen.

»Sie bereut es wirklich«, gab Meg zu bedenken und spielte darauf an, dass Gabby schon mehrfach versucht hatte, sich bei mir zu entschuldigen. Sie hatte mir etliche SMS geschickt, die ich sofort gelöscht hatte. Dann der Kuchen mit der Zuckerguss-Botschaft »Tut mir leid« – okay, den haben wir gegessen.

»Sie macht es mir nicht leicht, sauer auf sie zu sein«, gestand ich seufzend.

»Hast du dir noch nie überlegt, was *du* an ihrer Stelle getan hättest?« Meg sah mich fragend an.

»Du meinst, wenn ich zum Beispiel mitbekäme, dass Jake dich betrügt?«

»Ja.«

»Ich würde es dir sofort brühwarm erzählen«, antwortete ich automatisch, doch dann kam ich ins Grübeln. Es wäre ganz schön schwer, Meg zu erzählen, dass ich Jake mit einer anderen gesehen habe. Damit würde ich ihr den Todesstoß versetzen. Würde ich es wirklich über mich bringen? Zum ersten Mal sah ich das Ganze auch aus Gabbys Sicht.

»Ich dir natürlich auch«, sagte Meg. »Aber es muss ganz schön schwer sein, einer Freundin zu sagen, dass ihr Lover fremdgeht.«

»Ich weiß. Und vermutlich hat Gabby mir deshalb nichts gesagt.« Ich hatte es plötzlich begriffen. »Es ist ganz schön heikel, das ist mir klar. Aber trotzdem …«

»Ich habe sie gestern getroffen, und sie hat mich schon

wieder gebeten, dir zu sagen, wie leid es ihr tut. Und stell dir vor, sie hat auch gesagt, dass sie fast ein schlechtes Gewissen hat, weil sie mit Barker gleich den Richtigen gefunden hat. Als hätte sie es nicht verdient oder so. Fand ich etwas komisch.« Meg verstummte und spielte mit ihrer Wasserflasche herum. »Wir ziehen sie und Barker doch manchmal auf, weil sie ständig herumturteln und noch so verliebt sind … vielleicht hat sie ein schlechtes Gewissen, weil sie es so gut getroffen hat und wir anderen … nun ja, eben nicht.«

»Kann sein«, sagte ich nachdenklich. Okay, das konnte ja alles zutreffen, doch es machte mir die Sache nicht leichter. »Na ja, wir sehen sie ja nachher.«

»Dann sehen wir auch, wie es mit dir und Matt weitergeht.« Sie stieß mich in die Seite. »Egal was noch kommt, ich finde, diese Nacht hat ein Armbändchen verdient«, sagte sie und hielt ihr Handgelenk hoch. Ich hielt meinen Arm daneben und grinste, weil ich mir ein bisschen wie eine Superheldin vorkam. »Hey, wir sollten langsam los. Ich glaube, ich bin wieder fahrtüchtig«, sagte Meg.

»Gut.« Ich strich Gabby aus meinen Gedanken und ersetzte sie durch schönere Bilder: eine schwarz gerahmte Brille, vom Boden aufgelesene Zettel und verschlungene Hände.

Als Meg den Zündschlüssel ins Schloss steckte, blickte sie plötzlich an sich hinunter und sah, wie nass ihre Kleider noch immer waren. »Ähm … wir sollten uns vorher besser umziehen, meinst du nicht auch?«

»Stimmt.« Ich sah ebenfalls an mir hinunter. »Bei mir sieht man sogar den nassen BH durchschimmern. Wir hatten wirklich ein paar grandiose Einfälle heute Abend.«

»Können wir schnell noch mal zu dir fahren und frische Klamotten holen?«, schlug Meg vor.

»Geht nicht. Meine Eltern glauben, ich übernachte bei dir. Gehen wir zu dir?«

»Geht nicht. Meine Eltern denken, ich übernachte bei dir.«

»Ähm … warte. Wenn die Eltern von uns beiden das denken, wo bitte schön schlafen wir dann *wirklich?*« Diese Sachlage machte mich etwas nervös.

»Au Mist.« Sie stutzte und machte eine wegwerfende Handbewegung. »Weißt du was? Dafür ist später noch Zeit. Jetzt sollten wir erst mal los.«

»Wohin? Die Geschäfte sind alle zu. Und ich will echt nicht in nassen Klamotten im One Spin einlaufen.«

»Es gibt ein Geschäft, das um diese Zeit noch offen ist.« Sie drehte den Zündschlüssel und fuhr los.

15. JETZT

23.15 Uhr

In Evans Haus sinken Meg und ich ermattet auf die Couch. Inzwischen sind die meisten Partygäste weg, abgesehen von einem Typen, der ein Videogame spielt, und ein paar anderen Leuten, die sich in einer Ecke unterhalten. Evan zieht einen Stuhl heran und setzt sich zu uns.

Nachdem ich ihnen erzählt habe, wie mein kleiner Ausflug mit Matt verlaufen ist – nicht in allen Details, aber doch ziemlich ausführlich –, starren sie mich nur an.

»Und was hast du jetzt vor?«, fragt Meg schließlich, und ich weiß nicht, was sie gern von mir hören würde.

»Nichts?«, sage ich versuchsweise, doch sie und ihr Bruder sehen mich so lange an, bis ich mit der Wahrheit herausrücke. »Ich weiß nicht. Ich hasse es.« Ich lehne mich zurück und schließe die Augen, in der Hoffnung, hinter meinen Augenlidern würde auf magische Weise eine Antwort auftauchen. »Und ich habe das Gefühl, alle im Stich zu lassen.«

»Wen genau?«, hakt Meg nach und setzt sich so hin, dass sie mir ins Gesicht sehen kann.

»Euch alle? Jake? Ich weiß nicht.«

»Jake ist groß genug, um sich um sich selbst zu kümmern. Im Moment geht es wohl mehr um dich«, sagt Meg und nimmt meine Hand. Ich bedanke mich mit einem Händedruck.

»Und es steht fest, dass du ihn noch magst«, steuert Evan bei und reckt sich.

Ich sehe ihn an und runzele die Stirn. »Ich weiß echt nicht, wie du aufgrund von dem, was ich gerade erzählt habe, auf diese Idee kommst. Wieso sollte ich ihn noch mögen?«

»Ella«, sagt er mit Nachdruck, »mir ist es doch auch schon so gegangen. Verdammt, ich habe mein halbes Leben lang versucht, mir einzureden, dass ich jemanden nicht mochte, obwohl ich es tat. Ist echt blöd. Also hör auf, dir was vorzumachen.«

»Ich mache mir nichts vor«, sage ich trotzig. »Ich weiß im Moment nur nicht, was ich will. Er hat einen Riesenfehler gemacht, und ich bin nicht bereit zu sagen, es sei okay.«

»Sollst du auch nicht«, versichert mir Meg.

»Ich weiß nicht mal, ob sich die ganze Aufregung lohnt, da ich ja sowieso bald weggehe«, sage ich und denke an den Blick, mit dem er mir nachsah, als ich aus seinem Auto stieg. Er wirkte am Boden zerstört.

»Wie wär's, wenn du herauszufinden versuchst, ob es sich lohnt?«, fragt Evan.

Über diese Frage muss ich zuerst nachdenken, aber ehrlich gesagt weiß ich die Antwort nicht. Es geht immerhin um Matt.

»Hey, wo ist dein Liebster?«, wendet sich Meg an ihren Bruder, da sie sein Fehlen offenbar erst jetzt bemerkt.

»Er schläft schon. Ich glaube, ich sollte mal nach ihm sehen.« Evan erhebt sich und verwuschelt meine Haare. »Halt mich auf dem Laufenden, El. Und denk daran: Tu nichts, was ich nicht auch tun würde.«

»Du meinst ein Mädchen küssen?«, feixt Meg.

»Ich liebe dich auch, Schwesterherz«, sagt er, während er bereits auf dem Weg in sein Schlafzimmer ist.

Meg mustert mich mit zusammengekniffenen Augen. »Ich wollte warten, bis er weg ist, bevor ich dir meine Meinung sage.«

»Ha, ich wusste doch, dass das kommen würde.«

»Es ist doch scheiße, weißt du.«

»Wie meinen?«, frage ich verdutzt.

»Alles. Dass er Geheimnisse vor dir hatte, dich angelogen hat. In einer so wichtigen Sache. Und mal ehrlich, wäre es echt so schwierig gewesen, dich mal anzurufen?«

»Habe ich ihm auch gesagt«, sage ich kleinlaut.

»Und jetzt kommt er einfach wieder an und denkt, du würdest ihn mit offenen Armen empfangen – nachdem du so viel gelitten hast! Also bitte! So blöd bist du nicht.« Ich nicke, doch ihre Worte treffen bei mir auf einen Nerv. Stimmt, *so* blöd bin ich nicht, aber sie doch auch nicht. Und sie hat Jake schon Dutzende Male verziehen.

»Ich meine, ich bin froh, dass die Sache jetzt geklärt ist

und du sie abhaken kannst. Belass es dabei. Du ziehst sowieso bald weg. Auf dich warten jede Menge College-Studenten.« Ich höre ihre Worte, und obwohl sie genau das sagt, was ich vorhin selbst dachte und aussprach, fühlt es sich anders an. Vielleicht weil es aus ihrem Mund kommt? Vielleicht weil sie so tut, als dürfe *sie* gegen die Regeln verstoßen, ich aber nicht?

»Aber was, wenn es ihm wirklich leidtut? Jeder von uns macht mal Fehler, oder?«

»El, er ist es einfach nicht *wert!*«

»Ach nee? Aber Jake schon?«, sage ich vorsichtig.

»Wie bitte?« Sie reißt ihre Hand weg. »Was hat Jake damit zu tun?«

»Jake hat schon Hunderte von Fehlern gemacht, aber du hast ihm jedes einzelne Mal verziehen! Ist das okay?« Ich weiß nicht, wieso ich das sage, aber ich brauche Klarheit.

»Das mit Jake und mir ist etwas ganz anderes! Das hat mit Matt und dir nichts zu tun«, sagt sie gereizt.

»Ich weiß, aber trotzdem. Warum ist es in Jakes Fall okay und in Matts nicht? Ich habe ja nicht vor, wieder mit Matt zusammen zu sein, aber warum *darf* ich nicht, auch wenn ich es wollte?«

»Warum fragst du dann überhaupt?«

»Ich will es einfach wissen«, sage ich mutig.

Sie richtet sich auf, legt den Kopf schief und fixiert mich wie eine Schlange kurz vor dem Zustoßen. »Jake ist ganz anders und das weißt du.«

»Ach nee?« Ich sehe sie herausfordernd an und schlage die Beine übereinander.

»Er gehört zu uns, zu unserer Clique. Und er hat mich noch nie *absichtlich* verletzt.«

»Meg«, sage ich mich Nachdruck, »er flirtet dauernd mit anderen Mädchen. Vor deinen Augen. Ist das okay?«

»Willst du damit sagen, dass es nicht okay ist zu flirten, aber okay, einfach zu verschwinden und dich ein halbes Jahr lang im Unklaren zu lassen und dir das Herz zu brechen?«, faucht sie.

»Nein, ich versuche nur zu ergründen, worin der Unterschied besteht«, hake ich nach. Ich merke, dass ich vor Aufregung ganz rot werde. Ich weiß, dass die anderen schon herüberstarren, doch auch das kann mich nicht bremsen. »Jake macht eine Dummheit nach der anderen, doch du verzeihst ihm und nimmst ihn in Gnaden wieder auf. Dabei habe ich dir *nie* reingeredet. Denn ich will nur, dass du glücklich bist. Aber Matt muss nur einen einzigen Fehler machen und schon sollen wir ihn verteufeln?«

»Ich dachte, du willst ihn gar nicht wiederhaben«, sagt sie pampig, und damit liegt sie nicht so ganz daneben. Ich weiß nicht mal, *warum* ich überhaupt mit ihr streite. Aber ich kann nicht anders. Ich würde am liebsten schreien.

»Will ich auch nicht«, sage ich eindringlich, »aber zumindest hätte ich gern eine Wahlmöglichkeit. Du lehnst ihn ab, ohne ihm überhaupt eine Chance zu geben. Ich stehe *immer* zu dir, wenn du dich wieder mit Jake versöhnst … und deshalb würde ich jetzt gern von dir hören, dass ich deinen Segen habe, falls ich Matt verzeihe.«

»Aber doch nicht, wenn ich es für eine dumme Idee halte! Nicht, wenn ich Angst habe, dass er dir wieder wehtut.«

»Stimmt, dieses Risiko besteht, aber das gehst du bei Jake auch ein.«

Meg presst die Lippen zusammen und blinzelt. Oh-oh.

»Na schön, mach, was du willst. Sag Ja zu ihm oder was auch immer. Doch wenn er das nächste Mal verschwindet, komm nicht zu mir und erzähl mir, dass ich recht hatte. Denn das weiß ich jetzt schon.« Mit einem schiefen Grinsen steht sie auf.

»Meg …«

»Nein, wenn du ihn wiederhaben möchtest, tu dir keinen Zwang an! Er ist dir offenbar wichtiger als ich«, faucht sie, wirft sich ihre Tasche über die Schulter und stapft zur Tür.

»Hey, was soll das jetzt?« Ich drehe mich um, um ihr nachzulaufen.

»Da bin ich *monate*lang damit beschäftigt, dich zu trösten und abzulenken, und kaum kommt er an und sagt einen Pieps, ist sofort alles vergeben und vergessen!«

»Meg, so ist es doch gar nicht.« Ich bin an ihre Wutanfälle gewöhnt, es ist schließlich nicht der erste, doch sie waren nie gegen mich gerichtet.

»Wie ist es dann, Ella? Hm? Kannst du mir das erklären?«

»Ich bin *immer* auf deiner Seite. Ich bin *immer* mit allem einverstanden, was du machst. Ich versuche doch nur, eine eigene Entscheidung zu treffen, und ich hatte gehofft, du wärst auf meiner Seite.«

»Weil *ich* bisher alle Entscheidungen für dich getroffen habe, oder was? War es *meine* Entscheidung, dass du mit Nick zusammen warst? Oder mit Matt?«

»Nein, es ist nur so, dass …«

»War es *meine* Entscheidung, dass du jetzt wegziehst und auf dieses College gehst?«

»Nein«, sage ich und verstumme plötzlich. »Moment mal, geht es *darum?*«

»Nein, natürlich nicht«, sagt sie hastig, aber ich merke, dass ich den Nagel auf den Kopf getroffen habe. Das steckt also dahinter.

»Meg … du weißt, dass ich nicht deinetwegen wegziehe, oder? Ich wollte nur … ich will einfach weg von hier. Um einen Neuanfang zu machen.«

»So? Dann nichts wie los! Mach deinen Neuanfang. Ich komme hier auch ohne dich zurecht«, faucht sie und verschränkt trotzig die Arme.

»Meg …«

»Ich mache mich jetzt auf die Suche nach Jake«, fällt sie mir ins Wort. »Der nie von der Bildfläche verschwinden wird, um sich nie mehr zu melden. Der es mir sagen wird, wenn er familiäre Probleme hat. Dem ich nicht so egal bin, als dass er so einen Scheiß macht«, schreit sie mich an, bevor sie die Tür hinter sich zuschlägt. Das hat bestimmt die ganze Nachbarschaft mitbekommen. Ich sinke wieder auf die Couch. Ich habe einen Kloß im Hals und kämpfe gegen Tränen an. Aber ich will nicht heulen. Nicht hier.

Denkt Meg etwa, ich würde mich wie Matt nie mehr melden?

Ich streiche mir die Haare zurück und seufze. Nein, so hatte ich mir diesen Abend nicht vorgestellt. Dass er so endet, habe ich nicht gewollt. Wieso sind wir uns überhaupt in die Haare geraten? Warum habe ich all diese Dinge gesagt? Habe ich es wirklich so gemeint, wie ich es sagte, oder ging es im Grunde um etwas ganz anderes? Meg hat recht, Matt hat sich wirklich beschissen verhalten. Aber das tut Jake auch manchmal und das weiß sie. Und jetzt habe ich sie alle verloren.

Ich habe das Gefühl, dass mein Herz nicht sehr viel mehr verkraften kann.

Und ich denke noch einmal an damals zurück, als Matt fortging und all seine Geheimnisse mit sich nahm. Ich verstehe, was hinter der Beziehung von Meg und Jake steht, aber wie ist es möglich, dass ich damals nicht gesehen habe, was los war? Wie konnte ich so blind und taub sein, was Matts Gefühle betraf? Ich erinnere mich an einen Besuch bei ihm zu Hause, als seine Mutter in der Küche war und nicht mal Hallo zu mir sagte. Wortlos ging sie an mir vorbei in ihr Zimmer, und Matt sagte, sie fühle sich nicht wohl. War die Sache mit Chris damals schon akut? Mir war aufgefallen, dass Matt bei seinen Worten ein komisches Gesicht machte, aber ich habe nicht nachgefragt, weil ich das Gefühl hatte, es sei etwas Persönliches.

Verflixt, ich hätte nachfragen sollen!

»Spielste mit?«, fragt der Junge, der am anderen Ende der Couch sitzt, und reicht mir einen Xbox-Controller. Ich sehe ihn nur groß an. Wie kann er auf die Idee kommen, ich könne Lust haben zu spielen, nachdem meine beste Freundin mich gerade wütend sitzen gelassen hat? Nachdem die große Liebe meines Lebens zurückgekommen ist und ich es nicht ertrage, mit ihm zusammen zu sein? Doch dieser Junge, den ich nicht kenne, sieht mich nicht mal an. Im Gegensatz zu meinen Freunden erwartet er nichts von mir. Und das ist zur Abwechslung mal ganz angenehm. Also nehme ich den Controller.

Er spielt ein Spiel, bei dem es um eine Invasion von Zombies geht, die die Weltherrschaft an sich reißen wollen. Mein Job als Spieler zwei ist es, alle Zombies abzuknallen, bis nur noch Menschen übrig sind. Ich liebe Videospiele – mein heimliches Laster – und deshalb zucke ich mit den Achseln und drücke auf den Startknopf. Etwas Ablenkung kann nicht schaden.

Und so ist es auch. Ich konzentriere mich auf die Zombies, nicht auf meine Gedanken. Ich klicke wie wild und erziele Treffer um Treffer. Wie in Trance gehe ich ganz in dem Spiel auf. Meine Hand wird eins mit dem Controller.

Aber ich bin nicht gut genug und die Zombies schlagen zurück. Sie beißen und kratzen und schlagen zu. Sie fallen über mich her, krabbeln wie Ameisen über meinen Körper. Ich versuche, sie abzuschütteln, doch es gelingt mir nicht. Ich schieße, was das Gewehr hergibt, doch es klappt nicht. Die Feinde werden immer mehr, übernehmen die Kontrolle.

Während sie an mir herumknabbern, tauchen auf dem Display große gelbe Buchstaben auf: DU BIST BESCHÄDIGT!

Ha, als wenn ich das nicht wüsste!

Es hat schon früh begonnen, als ich das fünfte Rad am Wagen und eine Art ständiger Schatten von Meg und ihrem jeweiligen Lover war, eine Rolle, die ich nie ganz abschütteln konnte. Und dann kam Nick – sein Fremdgehen und sein Vorschlag, auf unsere Freundschaft abzuklatschen. Mit ihm habe ich Erfahrungen gemacht, auf die ich gern verzichtet hätte. Es gefiel mir nicht, dass er dadurch Spuren in mir hinterließ und einen so großen Einfluss auf meine Psyche hatte. Und dann kam Matt. Ich hatte gedacht, er sei das Gegenstück zu Nick, doch auch er hat mich verletzt. Und deshalb ging ich automatisch davon aus, dass alle Jungs mich verletzen würden.

Auf wen – oder was – konnte ich mich überhaupt noch verlassen? Selbst Gabby hatte mich enttäuscht, und ich fragte mich, wer der oder die Nächste sein würde. Jake? Meg? Ich stellte sogar mich selbst infrage und wollte mich lieber zurückziehen – sprich: fortan lieber mit dem Strom schwimmen, statt mein eigenes Ding zu machen. Es war gefährlich, seinen eigenen Kopf zu haben. Wie zum Beispiel heute Abend, als ich mich von Meg überreden ließ, zu Evans Party mitzukommen, obwohl ich lieber zu Hause geblieben wäre. Ich war zu Matt ins

Auto gestiegen, obwohl ich mir nicht sicher war, ob es eine gute Idee war.

Tja, und was soll ich nun machen? Es ist niemand mehr da, dem ich folgen kann – ich habe nur noch mich selbst.

Es ist ein seltsames und einsames Gefühl, aber auch … so neu. Und echt.

Ich spüre eine neue Kraft in mir, die erst aufkam, als ich Matt konfrontierte und gerade eben Meg. Wenn ich den beiden die Stirn bieten kann, bin ich vielleicht sogar zu mehr fähig. Vielleicht kann ich mich sogar überwinden, Ja zu sagen. Ich habe Matts Tick mit dem Zettelsammeln jetzt schon so lange ausgelebt, vielleicht ist es an der Zeit, damit aufzuhören und eigene Spuren zu hinterlassen. Damit aufzuhören, über andere Leute zu schreiben – und dafür endlich über *mich!*

Ich kann natürlich so tun, als sei nichts geschehen, alles verdrängen, was passiert ist, und einfach wie geplant wegziehen. Ich kann mich weiterhin vom Leben treiben lassen und mit dem Strom schwimmen. Oder ich kann mich verändern. Eigene Entscheidungen treffen. Ich habe mich schon einmal umorientiert und das kann ich wieder tun. Ich kann mir wieder eine eigene Zukunft entwerfen und nach vorn schauen. Ich kann aufhören, die Vergangenheit wie einen schweren Rucksack mit mir herumzuschleppen. Ich kann stark sein. Ich kann lachen.

Ich spiele an dem Bändchen an meinem Handgelenk herum und weiß plötzlich, was ich zu tun habe.

Ich sehe zu, wie meine Figur im Videospiel langsam aufgefressen wird. Doch statt zu jammern, hake ich diesen Verlust ab und sehe wieder nach vorn, was ich schon vor einem Jahr hätte tun sollen, als Matt verschwand. Ich lege meiner Figur einen imaginären Verband an und lasse sie weiter Zombies killen, genau wie auch ich weiterkämpfen werde. Ich werde zum nächsten Level aufrücken, ohne zu grübeln und zu leiden, wie ich es all diese Monate getan habe. Ob mit Matt oder ohne ihn, wird sich weisen. Es liegt ganz an mir. Es ist meine Entscheidung. Ich mag zwar beschädigt sein, doch damit kann ich leben.

Die gelben Buchstaben leuchten erneut auf dem Bildschirm auf und signalisieren mir, dass das Spiel vorbei ist. Okay, gewonnen habe ich nicht, doch ich habe das erste Level geschafft. Morgen werde ich mir das nächste vornehmen und dann wieder das nächste, bis mir eines Tages keine Zombies mehr im Weg stehen.

16. DAMALS

0.00 Uhr

»Walmart!«, rief Meg triumphierend, als wir den großen Parkplatz ansteuerten. Das riesige Kaufhaus war nur etwa eine Meile weit weg und so verging die kurze Fahrt mit lauter Musik recht schnell. Wir hatten diese Flucht gebraucht. Die Chance, uns zu fühlen, als würden wir fliegen.

»Sollen wir uns wirklich für diesen Abend neue Klamotten kaufen?«, sagte ich beim Aussteigen. Der Parkplatz war fast leer, nur vereinzelt standen ein paar Autos herum, die vermutlich Angestellten und anderen schlaflosen Zeitgenossen gehörten.

»Warum nicht? Haben wir doch schon öfter gemacht.«

»Ja, aber nie um Mitternacht.«

Im Supermarkt war es eiskalt. Ich fröstelte, als wir die Schiebetüren passierten und die Stelle, an der normalerweise immer ein Angestellter stand, der die Kunden begrüßt. Es war immer derselbe weißhaarige Mann, der so oft hier war, dass man fast glauben konnte, er würde hier wohnen. In meinen Augen war es ein langweiliger, monotoner Job, doch er schien ihn zu lieben, denn er lächelte dauernd und hatte immer einen freundlichen Spruch auf den Lippen. In dieser Nacht war er allerdings nicht da. Da wir uns im Walmart bestens auskannten, gingen wir geradewegs nach rechts in die Damenabteilung. Wir waren oft hier, um alle möglichen Sachen zu kaufen: Stifte, Haarbänder oder Snacks für Kinobesuche.

»Weißt du noch, wie wir hier Verstecken gespielt haben?«, fragte ich, als wir an den ersten Kleiderständern vorbeigingen.

»Und wie diese Frau den armen Barker anbrüllte, weil er sich zwischen den Kleidern versteckt hatte. War echt lustig!«

»Nicht so lustig wie später, als wir dich mit Jake in der Campingabteilung beim Rumknutschen ertappt haben. Ich bin mir ziemlich sicher, dass so was nicht als Verstecken gilt«, sagte ich spöttisch.

»Eure Schuld, wenn ihr so lange gebraucht habt, um uns zu finden!«, protestierte sie, genau wie damals schon, und ich lachte.

Wir gingen durch die Gänge und befühlten prüfend das eine oder andere Kleidungsstück. Wir fassten den Stoff an, als erwarteten wir eine Antwort auf unsere Gebete: *Ja, wir sind die perfekten Shirts für euer nächtliches Abenteuer.*

»Na, was schwebt dir vor?«, fragte ich Meg und hielt mir ein blaues Oberteil vor die Brust.

»Ich weiß nicht«, sagte sie und hängte einen Rock zurück. »Es soll hübsch sein, aber nicht *zu* hübsch.«

»Zu hübsch kann es gar nicht sein, wo wir doch extra diesen kleinen Abstecher zu Walmart gemacht haben.«

»Stimmt.«

»O Gott, sieh dir das an!« Ich hielt ein pinkfarbenes Taftkleid hoch – ein Modell, das meine Mutter in den Achtzigern getragen haben könnte. Es war aus einem glänzenden Stoff und hatte lange Ärmel und kleine Schulterpolster. »Das *musst* du anprobieren!«

»Nie im Leben! Es ist grässlich.« Meg zog eine Schnute, bis ich schließlich klein beigab.

»Okay, gut, aber nur, wenn du etwas ähnlich Scheußliches findest. Du *musst* Ja sagen«, konterte ich grinsend. Schnell war unsere ursprüngliche Absicht vergessen, und wir konzentrierten uns darauf, möglichst lächerliche Kombinationen zusammenzustellen. Okay, das war eigentlich reine Zeitvergeudung, doch wir brauchten etwas Ablenkung. Meg hatte ihr Tief überwunden, und dafür, dass es so blieb, nahm ich ein paar Minuten Suche nach scheußlichen Outfits gern in Kauf. Außerdem wollte ich im Endeffekt ja *selbst* etwas finden, um Matt zu gefallen.

»Wie wär's damit?«, fragte sie und hielt einen engen schwarzbraunen Overall mit Leopardenmuster hoch.

»Wow! Wer würde so was tragen wollen?«, fragte ich und betastete das scheußliche Ding vorsichtig mit einem Finger.

»Eine Background-Tänzerin von Lady Gaga? Hast du schon mal gesehen, wer alles über die roten Teppiche spaziert? Manche Stars schrecken echt vor nichts zurück. Aber sie haben Erfolg damit.« Meg verfolgte Preisverleihungen und Galas mit roten Teppichen so gespannt, als wären es Mega-Sportevents.

»Manchmal würde ich mich auch gern trauen, so verrückt herumzurennen.«

»Nicht wahr?«, sagte Meg. »Ich glaube, man braucht nur ein gutes Selbstwertgefühl. Diese Leute tragen superhässliche Klamotten und tun so, als wäre es das tollste Outfit der Welt. Und das kriegen sie so überzeugend hin, dass alle es toll finden. Wenn *ich* was Scheußliches anhabe, würde ich mich am liebsten verkriechen. Ich muss immer schöne Sachen tragen, um mich schön zu fühlen. Da besteht für mich ein Zusammenhang.«

»*Du* würdest dich am liebsten verkriechen?« Ich sah sie verblüfft an.

»Du weißt schon, was ich meine.«

»Ja, klar«, sagte ich. »Man muss keine schönen Sachen tragen, um gut auszusehen. Es kommt nur darauf an, dass man selbstbewusst auftritt, ist es das?«

»Ja …«

»Ist aber leider leichter gesagt als getan. Denn sonst könnten wir ja problemlos auch in einer Pyjamahose in die Schule gehen, oder?«

»Ab und zu machst du das doch schon«, rief sie mir in Erinnerung.

»Mann, klar, am Pyjama-Tag! Wie oft willst du mich noch *daran* erinnern?«

»Nein, aber du hast mich auf eine coole Idee gebracht.«

»Und die wäre?«

»Wir müssen nichts Hübsches anhaben, um gut auszusehen. Also ziehen wir auch nichts Hübsches an!«

»Meg, wenn du damit vorschlagen willst, wir sollen die Outfits anziehen, die wir gerade in den Händen halten und damit ins One Spin gehen, lass ich dich hier stehen und gehe nach Hause!«

»Nein, ganz so krass ist es nicht. Mein Vorschlag ist, dass wir lieber etwas Bequemes anziehen als etwas Superschickes. Du weißt schon. Wir gehen ganz leger, als wäre dieser Gig keine große Sache.«

»Aha, Psychospielchen?«

»Ein bisschen vielleicht. Aber es hätte auch den Vorteil, dass wir uns darin sicher wohler fühlen als im Moment. Echt, was gäbe ich für ein schlichtes Sweatshirt!«

»Draußen ist eine brütende Hitze«, gab ich zu bedenken.

»Na und? Das ist nebensächlich.«

»Okay, dann suchen wir uns jetzt was Bequemes und nehmen es mit den scheußlichen Sachen hier mit in die Kabine, okay?«

»Klingt gut.«

Zielgerichtet durchsuchten wir die Modeabteilung und entdeckten ein paar ganz gute Sachen. Ich entschied mich für ein schlichtes schwarzes Racerback Tanktop, da ich mir sowieso eins kaufen wollte. Meg nahm ein locker sitzendes, einfaches schwarzes T-Shirt. Unsere Jeans waren inzwischen getrocknet, sodass wir immerhin keine neuen Hosen kaufen mussten.

Als ich in dem pinkfarbenen Kleidchen aus der Umkleidekabine kam, konnte ich nur noch lachen. Ich konnte mir beim besten Willen nicht vorstellen, wer diesen Fummel kaufen sollte. Gespannt wartete ich auf Meg.

»Vorhang auf für … Megdonna!«, schmetterte sie aus ihrer Kabine, riss schwungvoll den Vorhang auf und stolzierte heraus, als ginge sie gerade über einen Catwalk. Wieder wollte ich mich ausschütten vor Lachen. Nicht nur, dass der Jumpsuit abgrundtief hässlich war – sie hatte ihn auch noch mit einer überdimensional großen Brille und einem breiten goldenen Gürtel aufgemotzt. Die Haare hatte sie auf dem Kopf zu einem dicken Knoten geschlungen.

»Du … siehst … hammermäßig aus!« Ich bekam vor Lachen kaum noch Luft.

»Nicht wahr? Darin kann ich voll abrocken!«

»Und wie, Megdonna!«

»Wie *Ma*donna«, bestätigte sie und trällerte prompt den Refrain von »Like a Virgin«. Ich übernahm den Hintergrundgesang, wobei ich allerdings in einer Tour kicherte. »El, du musst unbedingt auch in die Theater-AG!«

»Um mit Leuten abzuhängen, die noch dramatischer sind als du? Nein, danke.«

»Aber du singst doch so gern!«, fuhr sie fort.

»Mit dir ja. Hier. Aber nicht vor fremden Leuten.« Deswegen hatte ich es ehrlich gesagt auch noch nie ausprobiert. Es stimmte, ich sang wirklich gern. Am tollsten fand ich, dass ich mich beim Singen nicht mit Worten, sondern mit Noten ausdrücken konnte. Doch der Gedanke, dann von anderen beurteilt zu werden, behagte mir gar nicht. Aus diesem Grund hatte ich Jake auch noch nicht gefragt, ob ich mal mit der Band proben könnte. Einerseits hätte ich es gern gemacht, andererseits hatte ich auch Angst davor.

»Wie du meinst. Irgendwann kommst du über dein Lampenfieber hinweg. Apropos: Führ mir doch endlich dein megacooles Kleidchen vor, Süße!« Ich stellte mich in Positur und machte eine 360-Grad-Drehung, damit sich das Rockteil schön bauschte.

»Als Sechsjährige wäre ich voll darauf abgefahren«, sagte ich, als ich den Stoff in dem künstlichen Licht glitzern sah. Meg lachte auf und hielt sich theatralisch die Augen zu, als wäre sie von so viel Glanz geblendet.

»El, ich glaube, wir haben dein Kleid für den Abschlussball entdeckt!«

»Au ja! Die Jungs werden sich alle um mich reißen.« Ich kicherte. »Okay, umziehen?«

»Ja, sonst mach ich mir noch vor Lachen in die Hose«, prustete sie. Kopfschüttelnd ging ich wieder in die Umkleidekabine. Dort zog ich das schwarze Tanktop an, zusammen mit meiner alten Jeans, und fühlte mich wieder wie ich selbst. Es war ein Outfit, wie ich es meistens trug, weil ich mich darin wohlfühlte. Weder aufgebrezelt noch so lässig, dass man darin höchstens auf der heimischen Couch rumgammeln kann. Es fühlte sich an wie … eine zweite Haut. Ich trat damit vor die Kabine und wartete auf Meg.

Was am Kleiderbügel nur wie ein weites schwarzes Oberteil gewirkt hatte, sah an ihr wahnsinnig toll aus. Kein bisschen schlabberig, sondern absolut perfekt. Sogar in etwas

Schlichtem sah Meg klasse aus. Dieses Teil war wie für sie gemacht, genau ihr Stil. Das Tanktop, das *ich* trug, war dagegen genau mein Stil. Ich blickte auf meine schwarzen Ballerinas hinunter und fühlte mich bereit für die Show.

»Du hattest recht, die beiden Tops sind goldrichtig«, sagte ich zu ihr.

»Ja, finde ich auch.« Sie drehte sich vor dem Spiegel hin und her. Ihre Haare glänzten unter dem künstlichen Licht. Meg glänzte eigentlich immer; sie war immer der Star. Und obwohl mir der Gedanke manchmal Angst machte, hoffte ich insgeheim, dass ein bisschen von ihrem Glanz irgendwann auf mich abfärben würde.

Nach dem Bezahlen gingen wir zu Megs Auto zurück. Dort lag ein kleiner Zettel. Instinktiv bückte ich mich und hob ihn auf.

Milch
Joghurt
Eier
Orangensaft
Pancake-Mix

Ich lachte bei dem Gedanken, dass jemand diese Grundnahrungsmittel kaufte und zudem noch eine riesige Packung Pancake-Mix. Ohne lange zu überlegen, steckte ich den Zettel ein, gefaltet, wie ich ihn gefunden hatte. Ich wusste, dass Matt sich darüber freuen würde, und konnte es kaum erwarten, ihn ihm zu geben.

17. JETZT

23.35 Uhr

Ich lege den Xbox-Controller auf Evans Couch und merke plötzlich, dass ich ein Riesenproblem habe, wenn ich meinen Plan in die Tat umsetzen will: Ich habe kein Transportmittel. Meg ist weggefahren und ich sitze hier bei dem Videospiel-Typen fest. Na super!

Ich weiß, dass sie vermutlich bereits bei Jake ist, aber trotzdem fühle ich mich verpflichtet, ihm eine SMS zu schicken. Gerade als ich mein Handy heraushole, vibriert es, und ich sehe, dass er mir um eine Sekunde zuvorgekommen ist.

Treffen uns bei Kiki's.

Ist Meg bei dir?

Ja. Sie ist stinksauer.

Ist meine Schuld.

Ja. Aber das kriegst du wieder hin.

Ich seufze, als mir klar wird, dass er recht hat. Im Moment ist es *mein* Job, sie wieder runterzuholen, nicht seiner. Aber immerhin hat er mir geschrieben, ich solle kommen. Wir sollen uns zusammensetzen. Ich muss diese Sache aus der Welt schaffen, bevor sie sich noch mehr zuspitzt.

Ich will den Videospiel-Typen gerade fragen, ob er ein Auto hat, als Evan aus seinem Schlafzimmer kommt.

»EVAN!«, rufe ich so aufgeregt, dass er zusammenzuckt. »Du musst mir helfen!«

»Was ist?«, fragt er und dann: »Wo ist Meg?«

»Genau deshalb brauche ich deine Hilfe. Meg ist weg.«

»Wie – weg?«, fragt er verdutzt.

»Abgehauen.«

»Und sie hat dich hiergelassen?«

»Na ja, wir haben uns gestritten.«

»Gestritten?«, fragt er noch verdutzter. »Ihr zwei?«

»Ist eine längere Geschichte, aber jedenfalls ist sie weg.«

»Muss ja echt schlimm gewesen sein, wenn sie dich sitzen ließ.«

»Nun ja …«

»Sieht Meg wieder mal ähnlich. Du kennst sie ja. Manchmal reagiert sie etwas *zu* emotional.«

»Stimmt, und deshalb wollte ich dich fragen …«

»Soll ich sie für dich anrufen oder so? Sie überreden, wieder herzukommen?«

»Nein, eigentlich …«

»Mach ich doch gern. Sie hat sich sicher längst wieder beruhigt.«

»Evan, hör zu!«, schreie ich ihn an. Er neigt genau wie Meg dazu, einen in Grund und Boden zu quatschen, wenn er erst mal in Fahrt ist. »Wir haben uns gestritten, nichts weiter Schlimmes. Doch sie ist wütend abgedüst. Im Moment ist sie mit Jake auf dem Weg zu Kiki's. Kannst du mich bitte hinfahren?«

»Zu Kiki's?«

Ich seufze genervt. Mein Gott, steht er auf der Leitung? Ich sollte meinen Unmut nicht an ihm auslassen, aber ich bin ungeduldig. »Ja, zu Kiki's. Sprich: Die Straße runter.«

»Ja, ich weiß, wo es ist. Klar, warte kurz.« Er dreht sich um und geht in sein Zimmer. Wie schön, dass er nicht lange nachbohrt. Mein Blick fällt auf ein Foto auf dem Tisch. Im Gegensatz zu dem Foto, das Matt in Italien gefunden hat, kenne ich die Menschen, die darauf zu sehen sind: Meg und Evan. Es wurde erst vor wenigen Tagen aufgenommen, bei unserem Abschlussball. Ich schmunzele, als ich daran denke, dass wir fünf Aufnahmen machen mussten, weil es ständig etwas auszusetzen gab: Mal waren Megs Haare nicht in Ordnung, mal saß Evans Krawatte schief. Und obwohl ich Meg bis eben noch gesehen habe, fehlt sie mir.

Evan kommt wenige Minuten später zurück und schwingt seine Schlüssel am Zeigefinger. Ich gehe mit ihm zur Haustür. Mein Entschluss ist gefasst, und ich muss ihn ausführen, bevor mich der Mut verlässt. Klar, ich muss herausfinden, wie es in Matt aussieht und was ich will, ich weiß, dass wir uns aussprechen müssen, aber zuallererst muss ich mit Meg reden. Sie hatte in gewisser Hinsicht recht, ich aber auch. Vielleicht sollten wir in Zukunft etwas offener zueinander sein.

An der Tür drehe ich mich noch einmal um und betrachte den Jungen mit dem Controller. Er sitzt immer noch da, in seine grandiose Schlacht vertieft. Er hat es in diesem Spiel weiter geschafft als ich.

»Danke«, sage ich und hoffe, dass er begreift, wofür.

Er nickt nur, als wollte er sagen: *Kein Problem. War mir ein Vergnügen.* Als wollte er sagen: *Viel Glück.*

»Und? Worüber seid ihr euch in die Haare geraten?«, fragt Evan, als wir im Auto sitzen.

»Matt, Jake, College – alles.« Ich seufze.

»College?«, hakt er nach.

»Ich glaube, sie nimmt es mir übel, dass ich weggehe.«

»Logisch! Du bist ihre beste Freundin.«

»Ich weiß, und es tut mir auch leid, dass ich sie hier in Orlando zurücklassen muss, aber wir haben darüber geredet. Ich dachte, sie hätte es akzeptiert. Sie weiß, wie gern ich ...«

»Du kennst Meg. Manchmal sagt sie etwas anderes, als sie denkt.«

»Mir gegenüber sonst nie!«, seufze ich. Ich hatte nicht geahnt, dass es ihr so zu schaffen macht, dass ich weggehen werde. »Es ist ja nicht so, als würde ich komplett aus ihrem Leben verschwinden. Wir bleiben sicher in Kontakt, auch wenn ich dort oben bin. Sie wird auch weiterhin meine beste Freundin bleiben.«

»Ich weiß. Das musst du *ihr* sagen! Ich liebe meine Schwester, aber sie kann manchmal ziemlich melodramatisch sein«, sagt Evan, und ich nicke, weil – hey, weil es stimmt. »Lass mich raten: Sie findet, dass du dich nicht wieder auf Matt einlassen solltest, stimmt's?«, fährt er fort.

»Stimmt, und ich habe gesagt, es sei scheinheilig von ihr, wenn man bedenkt, was sie sich von Jake alles gefallen lässt.«

»Sie tendiert manchmal dazu, Dinge etwas einseitig zu sehen«, sagt Evan und nickt.

»Jetzt tut es mir leid, dass ich es gesagt habe.«

»Na ja, vielleicht musste sie es ja mal hören.«

»Als beste Freundin ist es aber meine Aufgabe, auf ihrer Seite zu sein.« Stimmt, das ist schon immer mein Job gewesen. Ich habe sie immer bei allem unterstützt. Ich zupfe an meinem Armband herum und denke an die zig Abende, an denen wir zusammen unterwegs waren. Obwohl ich schon eine Menge Bändchen abgeschnitten habe, sind auch sie immer noch ein Teil von mir. Meg ist ein Teil von mir.

»Nein, es ist deine Aufgabe, dafür zu sorgen, dass sie das Richtige tut. Ich mag Jake und alles, aber wenn er noch mal so gemein zu ihr ist, dann …«

»Dann?«

»Dann weiß ich nicht, was ich tun werde.« Er grinst, weil er Evan ist und wahrlich kein Schläger. Meg ist die

Kämpferin in ihrer Familie. »Aber irgendwas werde ich tun!«

Kopfschüttelnd grinse ich ihn an. In meiner Tasche vibriert es, und ich nehme an, dass Jake nachfragt, wo ich bleibe. Das wäre typisch für ihn. Doch dann sehe ich eine unbekannte Nummer.

Was isst du, wenn du nicht schlafen kannst?

Mein Herz macht einen Sprung und ich vergesse einen Moment lang zu atmen. Es ist Matt – es muss Matt sein. Ich habe seine Nummer irgendwann gelöscht, nachdem er sich nicht mehr gemeldet hat, doch nur er würde mir diese Scherzfrage stellen. Er lässt nicht locker und sagt weiterhin Ja, er bleibt am Ball.

Meine Finger schweben bereits über den Tasten, doch ich zögere noch. Ich bin praktisch gerade erst aus seinem Auto gestiegen; er kann nicht von mir verlangen, dass ich mich so schnell entscheide. Ich weiß noch nicht, was ich will. Ich blicke zu Evan hinüber und denke an das, was er gesagt hat, und mir wird klar, dass ich es möglicherweise doch weiß. Ich tippe PANCAKES und warte auf Matts Reaktion. Ich sehe ihn vor mir, wie er dasitzt – in seinem neuen Zimmer, wo immer es auch sein mag – und gespannt aufs Display starrt. Ich sehe vor mir, wie seine Haare über die Brille fallen, die vermutlich immer noch etwas feucht vom Regen sind. Zwischen uns mag noch nichts geklärt sein, doch dieser dämliche Witz über Pancakes, der mit einem Zettel begann, den ich auf dem Parkplatz von Walmart fand, wird uns bleiben.

Und manchmal gibt schon eine winzige Kleinigkeit den Ausschlag.

18. DAMALS

0.30 Uhr

Von Walmart zu One Spin Records brauchten Meg und ich knapp fünf Minuten. Insgesamt hatte uns dieser Abstecher mehr als die halbe Stunde gekostet, mit der wir anfangs gerechnet hatten, doch das war uns egal. Wir wollten nicht den Eindruck machen, dass wir es nicht erwarten konnten, obwohl es für meinen Teil so war. Wir stiegen aus dem Auto und betrachteten den Laden, in dem wir für den Rest der Nacht abhängen würden.

»Also, noch mal ein Kommentar bitte«, sagte Meg und machte eine kokette Drehung.

»Du siehst spitze aus. Und ich?« Ich hatte meine Haare im Nacken zu einem Knoten zusammengesteckt, in der Hoffnung, dass man nicht sah, wie zerzaust sie waren. Er würde sicher nicht lange halten, aber vorläufig sah es ganz gut aus.

»Spitzenmäßig, Süße.«

»Bist du bereit?«

»Bereiter geht's nicht!« Meg seufzte.

»Du, wir müssen da nicht rein«, rief ich ihr noch einmal in Erinnerung. »Wir können auch wieder abhauen, jetzt sofort«, sagte ich, obwohl meine Stimme vermutlich nicht ganz überzeugend klang. Denn ich *wollte* reingehen. Ich *wollte* Matt sehen.

»Ich denke nicht daran, Jake über mein Leben bestimmen zu lassen. Ich will da rein. Ich will die Band sehen, wegen Barker und Matt. Und ich will auch, dass *du* reingehst. Ich weiß sowieso, wie es endet. Wir sehen uns, streiten, versöhnen uns und …«

»… und ihr knutscht wieder herum, darauf würde ich wetten.«

»Und alles ist wieder Friede, Freude, Eierkuchen – bis zum nächsten Mal. Ende.«

»Na, du scheinst den ganzen Ablauf ja schon bestens zu kennen«, sagte ich.

»Aber Rumknutschen ist nicht drin!«, sagte sie mit Nachdruck.

»Natürlich nicht.« Ich grinste, und wir mussten beide lachen, weil wir wussten, dass es höchstwahrscheinlich doch so enden würde. Entschlossen hakten wir uns unter und marschierten auf die Eingangstür zu.

Es war ein altes Gebäude, vergammelt, aber offenbar sehr robust. Es musste immer einiges aushalten, wenn eine Band hier auftrat, doch bis jetzt hielt es stand. Zudem war es erstaunlich schalldicht, denn auch wenn im Inneren der Punk abging, hörte man draußen auf der Straße keinen Ton. Im Moment spielte aber noch keine Band; es war nur extrem laute Musik von einer Schallplatte.

»Hoffentlich haben wir sie nicht verpasst«, sagte ich etwas besorgt.

»Unmöglich, wir sind noch früh genug dran«, sagte Meg. »Es sei denn, sie hätten den Gig wieder abgeblasen. Komm, wir schauen, wo sie stecken.« Meg ging voraus in den ziemlich großen Laden und wir schlängelten uns an den Besuchern vorbei zur Bühne im hinteren Teil. An den Wänden hingen Plattenhüllen, Flyer von Gigs und alte Kinoplakate. Man sah so gut wie keine freie Stelle mehr, selbst die Plakate überlappten sich schon. Einige der Anwesenden durchwühlten die Kisten mit gebrauchten CDs und Platten.

Dafür, dass es bereits nach Mitternacht war, waren erstaunlich viele Leute da, aber andererseits war es immer ziemlich voll hier. Es war für viele wie eine zweite Heimat, ein Ort, an dem man noch abhängen konnte, wenn alles andere schon zu war. Etwa die Hälfte der Leute kam von Evans Party. Die meisten standen in Grüppchen herum und unterhielten sich, eine gewisse Anspannung lag in der Luft – die gespannte Erwartung auf das, was kommen würde.

Die Bühne befand sich im hinteren Bereich. Erleichtert sah ich, dass Barker mit seinem Schlagzeug zugange war. Er befestigte die Becken auf den Ständern und schlug sie dann an, um den Sound zu testen. Die Basstrommel funktionierte bereits und füllte den Raum mit ihrem vollen Grundton. Wir hatten also noch nichts verpasst.

»Ah, da sind sie ja«, sagte Meg und deutete mit einer

Kopfbewegung zur Bühne. Aber wo waren die anderen zwei?

»Hey, Barker!«, versuchte ich sein Trommeln zu übertönen. Er trug noch dieselben Sachen wie vorhin und unter seinen Achseln bildeten sich erste Schweißflecken.

»Hey!«, rief er uns über sein Schlagzeug hinweg zu. Er ließ seine Trommelstöcke sinken und sprang auf. »Ihr habt es geschafft!« Er sprang von der kleinen Bühne und fiel Meg und mir um den Hals.

»Klar doch! Wo ist Gabby?«, fragte ich, um nett zu sein.

»Direkt hinter euch.«

Tatsächlich kam Gabby gerade auf uns zu und breitete die Arme aus. Sie war klein und sehr lebhaft, mit einem schwarzen Bob, der genau kinnlang war.

»Hallo, ihr!«, quiekte sie etwas verhalten. Man spürte die Aufregung in ihrer Stimme, doch sie versuchte, sie zu unterdrücken, weil sie vermutlich nicht wusste, wie ich reagieren würde.

»Hey, Gabby«, sagte ich mit einem freundlichen Lächeln. Ihre Miene hellte sich auf.

»Hey, Gabby!«, sagte auch Meg neben mir. So viel Sonnenschein in unseren Stimmen wirkte etwas aufgetragen und bewies nur, wie bemüht wir waren, das Vorgefallene zu verdrängen.

»Ich freue mich so, dass ihr gekommen seid! War ziemlich ätzend, das einzige Mädchen zu sein«, sagte sie eine Spur zu munter.

»Sind die anderen schon hier?«, fragte ich, um etwas Neutrales zu sagen.

»Ja, sie sind hinten. Jake wollte noch eine letzte Zigarette rauchen und Matt telefonieren. Ehrlich, wenn Jake nicht mit dem Kettenrauchen aufhört, ist seine Stimme bald hinüber. Ich weiß, er mag den rauen Sound, aber allmählich klingt es bescheuert.«

»So schlimm?«, fragte ich und blickte zu Meg. Auch sie wirkte überrascht. Barker ließ uns Mädchen reden und verzog sich wieder hinter sein Schlagzeug. Dessen Klänge untermalten unsere weitere Unterhaltung.

»Heute Abend ist es noch schlimmer. Echt, er raucht eine nach der anderen. Okay, es ist eine Angewohnheit, aber gesund ist es sicher nicht. Aber er hört natürlich nicht auf mich.« Sie seufzte.

»Ich werde mit ihm reden«, sagte ich und sah wieder zu Meg. Sie war der Grund, dass er so viel rauchte, klar, obwohl es nicht unbedingt ihre *Schuld* war. Mit wem Matt wohl telefonierte? Ich brauchte seinen Namen nur zu hören, schon hatte ich Schmetterlinge im Bauch, aber ich war etwas skeptisch. Wir hatten uns vorhin ohne klare Worte verabschiedet. Würde er sich überhaupt freuen, mich wiederzusehen?

Ich starrte an Gabbys Schulter vorbei zur Tür, als könnte ich ihn herbeibeschwören – und da erblickte ich jemanden, mit dem ich definitiv nicht gerechnet hatte. Das Herz schlug mir bis zum Hals und ich begann innerlich zu zittern.

»Ich glaube, ich spinne!«

»Was ist?« Gabby drehte den Kopf. Meg musste sich nicht umdrehen. Mein schockiertes Gesicht besagte alles. »Er ist hier?!«, sagte Meg. Ich nickte und gab ihr mit einem kurzen Blick zu verstehen, sich ja nicht umzudrehen und zu meinem »High-five-Exfreund« Nick hinüberzusehen.

»Was hat er hier zu suchen?«, jammerte ich. Ich wollte ihn nicht hier haben. Nicht jetzt. Er hatte mir schon genügend Abende verdorben; bitte nicht noch einen!

»Wer ist hier?«, fragte Gabby.

»Nick«, zischte Meg, als würde ihr schon vom Aussprechen seines Namens übel. Gabby wurde blass. Meg sah mich prüfend an. »Hey, du hast gewusst, dass er dir immer wieder mal über den Weg läuft. Bleib ganz cool. Du siehst klasse aus. Fühl dich auch klasse. Du brauchst ihn nicht.«

»Ja, schon, aber … oooh«, stöhnte ich.

»Was läuft?«, hörte ich da eine Stimme hinter mir, wirbelte herum, und da war Matt. Er stand auf der Bühne, die Hände in den Taschen, und wippte vor und zurück, genau wie vorhin, als ich ihn zum ersten Mal gesehen hatte. Er sah auch genauso gut aus mit seinen zerzausten Haaren und der leicht verrutschten Brille. Und eine Sekunde lang dachte ich nur: *Er gehört mir.* Nicht dass er wirklich mir gehörte, das nicht, doch die Ereignisse des heutigen Abends hatten uns einander zumindest ziemlich nahegebracht. Wir hatten eine gemeinsame Erinnerung. Vor wenigen Stunden hatten wir uns geküsst. Unsere Lippen hatten sich berührt. Andere Mädchen konnten ihn anglotzen und anschwärmen, solange sie wollten – ein paar Minuten lang hatte er nur mir gehört. Und als ich ihn anstrahlte, merkte ich, dass ich hoffte, es sei nur der Anfang gewesen. Ich brauchte ihn nur anzusehen, und schon war mein fester Vorsatz, den ich erst heute Abend auf dem Weg zur Party erneut gefasst hatte – nämlich Jungs aus dem Weg zu gehen –, vergessen und durch einen neuen Vorsatz ersetzt. Ich wollte mit ihm zusammen sein. Es war verrückt und machte mir Angst, doch ich wusste plötzlich, was ich wollte, und ausnahmsweise brauchte ich weder Zustimmung noch Ermunterung von anderen.

»H-Hey!«, stotterte ich und wurde knallrot. Er musterte mich von Kopf bis Fuß und sah mir dann wieder in die Augen.

»Du hast dich umgezogen«, sagte er. Instinktiv berührte ich mein neues Shirt und fand, dass ich gut gewählt hatte. Das neue Top entsprach genau meinem Stil, drückte Persönlichkeit aus und ließ mich vielleicht auch glänzen. Wenigstens ein bisschen.

Matt dagegen trug immer noch dasselbe. Die nassen Flecken waren weitgehend verschwunden, bis auf einen Fleck auf seiner Jeans in Kniehöhe und an seinem Shirt in der Taille. Seine Taille, die ich vorhin im Schwimmbecken umschlungen hatte. Wieder errötete ich.

»Oh ja, wir waren ziemlich nass.« Aus dem Augenwinkel sah ich, wie Gabby Meg ansah. Meg deutete mit dem Kopf zur Buchabteilung und Gabby grinste verständnisvoll. Ich fand es toll, dass die Kommunikation zwischen uns drei trotz allem immer noch ohne Worte funktionierte. Einvernehmliches Schweigen.

»Sieht gut aus.« Matt stutzte kurz und sagte dann hastig: »Ich meine, dein anderes Oberteil stand dir auch. Sah gut aus, aber jetzt siehst du auch gut aus und … Himmel, was rede ich da für einen Blödsinn?« Er hielt sich eine Hand vor den Mund und ich musste lachen. Ich nahm seine Hand und zog sie runter. Und ich ließ sie nicht mehr los.

»Du siehst auch gut aus.«

»Ella?« Vor Schreck lief ich rot an, denn ich kannte diese Stimme. Ich erkannte sie schon, bevor ich mich umdrehte und Matts Hand losließ. Das wollte ich gar nicht, es geschah ganz automatisch.

»Oh, hey, Nick«, sagte ich. Ein Schauder lief mir über den Rücken. Ich begann innerlich zu zittern. Warum war ich so nervös? Ich hatte ihn seit der Trennung doch schon gesehen, auch nachdem ich das mit dem Fremdgehen erfahren hatte. Doch hier und jetzt, mit Matt, fühlte es sich anders an. Nick stand nur einen Meter von uns entfernt. Die Klamotten, die er anhatte, kannte ich noch vage. Er trug sein typisches, großspuriges Grinsen zur Schau, das ich echt hasste. Dasselbe wie damals, als er mich abserviert hatte.

Mir wurde bewusst, dass ich zwischen meinem Ex und meinem neuen Schwarm stand. Zwischen meiner hoffnungsvollen Zukunft und meiner schmerzhaften Vergangenheit. Genau in der Mitte. *Deshalb* war ich so nervös. So ähnlich musste man sich im Fegefeuer fühlen. »Ähm, Nick, das ist Matt. Matt ist der neue Bassist der Pepperpots. Matt, das ist Nick.« Ich sah ein Aufflackern in Matts Augen – aha, er erinnerte sich an diesen Namen. Seine Mundwinkel zuckten. Bestimmt dachte er an Nicks High-Five-Vorschlag.

»Ach, du bist der neue Bassist? Viel Glück. Wie ich hörte, spielt die Band neuerdings nur noch auf Kindergeburtstagen, nachdem sie so viele Bassisten verloren hat.« Nick war natürlich neidisch. Er war schon immer neidisch auf die Band gewesen, weil sie nicht nur besser war als seine, sondern auch Fans hatte. Im Gegensatz zu seiner Band. Ich sah ihn an und fragte mich, was ich jemals an ihm toll gefunden hatte. Klar, er sah ganz gut aus, aber unter seiner hübschen Fassade war er ziemlich bescheuert. Das bekam ich oft genug zu hören, nachdem er mich abserviert hatte. Höchste Zeit, meine Vergangenheit abzuschütteln und in die Zukunft zu blicken. Höchste Zeit, alle Gefühle Nick gegenüber – Dinge wie Wut oder Bestürzung oder Bedauern – loszulassen und einen Neuanfang zu machen.

»Die Pepperpots haben gerade mal *einen* Bassisten verloren. Außerdem treten sie heute Abend hier auf und das ist definitiv kein Kindergeburtstag«, sagte ich und verdrehte die Augen.

»Ach? Ihr habt ’nen Gig hier?«, wandte sich Nick überrascht an Matt.

»Ja«, bestätigte der. »Wir wurden vor einer Stunde erst angerufen.«

»Ah, die Ersatzband, verstehe. Kann vorkommen«, sagte Nick.

Du meine Güte. Ich wippte auf und ab, während die beiden Jungs offiziell das Kriegsbeil ausgruben.

»Wir sollen hier auftreten und fertig. Deine Band offenbar nicht. Das sagt doch genug, oder?«, konterte Matt. Ich hörte schlagartig auf zu wippen. Es war das erste Mal, dass ich Matt etwas Negatives sagen hörte. Klar, ich kannte ihn erst seit ein paar Stunden, doch dieser neue Ton verblüffte mich. Da zwinkerte er mir verstohlen zu und ich hätte am liebsten losgeprustet. Cool!

»Dafür haben *wir* einen richtigen Namen. Ihr dagegen – *Pepperpots?* Geht's noch bescheuerter?«, fauchte Nick. Barker hatte diesen Namen damals vorgeschlagen, eine Anspielung auf Figuren in Monty Python's Flying Circus, und Jake fuhr sofort darauf ab, weil er an Pepper Potts dachte, die Geliebte des Helden in *Iron Man.* Komischerweise war es dann bei dem Namen geblieben.

»No Signal klingt bestimmt nicht besser«, sagte ich kopfschüttelnd.

»Ach nee?«, sagte Nick pampig. »Aber wenigstens ist unser Leadsänger nicht so ein egozentrisches Arschloch.«

»Bist nicht *du* der Leadsänger?«, fragte Matt süffisant und nahm dabei gleichzeitig Jake in Schutz.

»Na und?« Nick wandte sich wieder an mich. »Ella, wenn du Lust hast, komm nachher doch rüber, ich bin dort hinten.« Er deutete mit einer Kopfbewegung zur Buchabteilung, und ich sah, dass Meg und Gabby von dort verschwunden waren. »Vielleicht können wir … ein bisschen reden.«

Ich holte tief Luft und dachte, dass ich bis vor Kurzem vielleicht auf dieses Angebot eingegangen wäre, weil ich nicht gern ohne Freund war. Damit war es vorbei. Inzwischen hatte ich jemand viel Netteres kennengelernt und Nick konnte mir gestohlen bleiben. Das Kapitel war abgehakt, ein und für alle Mal.

»Nein«, sagte ich entschieden. »Ich bleibe lieber hier, danke.« Ich drehte mich wieder zu Matt und grinste ihn an.

»Wie du willst.« Mit einem Schulterzucken marschierte Nick von dannen.

»Oh, hey, Nick«, rief Matt ihm nach. »Wie wär's mit High-five darauf, dass wir beide in einer Band sind ...?« Aus dem Augenwinkel sah ich, dass Matt mich genau beobachtete und bemerkte, wie ich vor Scham und Bewunderung errötete. Hatte er das wirklich gesagt? Ich hätte ihn eher für zurückhaltend gehalten. Wo kam plötzlich dieser schlagfertige Matt her? Er gefiel mir.

»Pah«, schnaubte Nick und ging schnell weiter. Ich hätte gewettet, dass er Matts Gag gar nicht kapiert hatte. Sobald er außer Hörweite war, prustete ich vor Lachen los. Matt sprang endlich von der Bühne und lachte mit.

»Super! Dem hast du es gegeben«, sagte ich bewundernd.

»Tut mir leid, ist eigentlich nicht meine Art, aber in *dem* Fall konnte ich nicht anders. Also wirklich! Er hat über die Band hergezogen und über Jake und dann macht er dich noch an! Das geht *gar* nicht!«

Ich hörte auf zu lachen und lächelte ihn an. Er hatte mich verteidigt!

»Stimmt«, sagte ich und merkte mit Schrecken, dass Matt gerade mitbekommen hatte, was für einen Missgriff in Sachen Jungs ich mir mit Nick geleistet hatte. Hoffentlich dachte er jetzt nicht, ich stünde nur auf Blödmänner. »Jeder macht mal Fehler.«

»Das ist mir aufgefallen. Du bist heute Abend schon in Unterwäsche vor den Bullen weggelaufen.«

»Nett von dir, dass du mich daran erinnerst! Hätte ich eigentlich gern vergessen, danke!«, schnaubte ich ungnädig. Doch das nahm er mir nicht übel. »Apropos – was habt ihr gemacht, du und Jake, nachdem wir uns getrennt hatten?«

»Oh Gott, ja, das war interessant. Ich habe einen Block weiter wieder angehalten. Ich fühlte mich zwar fahrtüchtig, wollte aber lieber noch eine Weile warten. Und Jake … mal ehrlich, seine Alkoholfahne konnte man zehn Meilen gegen den Wind riechen. Fand er echt nicht gut von mir, und dann …«

»Was dann?«

»Er hat einfach dichtgemacht. Zuerst hat er gegen die Autotür geboxt und danach lange vor sich hingestarrt. Es war … richtig komisch. Wir saßen da und haben kein Wort geredet, bis Barker anrief, und daraufhin sind wir hierhergefahren.«

»Jake hat sich neu verdrahtet.«

»Hä?«

»So nennen wir es immer«, erklärte ich ihm. »Macht er meistens nach einem Krach mit Meg. Immer wenn Jake stinksauer wegen etwas ist, macht er dicht. Ist eine natürliche Reaktion bei ihm. Sein Vater neigt zu Gewalttätigkeit und Jake will nicht werden wie er. Um nicht von seiner Wut übermannt zu werden, macht er dicht und fährt sein ganzes System runter. Ich glaube, es ist ganz gut so, weißt du, weil er dadurch nicht ausrastet, aber ich fürchte, eines schönen Tages wird es mit der Selbstkontrolle nicht mehr hinhauen. Oder dass ihm dieses ständige Dichtmachen mehr schadet, als wenn er seine Wut ausleben würde.«

»Das ist hart.«

»Das ist Jake.«

»Von seinem Dad hat er mir nichts erzählt, doch auf der Fahrt hierher hat er über Meg gesprochen. Ich glaube, er ist da echt in einem Zwiespalt«, sagte Matt und kratzte sich im Nacken. »Aber du hast vermutlich recht. Er ist ein guter Typ.«

»Ja.« Ich nickte. »Ist er. Manchmal muss er einfach Dampf ablassen und sich bei einem Freund aussprechen.«

»Stimmt.« Matt schien ein bisschen stolz darauf zu sein, dass er nun dieser Freund war. »Und was habt *ihr* in der Zwischenzeit gemacht?«

»Oh, bei uns war's ganz ähnlich. Meg ließ ihre Wut am Lenkrad aus. Danach saßen wir auch eine Weile da und haben … geredet.« Das mit dem kleinen Ausflug zu Walmart ließ ich weg. »Ach, da fällt mir ein: Ich habe etwas für dich.« Ich zog den Zettel aus der Tasche, den ich auf dem Parkplatz vor Walmart gefunden hatte. »Hier!«

»Was ist das?« Etwas misstrauisch faltete er den Zettel auseinander, doch dann begriff er. »Pancakes!?«

»Braucht man unbedingt in jedem Haushalt«, sagte ich grinsend, und er grinste ebenfalls und steckte den Zettel ein.

»Hey, da fällt mir ein Witz ein: Was isst du, wenn du nicht schlafen kannst?«

»Pancakes – Penn-Cakes!«, rief ich. »Das ist der lahmste Witz der Welt, aber ich mag alberne Witze.«

»Alberne Witze? Wie kannst du es wagen?! Aber täusche ich mich, oder fängst du jetzt auch an, Sachen vom Boden aufzuheben?«

»Wer weiß«, sagte ich und sah ihm in die Augen. Ich war mir nicht ganz im Klaren über meine Gefühle, doch ich spürte, dass in meinem Inneren eine Mischung aus Hoffnung, Aufregung und Interesse blubberte. Ich merkte, dass er mich mit diesem strahlenden Blick ansah, den Meg vorhin erwähnt hatte. Das Glitzern, das sie in meinen Augen gesehen hatte, sah ich nun auch in seinen. Zwischen uns war etwas. Ich hielt seinem Blick stand. »Ist ganz spannend.«

Er lächelte, ein sehr offenes Lächeln, und zog dann etwas aus seiner Gesäßtasche. »Ich hab auch was für dich.« Es war der Flyer einer Band, die vor einigen Wochen bei einer Party hier im One Spin ihr neues Album vorgestellt hatte. Wahrscheinlich hatte Matt ihn vorhin beim Aufbauen gefunden. Ich überflog den kurzen Text ein zweites Mal und versuchte zu ergründen, was er daran so interessant fand, bis ich den Namen des Albums entdeckte. »Sie hat ein bezauberndes Lächeln«, las ich laut vor und musste grinsen. Wollte er mir mit diesem Flyer zu verstehen geben, ich hätte ein bezauberndes Lächeln? Sein Blick und das schüchterne Wegschauen ließen darauf schließen. Ich hatte auf einmal das Gefühl, etwas Besonderes für ihn zu sein, weil er auf eine ganz eigene Art mit mir kommunizierte.

Er grinste mich verschmitzt an und sah dann auf den Boden. Als er den Mund öffnete, als wollte er etwas sagen, wartete ich gespannt, doch da legte sich plötzlich eine Hand auf meine Schulter.

»Du, El? Du solltest schnell mal nach hinten gehen.«

»Was gibt's?«, fragte ich zerstreut, weil ich in Gedanken noch bei dem Flyer war. Gabby war sichtlich aufgeregt und ich riss mich schnell zusammen. Was auch immer passiert war, hatte ihr die gute Laune von vorhin gründlich verdorben. Mir schwante augenblicklich, wer daran schuld war.

»Meg und Jake streiten sich hinter dem Haus. Es geht ... ziemlich hitzig zu.«

»O Gott! Okay, danke.« Mit einem Seufzer steckte ich den Flyer in meine Tasche. Ich hatte es befürchtet. Nein, eigentlich hatte ich *gewusst,* dass es keine gute Idee war, wenn sich die beiden so schnell wiedersahen. »Ich glaube, ich sollte ...«

»Ich komme mit«, sagte Matt spontan. Er hatte bereits begriffen, dass Meg mich manchmal brauchte. Und dass vielleicht noch eine zweite Person nützlich war. Ich nickte und wir rannten zusammen an der Bühne vorbei zur Hintertür. Sie knallte laut hinter uns zu, doch darauf schien keiner zu achten.

Hinter dem Gebäude gab es nicht viel zu sehen. Ein Müllcontainer, ein paar Mülltüten auf der Straße, der alte verbeulte Volvo des Ladenbesitzers. Meg und Jake standen sich gegenüber und brüllten sich so laut an, dass das Summen der Klimaanlage kaum noch zu hören war.

Es war ein heftiger verbaler Schlagabtausch. Megs Gesicht war gerötet und fleckig, ihre Hände waren zu Fäusten geballt. Oje, wenn sie in diesem Zustand war, ließ sie sich nicht so schnell beruhigen, das wusste ich aus Erfahrung. Jake wirkte weniger aufgewühlt, doch auch er schrie, und ich wusste, dass seine flapsige Art Meg nur *noch* wütender machte.

»Ich begreife es einfach nicht, Jake! Was willst du eigentlich?«

»Ich weiß es nicht, verdammt noch mal! Wie oft soll ich es noch sagen?«

»Solange du es nicht weißt, lass *mich* bitte aus dem Spiel!«, rief Meg.

»Würde ich ja, wenn du mich endlich lassen würdest.«

»Du bist doch derjenige, der dauernd wieder bei mir ankommt! Sobald es dir mit deiner neuesten Eroberung langweilig wird, kommst du wieder bei mir angekrochen!«

»Das willst du doch!«, fauchte Jake. »Du bist doch immer da und sagst mir, was mir alles entgeht und so weiter. Was aber, wenn ich dich gar nicht vermisst habe, hm?«

»Das glaubst du doch selbst nicht! Wie viele Male bist du schon wieder angekommen und wolltest mich zurückhaben!«

»Klar, geht ja auch so leicht.«

»Was soll das bitte schön heißen?«, rief Meg bestürzt.

»Es heißt, dass ich weiß, dass du nur darauf wartest, dass ich zurückkomme. Warum sonst würde ich immer wieder weggehen?«

»Du gehst, weil ich dir den Laufpass gebe!«, schrie sie ihn an. »Tut mir leid, dass ich mich immer wieder von dir einwickeln lasse, aber es tut mir *nicht* leid, jetzt definitiv Schluss zu machen! Ich kann nicht mehr. Ich spiele deine Spielchen nicht länger mit. Ich will nicht länger deine Ersatzfrau sein!«

»Dann mach es mir doch nicht immer so verdammt leicht. Warte einfach, bis ich von selbst zu dir zurückkomme!«, schrie er.

»Hab ich doch versucht!«

»Ach was …!« Er seufzte entnervt.

»Ich hab's echt satt, Jake. Ich habe dich total satt. Was *willst* du von mir?«

»Keine Ahnung!«, schrie er sie an.

»Willst du, dass ich verschwinde? Soll ich etwa die Stadt verlassen?«, rief Meg.

Ich konnte und wollte es mir nicht länger anhören. »Du, Meg«, begann ich, denn mir schwante, dass es kein gutes Ende nehmen würde.

»Das wäre spitze! Tu's doch bitte«, fauchte Jake zurück.

»Jake«, versuchte Matt sein Glück.

»Fein! Dann streich mich bitte aus deinem Leben. Es ist vorbei. Fertig. Komm einfach nicht wieder zu mir zurück, wenn deine nächste Tussi beschließt, dass du zu langweilig oder zu blöd bist.«

»MEG!«

»Und du komm nicht wieder an und erzähl mir, dass du einsam bist und dich nach Zärtlichkeit sehnst. Ist doch nicht meine Schuld, wenn dich kein anderer will.«

»JAKE!«

Doch Jake war nicht zu bremsen. »Es ist nicht meine Schuld, dass du eine Schlampe bist!«

Das gab Meg den Rest. Sie bekam den Mund nicht mehr zu, ihre Unterlippe bebte. Ich wollte zu ihr laufen und sie in den Arm nehmen, doch ich spürte, dass es noch zu früh war.

»Scheiße, Meg, ich wollte nicht«, stammelte Jake.

»Nein!«, schrie sie mit zitteriger Stimme. Ihr Schrei hallte durch die Gasse. Obwohl sie total verletzt war, stand sie plötzlich aufrechter da, drückte die Schultern durch. »Das reicht. Sag bitte nichts mehr! Wir sind fertig miteinander. Ich weiß nicht mal, warum ich jemals dachte, ich würde dir auch nur im Geringsten etwas bedeuten!« Abrupt wandte sie sich um und ging zur Hintertür. Sie sah uns nicht, es war, als wären wir unsichtbar. Zuschauer eines Films, der sich vor unseren Augen abspielte. Ich blieb reglos stehen, weil ich nicht wusste, was wir tun konnten. Das war weniger gefährlich.

»Kapierst du denn gar nichts?«, rief Jake ihr nach. »Du bedeutest mir verdammt noch mal viel zu viel!« Er ließ plötzlich alles heraus, seine ganze aufgestaute Wut, sein jahrelanges Dichtmachen – alles brach in diesem einen Satz aus ihm heraus.

Meg blieb stehen, wandte sich aber nicht um. Jake ging mit gesenktem Kopf langsam auf sie zu. Seine Stimme war leiser, klang weniger aggressiv. »Ich komme immer wieder zu dir zurück, weil ich dich brauche, aber das kann ich dir nicht länger antun. Wir müssen uns endgültig trennen, denn ich weiß, dass ich dir letztendlich doch wieder wehtun würde.«

Tränen liefen über Megs Gesicht. Sie wischte sie weg, bevor sie sich umdrehte. »Was redest du da? Woher willst du das wissen?« Ihre Stimme war weich, kaum hörbar.

»Weil ich so bin, wie ich bin. Ich bin der letzte Arsch. Ich mache alles kaputt. Ich hab dir schon so oft wehgetan; das will ich einfach nicht mehr. Es ist gut, dass du mit mir Schluss gemacht hast.« Sie hatten ihre Beziehung schon mehrfach beendet, doch diesmal war es etwas anderes. Diesmal war er ehrlich zu ihr. Ich sah, dass Meg seine Worte zu verdauen versuchte.

»Aber ich wollte doch gar nicht Schluss machen«, sagte sie schließlich.

»Ich auch nicht, aber ich … ich kann nicht weiter mit dir zusammen sein und mit anderen Mädchen rummachen. Ich weiß, was ich dir damit antue, und es bringt mich fast um.«

»Dann lass es einfach bleiben«, sagte sie sachlich.

»Wenn es so einfach wäre …« Er fuhr sich durch die Haare, bis sie in alle Richtungen abstanden. »Ich kann nicht der perfekte Freund für dich sein, so gern ich es auch wäre. Ist einfach nicht mein Ding. Ich bin ein Arsch und werde immer wieder Scheiße bauen, genau wie mein Dad. Liegt mir vermutlich im Blut.«

»Du bist kein Arsch«, sagte sie und schniefte.

»Doch«, sagte er und machte noch einen Schritt auf sie zu. »Und du bist meine ultimative Schwachstelle.«

Sie nickte, als wüsste sie, was er meinte, und machte dann ebenfalls einen Schritt auf ihn zu. »Dann lass dir von mir helfen.«

Im ersten Moment erstarrte er, doch dann fielen sie sich in die Arme. Weitere Tränen flossen, doch das war okay.

Die weiße Flagge war gehisst. Sie verstanden sich. Endlich. Als mir einfiel, dass Matt neben mir stand, sah ich zu ihm hinüber. Er legte mir einen Arm um die Schultern und drückte mich sachte. Ich lehnte mich an ihn und legte den Kopf an sein Schlüsselbein. Obwohl er die beiden Streithähne noch kaum kannte, begriff er, was los war.

»Zu zweit sind wir stark, weißt du. Es ist nicht vorbei. Ich mag dich doch«, sagte Meg leise.

»Ich weiß.« Jake schüttelte den Kopf. »Du bist der einzige Mensch, der mich versteht.«

Da öffnete sich hinter uns die Tür, doch nur Matt und ich schienen es zu bemerken.

»Hey, Leute! Wir müssen anfang…«, rief Barker. Er

streckte nur den Kopf heraus, doch als er sah, dass Matt seinen Arm um mich gelegt hatte und dass Meg weinte, verstummte er. Er merkte, wie unpassend diese Störung war. Kopfschüttelnd zog er sich wieder zurück. Nach wenigen Sekunden tauchte dann Gabbys Kopf auf, um diese denkwürdige Szene zu bestaunen. Sie zwinkerte mir zu, bevor sie die Tür wieder schloss. Ich wusste, wir würden einiges erklären müssen. Ich sah wieder zu Meg und Jake und seufzte. Es war noch lange nicht vorbei zwischen den beiden. Sie würden vermutlich nie voneinander loskommen und diesen Gedanken fand ich irgendwie tröstlich.

»Komm«, sagte Matt leise und schob mich zur Tür. Meg zog Jake mit sich, der ausnahmsweise mal nicht die Führung übernahm.

19. JETZT

23.45 Uhr

Es sind nur sieben Minuten von Evans Haus zu Kiki's, der Karaoke-Bar, wo ich Jake und Meg treffen will.

»Danke«, sage ich und umarme Evan zum Abschied. »Ich verspreche dir, dass ich auf Meg aufpassen werde, obwohl sie es definitiv nicht nötig hat.«

»Doch, das hat sie«, sagt Evan. »Sie gibt es nur nicht gern zu.« Mit einem Winken fährt er davon und ich stehe allein in der Nacht. Ich hole tief Luft und gehe hinein.

Als Kiki's Bar vor ungefähr fünf Monaten öffnete, wurden wir schnell Stammgäste. Sie veranstalten freitags und samstags Karaoke-Abende und fragen nie nach dem Ausweis. Wer alt genug aussieht, kriegt was zu trinken. Und weil sie erst eröffneten, als Matt schon weg war, ist es eines der wenigen Lokale in der Stadt, die mich nicht an ihn erinnern. Hier gibt es keine Spuren von ihm; unsere Beziehung ist nicht in die Wände eingeritzt. Hier bin ich auf sicherem Boden, und deshalb bin ich froh, dass Jake diesen Treffpunkt vorgeschlagen hat.

Der Eingang ist ebenerdig, doch die Bar selbst ist im Untergeschoss. Langsam gehe ich die staubige Treppe hinunter und achte darauf, den Handlauf nicht anzufassen. Meine Schuhsohlen kleben auf den Stufen und quietschen bei jedem Schritt. Ich betrete den kleinen, düsteren, verrauchten Raum. Ein Barkeeper steht hinter dem Tresen aus dunklem Holz, hinter dem massenhaft unterschiedlich große Spiegel hängen, alle mit schwarzen Rahmen. Es ist lustig, verschiedene Ausschnitte von sich zu sehen, während man etwas bestellt. Und dort am Tresen entdecke ich Jake.

»Hey!«, sage ich und stelle mich zu ihm.

»Oh, gut, dass du da bist«, sagt er, umarmt mich und lehnt sich dann wieder an die Bar. Er strahlt diese coole Rockstar-Aura aus: zerzauste Haare, lockere Pose und trotz der Hitze eine schwarze Jacke. Er hat bereits eine Flasche in der Hand.

»So schlimm?«

»Ich komme nicht mit ihr klar, wenn sie so drauf ist.«

»Wird schon wieder«, verspreche ich und klopfe ihm auf den Arm. Er nimmt einen Schluck und sieht mich an.

»Hoffentlich, sonst wird es eine anstrengende Nacht.«

Mit einem aufmunternden Lächeln drehe ich mich um und will weggehen, doch er hält mich am Arm fest. »Alles okay bei dir? Mit Matt und so?«

»Bald, denke ich«, sage ich. Er nickt – eine stumme Vereinbarung, später darüber zu reden.

Ich drehe mich wieder zum Kneipenraum. Im hinteren

Bereich gibt es eine kleine Bühne, auf der im Moment eine Lady mit einer pinkfarbenen Federboa einen alten Schlager singt, auf den meine Mutter steht. Und an einem Tisch in der Nähe sitzt Meg, ganz allein, und tippt auf ihrem Handy herum.

Als ich auf sie zugehe, reißt sie zuerst die Augen auf, doch dann verengen sie sich zu schmalen Schlitzen. Offenbar hat Jake ihr nicht gesagt, dass ich herkomme. Sie schaut wieder nach unten und fragt mit betont gelangweilter Stimme: »Na, was machst *du* hier?«

Hätte sich Jake nicht bereits an den Tresen verzogen, wäre das sein Stichwort gewesen zu gehen. Noch vor einem Jahr auch meines. Ich bin ein Mensch, der Konfrontationen lieber aus dem Weg geht. Und mit meiner besten Freundin finde ich sie ganz schlimm. Doch ich weiß, dass es die Sache wert ist, und deshalb ziehe ich einen Stuhl heran und setze mich Meg gegenüber. Sie verschränkt die Arme vor der Brust, protestiert aber nicht und sagt auch nicht, ich solle verschwinden. Das ist schon mal ein guter Anfang.

»Ich möchte mit dir reden«, sage ich ganz ruhig.

»Um mir zu sagen, dass ich bescheuert bin, weil ich wieder mit Jake gehe? Dass ich immer das Falsche mache?«

»Nein, es geht nicht um …«

»Worum dann? Dass du was Besseres bist, weil du bald weggehst? Dass deine Beziehung besser ist als meine? Aber falls du es vergessen hast: Matt hat dich sitzen lassen. Er ist keinen Deut besser als Jake.«

Ihre Worte treffen einen Nerv und mein Herz zieht sich zusammen. »Du hast recht, ist er nicht.« Doch dieses kleine Detail zieht mich nicht so runter, wie es früher der Fall gewesen wäre.

»Immerhin sind wir wenigstens in einem Punkt noch einer Meinung – freut mich.« Sie lächelt höhnisch und funkelt mich weiterhin an. Ich gebe mir einen Ruck und hole tief Luft. Ich würde das Kriegsbeil gern begraben, klein beigeben und ihr sagen, dass *sie* recht hat und ich unrecht. Komm, vergessen wir das Ganze. Doch es geht nicht. Die Nacht des Jasagens ist noch nicht vorüber, und ich halte mich an die Regel und sage Ja dazu, meine Meinung zu vertreten.

»Aber ich nehme nicht zurück, was ich gesagt habe. Jake hat sich ein paarmal echt beschissen verhalten und du hast ihm jedes Mal verziehen und ihn wieder mit offenen Armen aufgenommen.« Sie öffnet den Mund, um etwas zu sagen, doch ich lasse sie nicht zu Wort kommen. »DOCH …« Ich muss schreien, um sie zu übertönen, »… ich habe immer zu dir gehalten. Und das werde ich auch weiterhin tun. Ich werde *immer* all deine Entscheidungen akzeptieren, auch wenn ich sie nicht unbedingt richtig finde.«

»Du findest es also nicht richtig, dass ich wieder mit Jake zusammen bin? Du bist mit ihm *befreundet,* Ella.«

»Ich weiß, und ich sage nicht, dass ich mich nicht darüber freue. Ich freue mich, dass ihr zwei wieder ein Paar seid, *weil* ihr meine Freunde seid. Weil ich weiß, dass es euch beide glücklich macht. Weil ihr eigentlich gut zusammenpasst. Aber manchmal …«, ich mache eine kurze

Pause, »... manchmal habe ich schon gedacht, du solltest ihm endgültig den Laufpass geben.«

»Warum?«

Diese Frage hatte ich befürchtet. Es gibt Millionen Gründe, aber ich habe nicht die Absicht, sie alle aufzuzählen. »Weil er Jake ist? Ich meine, ich mag ihn echt gern, aber er ist ...« Ich muss kurz nach dem richtigen Wort suchen. »... überall.«

»Überall?«

»Ja, ich meine, er mag dich, das steht fest, aber er lässt nichts anbrennen. Und ich wünschte mir, er würde sich nur auf dich konzentrieren.«

»Aber ich begreife seine Situation: Er ist der Leadsänger einer Band ...«

»Ich weiß, ich weiß«, sage ich mit einem Seufzer. »Aber ich finde es schrecklich, dass du akzeptieren musst, dass er wie ein Weltmeister flirtet, nur weil er als Rock-Idol dastehen will.«

»Ich bin nur mit seiner Flirterei einverstanden, weil ich weiß, dass es beim Flirten bleibt und er nicht weitergeht«, stellt Meg klar, aber so ganz begreife ich es immer noch nicht. »Er hat mich nie betrogen.«

»Ich weiß, und ich weiß auch, dass er das nie tun wird. Es ist nur so ...« Ich beuge mich vor. »Du bist meine beste Freundin. Ich wünsche dir alles Glück der Welt. Und ich wünsche mir für dich einen Freund, der dir alles gibt, was du dir je gewünscht hast, und noch mehr. Und das tut Jake nicht immer.«

»Aber ich bin glücklich mit unserer Beziehung. Deshalb sind wir ja zusammen. Ich erwarte gar nicht, dass er mir alle Wünsche erfüllt.«

»Ich weiß. Glaub mir, das weiß ich. Wenn du dir etwas wünschst, sorgst du selbst dafür, dass du es bekommst.«

»Das kannst du laut sagen«, sagt sie und zieht die Augenbrauen hoch.

»Ich kann es nur nicht mitansehen, wenn du verletzt wirst«, versuche ich ihr zu erklären. »Deshalb werde ich immer so sauer, wenn er wieder mal Mist baut.«

»Musst du nicht«, sagt sie.

»Ich weiß. Aber ich hab dich nun mal lieb.«

»Wirklich?«, fragt sie nach einer kurzen Pause.

»Meg, du dumme Nuss.« Ich grinse sie an und sie lächelt zurück und lässt die Arme sinken. Eine Welle der Erleichterung schwappt über mich hinweg; diese Sache hätten wir geklärt. »Und was das College betrifft ... Ich verlasse dich nicht.«

»Doch, das tust du.«

»Okay, ich verlasse dich zwar *räumlich,* aber ich werde trotzdem immer für dich da sein. Du kannst mich auch weiterhin um Mitternacht mit verrückten Ideen anrufen wie beispielsweise ... wie man in den Backstagebereich eines Clubs reinkommt, um die Band zu treffen, die dort auftritt.«

»Du musst zugeben, dass mein Plan funktioniert hat.«

»Klar, wir haben sogar Beweisfotos.« Ich grinse, doch sie bleibt ernst. »Im Ernst: Ich laufe dir nicht weg. Wenn ich dich einpacken und mitnehmen könnte, würde ich es tun.«

»Ich weiß … es ist nur so, dass … wenn du davon sprichst, dass du bald wegziehst, kommt es mir so vor, als wolltest du alles hier hinter dir lassen. Und manchmal denke ich, damit meinst du auch mich«, gesteht sie, und es schmerzt mich, dass sie das denkt. Meg zeigt höchst selten Anzeichen von Schwäche.

»Niemals, Meg! Wenn ich am Wochenende nach Hause komme, dann nur *deinetwegen*.«

»Will ich dir auch geraten haben«, sagt sie und wirkt plötzlich etwas entspannter. »Und schließ bitte keine neuen Freundschaften.«

»Bestimmt nicht«, sage ich, und wir wissen beide, dass es eine Lüge ist, aber nur eine klitzekleine, die mir problemlos über die Lippen kommt.

»Ich finde es schrecklich, auf dich sauer zu sein«, sagt sie.

»Denkst du, ich nicht? Himmel, du hast Ideen.« Ich schüttele den Kopf und sie lacht. Ihre Stimmungen sind wie ein Wirbelsturm, aber dieser hier ist zum Glück fast abgezogen.

»Vielleicht war ich vorhin etwas hart, was Matt betrifft«, gesteht sie, und ihr Blick gibt mir zu verstehen, dass es ihr nicht leichtfällt zuzugeben, dass sie einen Fehler gemacht hat. Das weiß ich.

»Schon gut, er hat es verdient«, sage ich mit einer wegwerfenden Handbewegung. »Und ich vielleicht in Bezug auf Jake.«

»Na, *der* hat es definitiv verdient«, sagt sie mit einem breiten Grinsen, und wir lachen beide los. »Er hat echt schon viel Mist gebaut, und ich rege mich immer fürchterlich über ihn auf, aber … ich weiß nicht. Ich finde, er hat sich gebessert und ich kann ihm einfach nicht widerstehen … Findest du wirklich, dass wir gut zusammenpassen?«, fragt sie und sieht mich erwartungsvoll an. Ich weiß, wie wichtig meine Antwort für sie ist. Wie könnte ich sie da enttäuschen?

»Absolut. Eure Beziehung ist manchmal etwas problematisch, aber dafür immer spannend«, sage ich, denn ich kann schließlich nicht sagen, sie seien ein perfektes Paar. Sie sind alles andere als perfekt, aber perfekt genug. Lächelnd streckt sie den Arm über den Tisch und klappt den kleinen Finger aus. Ich verhake meinen kleinen Finger mit ihrem, und wir grinsen uns an wie zwei Bekloppte, denn manchmal darf man ruhig etwas verrückt sein.

»Also«, sagt sie und zieht ihre Hand wieder weg, »was ist? Hast du inzwischen über Matt nachgedacht? Keine Angst, diesmal werde ich *nicht* ausflippen.«

»Haha. Nein, nicht wirklich. Ich bin immer noch … ziemlich durcheinander.«

»Aber du denkst noch über ihn nach?«

»Ja, natürlich«, sage ich.

»Also lautet die Antwort nicht Nein?«

»Wie?«

»Wenn du nichts mehr von ihm wissen wolltest, würdest du auch nicht immer an ihn denken, oder?«

Ich öffne den Mund, um zu widersprechen, aber das wäre nicht richtig. Sie hat nämlich recht. Voll und ganz. Wenn er mir egal wäre, würde ich nicht mehr an ihn denken. »Darf ich dir etwas gestehen?«

»Klar. Schieß los!«, sagt sie sehr ernst.

»Ich fühle mich mies, weil ich das mit seinem Bruder nicht wusste.«

»Warum solltest du dich deshalb mies fühlen? Er hat es dir nicht erzählt – wie hättest du es da wissen können?«

»Das ist mir klar, aber ich hätte es *merken* können. Wir haben uns jeden Tag gesehen. Und ich habe durchaus gemerkt, dass er an manchen Tagen nicht gut drauf war, nicht wie sonst. Damals zum Beispiel, als wir zum Konzert der Mountain Goats nach Tampa fuhren«, sage ich und denke an besagten Tag zurück. »Er war die ganze Fahrt über ungewöhnlich ruhig, aber bei der Show hat er total aufgedreht und ist wie ein Verrückter herumgehüpft. Ich erkannte ihn kaum wieder. Ich habe ihn gefragt, ob alles in Ordnung sei, und er sagte, ja, alles bestens … aber ich hätte nachhaken sollen«, sage ich bedauernd.

»El, wie hättest du ahnen können, dass bei ihm zu Hause so etwas Verrücktes abging? Wenn er dich nicht damit belasten wollte, warum hätte er dann ausgerechnet bei einem Gig damit herausplatzen sollen?«

»Ich weiß, aber …«

»Und da du keine Ahnung hattest, was los war, hättest du nicht mal die richtigen Fragen stellen können. Du brauchst dir keine Vorwürfe zu machen.«

»Ich weiß, du hast recht, aber ich glaube … ich fühle mich einfach mies, weil er allein da durchmusste.«

»Das war *seine* Entscheidung, vergiss das nicht«, sagt sie und sieht mich eindringlich an. Ich höre auf das, was sie sagt. Denn diesmal hat sie recht. Es ist nur etwas viel für *eine* Nacht.

Ich will nicht mehr darüber nachdenken, dass ich nichts wusste, und deshalb bringe ich sie auf den neuesten Stand. »Auf der Fahrt hierher bekam ich eine SMS von ihm.«

»Echt? Was hat er geschrieben?« Gespannt beugt sie sich vor.

»Och, eigentlich nichts. Nur ein Running Gag zwischen uns.«

»Hmmm.« Sie schaut kurz an die Decke. Denkt nach. Wählt ihre Worte so, dass sie mich nicht verletzen. Aber sie wird sie nicht zensieren. Tut sie nie. Musik füllt die Leere aus, während ich darauf warte, dass sie weiterspricht. »Darf ich dich etwas fragen? Warum hast du Matt geliebt?«

Warum ich Matt geliebt habe? Eine ganz einfache Frage, doch sie bedeutet alles.

»Damals, als wir zusammen waren, gingen wir mal zum Mittagessen in eine Pizzeria. Es war ganz zu Anfang, als wir uns noch aneinander gewöhnen mussten, als alles noch neu und aufregend war und wir uns stundenlang unterhalten konnten. Uns ging der Gesprächsstoff nie aus. Jedenfalls kam da eine Bedienung an, um unsere Bestellung aufzunehmen. Tatsache ist, ich hatte total vergessen, dass wir in einem Lokal saßen. Ich war … so auf ihn fixiert und er auf mich, das habe ich daran gemerkt, dass er auch zusammengezuckt ist. Dasselbe ist heute Abend im Wing King passiert. Es ist, als … als wenn nichts anderes wichtig wäre, wenn ich mit ihm zusammen bin. Er gibt mir das Gefühl, der wichtigste Mensch auf der Welt zu sein. Ich weiß natürlich, dass man keinen Jungen brauchen sollte, um sich so toll zu fühlen, aber es tut einfach gut. Mit ihm fühle ich mich total wohl, nichts ist erzwungen.« Ich verstumme kurz und komme auf ihre Frage zurück. »Ich glaube, ich habe nie darüber nachgedacht, warum es zwischen uns so gut lief. Es lief einfach gut.«

Ich sehe Meg lächeln – ein warmes, verträumtes Lächeln, das sie normalerweise nur hat, wenn sie an ein erstes Date denkt oder alte Liebesbriefe noch einmal liest. »Ehrlich?« Sie beugt sich noch weiter über den Tisch und sagt leise: »Ich finde es verrückt, dass er zurückgekommen ist und dass du ihn immer noch magst. Doch wie wir *im Vorfeld* diskutiert haben, steht es mir nicht zu, mir ein Urteil dazu zu bilden. Doch genau darum geht es. Wie oft habe ich schon gedacht, ich sei verrückt, weil ich Jake dauernd verzeihe. Ist doch total schwachsinnig. Doch etwas in meinem Inneren hat mir immer gesagt, es sei okay, ich solle es tun, egal, was alle anderen dachten. Ich *wusste,* dass es richtig war. Klar hat es letztendlich nicht zu einer normalen Beziehung geführt, aber ich persönlich denke, dass alles so kommen musste, wie es kam, damit wir an diesen Punkt gelangten, an dem wir heute sind. Es fühlt sich richtig an, so wie es ist. Ist es das? Keine Ahnung.

Aber ich bin glücklich und darauf kommt es doch an, nicht wahr?«

Es ist das erste Mal, dass ich sie sagen höre, dass sie mit Jake glücklich ist, mit ihrer Beziehung, trotz des ständigen Auf und Abs. Ich weiß, dass sie es ist – man sieht es ihr immer an –, doch es ist schön, sie es auch mal aussprechen zu hören. Genauso schön, wie Jake als Jake zu erleben und nicht als Rockstar.

»Ich mochte Matt. Ich fand immer, dass ihr gut zusammenpasst. Du warst so glücklich mit ihm, dass ich ehrlich gesagt manchmal sogar ein bisschen neidisch war.«

»Im Ernst?«, sage ich überrascht. »Du – neidisch auf mich?«

»Habt ihr zwei euch jemals gestritten? Gab es jemals eine Meinungsverschiedenheit? Echt, euer Turteln war manchmal fast schon unerträglich. Jake und ich dagegen …«

»Verstehe.« Ich weiß, was sie meint.

»Ich sage jetzt nicht, du sollst ihn zurücknehmen oder so – wenn du es tust und er dir wieder wehtut und erneut verschwindet, dann werde ich ihn windelweich schlagen –, ich sage nur, du solltest tun, was sich richtig anfühlt … was immer es auch ist. Also: Fühlt es sich *richtig* an, wenn du mit Matt zusammen bist?«, fragt sie.

Da werden wir unsanft unterbrochen. »Komm ich zu spät, um noch etwas von Gift und Galle mitzubekommen?«, mischt sich Jake ein, der plötzlich hinter Meg auftaucht und mir so erspart, auf Megs Frage zu antworten. Er setzt sich ungefragt neben Meg, streicht sich die Haare zurück und legt dann seinen Arm um Megs Schultern. Er zieht sie zu sich und küsst sie, ungeachtet der Tatsache, dass ich keinen Meter von ihnen entfernt sitze. Okay, Jake ist vielleicht nicht *ganz* ihr Traummann … doch er ist der Richtige für sie.

»Dir auch Hallo, Jake«, sage ich etwas pikiert. Er löst sich von Meg und grinst mich an. Meg stützt die Ellbogen auf den Tisch, verschränkt die Hände und stützt das Kinn darauf. Sein Arm liegt weiterhin um ihre Schultern. Sie sind ein schönes Paar, wenn sie sich Mühe geben. Meg ist die Einzige, die ihn wirklich versteht, und er ist der Einzige, der sie wirklich glücklich macht. Und als ich sehe, wie er geistesabwesend ihre Schulter streichelt, denke ich mir, dass Meg durchaus recht hat. Sie ist verrückt, wenn es um Beziehungen geht, wirklich, doch sie weiß immer, was sie will, und kämpft dafür. Dann kann nichts und niemand sie aufhalten. Vielleicht sollte ich mir ein Scheibchen von ihr abschneiden.

»Wo sind Barker und Gabby?«, will Meg wissen.

»Sie mussten nach Hause, wegen irgendeines Familientreffens morgen. Doch Barker sagte, ich könne ihn anrufen, wenn wir Verstärkung brauchen, und Gabby lässt euch grüßen.«

Es ist ein schönes Gefühl zu wissen, dass Barker jederzeit herbeieilen würde, wenn er gebraucht wird, und dass Gabby alles tut, um mich nicht zu verletzen. Als Matt weg war, wurde sie zusammen mit Meg zu einer Art Rettungsanker für mich. Sie buk mir Kuchen mit der Zuckerguss-Botschaft

Vergiss den Blödmann und ließ mich weinen und schimpfen, so viel ich wollte. Ich hatte gedacht, sie hätte wegen der Sache mit Nick immer noch ein schlechtes Gewissen, dabei verhielt sie sich einfach nur wie eine gute Freundin.

»Und, wo ist der Mann der Stunde? Zu spät dran? Das verheißt nichts Gutes für seine Hinrichtung«, knurrt Jake.

»Hä?« Ich weiß nicht, wen er meint.

»Hast du es ihr nicht gesagt?«

»Dazu hatte ich bisher keine Zeit«, sagt Meg zu ihm und wendet sich dann wieder mir zu. »Aber die Katze ist dann wohl aus dem Sack.«

»Welche Katze …?«, frage ich vorsichtig nach, denn wenn sie das meint, was *ich* meine, weiß ich nicht, ob ich darauf vorbereitet bin.

»Matt kommt.«

»WAS?« Ich schreie fast.

»Er hat zumindest gesagt, er würde kommen. Jake hat ihn eingeladen«, erklärt Meg.

»Wie zum Teufel bist du auf diese schwachsinnige Idee gekommen?«, fauche ich Jake an und merke, dass ich wieder mal verräterisch rot anlaufe und mein Mund ganz trocken wird. Nein, das darf nicht wahr sein!

»Hey, er ist zufällig auch *mein* Freund«, sagt Jake, doch das kaufe ich ihm nicht ab.

»Freund? Ha, seit wann seid ihr wieder Freunde?«

»Sind wir nicht«, sagt Jake und verschränkt die Arme. Jetzt sitzt er in derselben Haltung da wie Meg vorhin. »Ich wollte ihn nur testen.«

»Wie – testen? Willst du sehen, ob er es schafft, mich ausflippen zu lassen, oder was?«

»Darum geht es nicht«, mischt Meg sich in unsere lautstarke Auseinandersetzung ein, um Jake in Schutz zu nehmen, doch ich spüre, dass sie ihre Finger auch mit im Spiel hat. Warum tun sie mir das an? Mein Herz beginnt wieder zu rasen, genau wie vorhin auf der Party, als ich ihn plötzlich vor mir stehen sah. Genau wie vorhin weiß mein armes Herz auch jetzt nicht, was es tun soll. Aufgeregt sein? Sich vor Angst verstecken? »Du hast gesagt, dass es ihm leidtut. Wir wollen dafür sorgen, dass es ihm noch mehr leidtut.«

»Indem ihr mich noch mal mit ihm konfrontiert?«

»Nein, indem wir ihn mit *uns* konfrontieren«, stellt sie klar. »Es ist eine Sache, sich vor dir zu rechtfertigen – du bist schließlich die netteste Person auf diesem Planeten –, doch bei uns wird er es nicht so leicht haben.«

»Wir sind nämlich *nicht ganz so* nett«, sagt Jake überflüssigerweise. »Und er ist noch einige Erklärungen schuldig – nämlich mir.« Ich beruhige mich ein bisschen – nur ein bisschen –, als mir einfällt, dass Jake recht hat. Er war ebenfalls betroffen.

Er und Jake waren enge Freunde gewesen. Engere Freunde, als Jake und Barker es jemals waren. Sie verstanden sich auf Anhieb und ohne große Worte. Folglich hat es auch Jake schwer getroffen, als Matt wegzog und sich nicht mehr meldete. Dass Jake mehrmals versucht hatte, mit Matt Kontakt aufzunehmen, erfuhr ich erst, als er mir sagte, er hätte ihn endlich erreicht. Natürlich hat er das für sich getan, aber auch für mich, und das werde ich ihm nie vergessen. Und als ich Jake von dem Brief erzählte, wurde er stinksauer. Ich hatte alle Mühe, ihn davon abzubringen, nach Texas zu fahren und Matt zusammenzuschlagen. Bis heute bin ich davon überzeugt, dass er es sonst durchgezogen hätte.

»Und was ist, wenn er euren Test besteht?«, erkundige ich mich vorsichtig.

»Dann darf er wieder mein Freund sein und meinetwegen auch deiner«, sagt Jake trocken.

»Wenn du es willst!«, stellt Meg klar.

»Wie großzügig von euch«, sage ich ironisch.

»Tja, so sind wir«, kontert Jake, ohne eine Miene zu verziehen, und ich schüttele grinsend den Kopf.

»Was, wenn er durchfällt?«

Meg und Jake wechseln einen kurzen Blick, wie nur Liebespaare und Kriminelle mit finsteren Absichten es können. Sie sind beides, würde ich sagen.

»Dürfte interessant werden«, sage ich seufzend und fahre mit einem Finger über eine Serviette, die zufällig auf dem Tisch liegt.

»Ganz meine Meinung. Wir vier wieder vereint«, kommentiert Meg und lehnt sich zurück.

»Hört mal, ich bin durchaus dafür, ihn wieder in unsere Clique aufzunehmen. Ich mochte ihn sehr. Aber falls er noch mal diese Nummer mit dem Klammheimlich-Verschwinden abzieht, schlage ich ihn windelweich«, verkündet Jake.

»Hey, das Gleiche hab ich auch gesagt.« Meg strahlt.

Lächelnd betrachte ich meine beiden Freunde. Es ist interessant: Als Kind denkt man, die Eltern könnten alles regeln und die Welt zu einem besseren Ort machen. Doch später, langsam und unerwartet, wird dieser Glaubenssatz auf die Zweitfamilie übertragen, den Freundeskreis. Meine Eltern wissen nichts von alldem, doch wenn ich mal einen Tag lang nicht mit Meg reden kann, fühle ich mich verloren. Wann findet diese Machtübertragung statt? Und warum fühlt sie sich so gut an?

Da sehe ich plötzlich, wie Megs Augenbrauen in die Höhe schießen und Jake die Schultern zurückzieht. Ich muss mich nicht umdrehen, um zu wissen, dass Matt eingelaufen ist und auf unseren Tisch zukommt.

20. DAMALS

0.50 Uhr

Das One Spin Records war noch genauso voll wie vorhin, doch aus irgendeinem Grund kam es mir lauter vor. Als würden alle nur noch schreien, um den Streit vor der Tür zu übertönen. Kurz vor der Bühne kam uns Barker mit Gabby im Schlepptau entgegen.

»Ähm, ich frag's ja nicht gern … aber was spielen wir eigentlich?«, fragte Barker. Jake hatte seinen Arm um Megs Schultern gelegt. Matt und ich hatten keinen Körperkontakt und das war mir jede Sekunde bewusst.

»Dasselbe Set, das wir für die Party geplant hatten?«, schlug Jake vor.

»Klingt gut«, meinte Barker und wirbelte seinen Drumstick zwischen den Fingern.

»Wartet, ich hab eine Idee«, warf Matt ein. »Wir wollten doch auch ›Bad Reputation‹ covern, nicht wahr? Wieso nicht mit einer Sänger*in*?«

O nein!

»Welcher Sängerin?«, fragte Jake irritiert.

Nein, nein, nein, nein, nein.

»Wie wär's mit … Ella?«

NEIN, NEIN, NEIN, NEIN, NEIN.

»Was? Du willst singen, El?«, fragte mich Jake mit einem überraschten Lächeln. Mein Gesicht wurde sicher so knallrot wie eine reife Tomate, und ich spürte, wie sich die Röte bis zum Hals ausbreitete. Wahrscheinlich sah sogar mein Bauch inzwischen aus, als hätte ich Sonnenbrand.

»Nein, nein, stimmt nicht«, sagte ich hastig, während ich verzweifelt nach einer Ausrede suchte. Ich schaute zu Meg, die von der Idee sichtlich begeistert war. Außer Matt war sie die Einzige, die von meinem heimlichen Traum wusste und schon öfter versucht hatte, mich zu einem Auftritt zu überreden. Kein Wunder, dass sie sich jetzt wahnsinnig freute. Mit glänzenden Augen sah sie zwischen Matt und mir hin und her. Es gefiel ihr, was sie sah.

»Ich … ich habe Matt vorhin nur erzählt, dass ich es gern mal ausprobieren würde, aber nicht jetzt. Lieber ein andermal. Ist nicht so wichtig, fangt ruhig mit eurem Auftritt an. Vergesst die Sache.« Ich stammelte weiter und hoffte, jemand würde mich unterbrechen. Natürlich dauerte es eine Weile, bis sie Erbarmen mit mir hatten. War ja süß, dass Matt sich daran erinnerte und mir diesen Gefallen tun wollte, doch gleichzeitig hätte ich ihm am liebsten den Hals umgedreht. Ich war kein bisschen darauf vorbereitet.

Jake und Matt warfen sich einen kurzen Blick zu, dann mir – und grinsten. Sie grinsten! Hilfe, das konnte nur ein schlechter Traum sein.

»Ähm, ich denke, da musst du jetzt durch, Süße. Lass mich kurz überlegen … Was für 'ne Nacht haben wir heute?«, fragte Jake großspurig und verschränkte die Arme.

Matt sah demonstrativ auf seine Uhr. »Jake hat recht«, sagte er dann. »Dir bleibt nichts anderes übrig, als Ja zu sagen.«

»Es ist schon nach Mitternacht«, warf ich ein. »Also genau genommen schon morgen.«

»Die Nacht ist erst zu Ende, wenn wir schlafen gehen!«, erklärte Matt kategorisch.

»Tja, sein Spiel, seine Regeln«, steuerte Jake bei und stieß Matt in die Rippen.

Grrrr – ich hätte die zwei am liebsten umgebracht!

»Mensch, Jungs, ihr könnt sie doch nicht zwingen!«, eilte Gabby, die Gute, mir zu Hilfe. Ich warf ihr einen dankbaren Blick zu. Sie wollte mir beweisen, dass sie auf meiner Seite war, was ich extrem lieb von ihr fand.

»Was faselt ihr dauernd von Jasagen *müssen?*«, warf Barker ein.

»Lange Geschichte«, sagte Meg und winkte ab.

Matt sah mich an. »Und, was ist jetzt?«

Ich sah ihn an. In seinen Augen blitzte der Schalk. Doch ich sah darin auch Licht, Hoffnung und alles, was ich mir im Leben wünschte. Er glaubte an mich! Ich musste nichts planen oder mich groß vorbereiten; es war bereits beschlossene Sache. Warum sollte ich nicht an mich glauben? Wovor sollte ich Angst haben?

»Ich … okay, gut.« Ich lenkte ein. Die Jungs klatschten

lachend ab und freuten sich wie Schneekönige. *Klar*, dass sie abklatschten! Obwohl ich sie in diesem Moment hasste, liebte ich sie auch. Das hatte eine Menge Gründe, aber hauptsächlich den, dass sie mich zu etwas drängten, von dem ich schon lange träumte.

»Okay, geht klar, Jungs. El, wir rufen dich auf die Bühne, wenn es so weit ist. Viel Glück«, sagte Barker, noch immer verwirrt.

Kopfschüttelnd sah ich, dass Jake Matt zur Seite nahm.

»Hey, danke für heute Abend.«

»Kein Problem«, sagte Matt achselzuckend.

»Im Ernst, ich weiß, dass ich mich wie ein Arsch benommen habe. Aber …«

»Hey, jetzt hab ich was gut bei dir«, sagte Matt. Jake nickte, und dann klopften sie sich gegenseitig auf die Schulter, statt sich zu umarmen – wie Jungs es eben machen. Ich grinste mit dem schönen Gefühl, gerade Zeugin des Beginns einer wahren Freundschaft geworden zu sein, etwas, das Jake dringend brauchte. Trotz seiner vielen Flirts hatte er außer uns eigentlich niemanden. Er brauchte jemanden für die Stunden, in denen er und Meg sich wieder mal in die Haare gerieten.

Die Jungs gingen auf die Bühne. Matt drehte sich noch einmal um und zeigte mir mit erhobener Faust die Rock 'n' Roll-Geste, dann schloss er theatralisch die Augen und machte: »Wooo-Hooo!« Ich lachte kopfschüttelnd, und als er die Augen wieder öffnete, grinsten wir uns an. Ich war zwar etwas schockiert darüber, dass sie mich überrumpelt hatten, doch letztendlich genoss ich mein Lampenfieber.

Meg zog mich seitlich an den Bühnenrand. Gabby gab Barker einen letzten Alles-Gute-Kuss. Er legte seine Hand an ihre Wange und ließ sie dort liegen; sie brauchten keine Worte. Ich wandte mich ab; diese Szene war zu intim für fremde Augen.

»Alles klar?«, fragte mich Meg grinsend.

»Ich denke schon. Wieso?«

»Weil heute Abend all deine Wünsche wahr werden, Cinderella.« Mit einem strahlenden Lächeln fiel sie mir um den Hals. Ich hielt sie fest und wünschte mir, dieser Moment würde niemals enden.

»Ist bei *dir* alles klar?«, flüsterte ich ihr ins Ohr.

»Ja ... ich muss nur manchmal brüllen.« Wir lösten uns voneinander und wandten uns wieder zur Bühne. Wie immer blieben wir an der Seite stehen, während alle anderen nach vorn drängten, um einen möglichst guten Blick auf die Band zu haben. »Ach übrigens, hab ich was verpasst, als ich draußen war? Seid ihr zwei schon ein Paar?«

Ich dachte an unser Gespräch zurück, an unsere Umarmungen, Hände, Blicke, Berührungen. Gemeinsame Momente. Ich wollte schon den Mund aufmachen, um ihr davon zu berichten, doch dann überlegte ich es mir wieder anders. Ich wollte es ihr nicht erzählen, nicht alles zumindest. Nicht, weil ich Geheimnisse vor ihr hatte, sondern weil diese Momente nur uns gehörten, Matt und mir. Sie waren privat, etwas ganz Besonderes, und ich wollte sie als solche in Erinnerung behalten. Als unsere eigene kleine Erinnerungsnotiz. Wann immer ich an seine Augen dachte, machte mein Herz einen Sprung. Jetzt begriff ich, warum Meg mir nie alles von Jake erzählt hatte. Manche Dinge sind einfach zu intim.

»Nun ja, wir haben viel geredet. Lässt sich gut an.« Sie verhakte ihren kleinen Finger mit meinem und drückte ihn sachte. Matt und ich waren nicht perfekt, bei Weitem nicht, doch wir ergänzten uns wunderbar.

»Ich mag ihn«, sagte sie und deutete mit dem Kinn auf Matt. »Halt ihn dir warm.« Ich nickte zustimmend und freute mich unbändig über ihr Okay.

Da wurden die Lichter gedimmt, rote und blaue Scheinwerfer strahlten die Bühne an. Die Jungs sahen klasse aus auf der Bühne, wie Superhelden, unserem Alltag entstiegen. Barker war aufgeregt, zappelig, wippte mit dem Fuß und ließ seine Schläger durch die Luft wirbeln. Jake stand vorne am Bühnenrand, die Schultern zurückgedrückt, den Kopf hoch erhoben, und nahm den Applaus sichtlich geschmeichelt entgegen. Neben ihm stand Matt und zupfte an den Saiten seiner Bassgitarre, während er ebenfalls in die erwartungsvollen Gesichter schaute. Barker hielt seine Sticks in die Höhe, das universelle Signal, dass es gleich losgehen würde. Dann schlug er dreimal auf sein Becken und …

Eine Explosion von Tönen prasselte auf das Publikum ein und prallte von den Wänden ab. Die Jungs spielten zuerst ein paar Coversongs, um die Leute und die Stimmung aufzuheizen – was ihnen auch gelang, und wie! Alle sangen und hüpften im Takt mit. Kaum jemand merkte es, als die Band zu ihren eigenen Songs überging. Etliche sangen weiter mit. Die Musik hämmerte und vibrierte und füllte den ganzen Laden aus.

Jake sang mit einer Hingabe, die ich noch nie bei ihm erlebt hatte. Er hatte die Augen geschlossen und schien förmlich mit der Musik zu verschmelzen, die er mit seinen Stimmbändern und Fingern erzeugte. Seine eine Hand huschte am Gitarrenhals auf und ab, mit der anderen schlug er die Saiten an und erweckte jeden Song zum Leben. Die Schweißtropfen auf seiner Stirn rannen ihm in die Augen. Mädchen drängten sich in die erste Reihe und glotzten ihn verlangend an. Ich schielte kurz zu Meg, doch es schien sie nicht zu stören. Sie lachte und jubelte mit den anderen mit.

Barker, der mit seinem Schlagzeug im Hintergrund saß, hatte sichtlich Spaß. Er saß mit weit aufgerissenen Augen da und bearbeitete seine Becken und Trommeln mit erstaunlicher Kraft und Schnelligkeit. Seine Arme wirbelten rasend schnell durch die Luft, alles an ihm war in Bewegung. Es machte richtig Spaß, ihm dabei zuzusehen, wie er alles gab. Gabby stand neben uns und himmelte ihren Liebsten hingerissen an. Sie ruderte mit beiden Armen in der Luft, und es war ihr egal, ob jemand sie beobachtete. Sie tanzte nur für ihren Barker.

Matt stand an der Seite und hielt sich eher zurück. Ich begriff, warum Jake gesagt hatte, Matt würde perfekt zur

Band passen. Er war echt gut. Es sah aus, als würde ihm das Bassspielen so leichtfallen wie das Atmen. Seine Finger bewegten sich wild den Gitarrenhals entlang, um dem Song Rhythmus zu verleihen. Bei manchen Akkorden biss er sich auf die Unterlippe, bei Offbeats sprang er mit. Es musste ganz schön anstrengend sein, sah aber toll aus. Ich wusste, dass es den Mädchen nicht entgehen würde; ich sah die bewundernden Blicke in seine Richtung, die Mädels scharten sich bereits vor ihm zusammen. Jede Wette, dass sie sich fragten, wer er war und ob er wohl eine Freundin hatte.

Ich überließ mich der Musik und tanzte neben Meg. Wir ließen die Hüften kreisen und schwangen die Arme. Darauf hatten wir den ganzen Abend warten müssen, doch nun standen sie endlich auf der Bühne. Das Warten hatte sich gelohnt, alles hatte sich gelohnt – auch die Mühe, die Spiele, das Rennen. Als ihr letzter Bassist ging, wussten wir nicht, was aus der Band werden würde. Doch Jake und Barker gaben nicht auf. Und in dieser Nacht waren sie endlich wieder vereint und taten das, was sie am liebsten taten. Und wir waren dabei!

Und dann kam der gefürchtete Moment!

»Für unseren nächsten Song haben wir einen ganz besonderen Gast auf der Bühne!«, rief Jake mit heiserer, tiefer Stimme. »El, kommst du?«

Als ich meinen Namen hörte, wurde ich unsanft in die Realität zurückkatapultiert. Ich hörte Klatschen und laute Rufe, doch meine Füße wollten mir nicht gehorchen. Ich stand wie angewurzelt da. In meinen Ohren begann es zu rauschen. Mein Herz raste. Ich hörte die Geräusche in meiner Umgebung nur noch gedämpft.

»El! El!« Meg nahm meine Hand und wirbelte mich herum. »Da musst du jetzt durch!«, zischte sie. Ich blinzelte, sah einen Moment gar nichts mehr und dann – auf einmal alles! Megs Gesicht. Die Musik schwoll an. Und ich begriff, dass ich gleich singen würde. Ich spürte mein Herz hämmern, holte tief Luft und merkte, dass ich grinste.

»Okay … okay.« Ich drückte kurz Megs Hand und rannte dann die Stufen hinauf. Setzte einen Fuß vor den anderen. Ich war ganz im Hier und Jetzt, konnte alles klar sehen: die Lichter, die Jungs von der Band. Und vor allem *ihn.*

Ich stellte mich vorne am Bühnenrand ans Mikro. Matt stand links hinter mir, Jake zu meiner Rechten. Barker saß direkt hinter mir. Zu wissen, dass meine beste Freundin und meine Freunde hier waren und zu mir hielten, gab mir Kraft und machte es mir leichter.

»Alles okay?« Matt sah mich fragend an. Ich stand stocksteif und verlegen da. Ein Raunen ging durch den Raum; ich konnte nicht mal mehr blinzeln. Kurz ballte ich die Fäuste, um meine Finger zu lockern, die Anspannung rauszunehmen, während mein Herz einen Trommelwirbel schlug. Ich *wollte* singen, wirklich, aber würde ich es auch schaffen?

»Du schaffst es«, sagte Jake auf meiner anderen Seite.

Matt griff herüber, um das Mikro auf meine Höhe einzustellen. Er musste sich etwas bücken und seine Haare fielen ihm ins Gesicht. Er blickte kurz auf und unsere Blicke trafen sich. Genau in dem Moment, als er die Hand wegnahm, griff ich nach dem Mikrofon, und für den Bruchteil einer Sekunde berührten sich unsere Finger. Derselbe Funke wie vorhin auf dem Dach sprang wieder über und ein Schauder lief mir über den Rücken. Er lächelte sein selbstsicheres Lächeln, das ihm offenbar nichts und niemand nehmen konnte. Ich hätte ihn am liebsten geküsst, doch stattdessen holte ich tief Luft.

Meine Freunde konnten mich drängen, sie konnten mich unterstützen und mir versichern, ich würde es schaffen. Doch nur ich selbst hatte die Macht, meinen Mund zu öffnen. Und dazu war ich nun bereit.

Das Mikro in meiner Hand fühlte sich warm an, feucht vor Schweiß. Es roch nach billigem Bier und Kartoffelchips mit Sour-Cream- und Zwiebelgeschmack. Ich umklammerte es, um das Zittern meiner Hände zu unterdrücken.

Im Raum war es dunkel, nur die Bühne war angestrahlt. Ich konnte nur die ersten Reihen vor der Bühne sehen. Vermutlich haben die Leute geredet, gejohlt und gemurmelt. Sie waren sicherlich laut. Doch ich hörte nichts, rein gar nichts. Es gab plötzlich nur noch mich, das Mikro und die Jungs, die mit mir auf der Bühne waren.

Da begann der Boden zu vibrieren, die Basstrommel legte los. Die Musik war voll und laut, hüllte mich ein. Und auf einmal hörte ich Applaus, Rufen, das Schlagzeug und die Gitarren, und alles vereinte sich zu einem großen Ganzen. Alles Blut wich aus meinem Gesicht, meine Hände wurden schweißnass. Meine Augen weiteten sich vor Angst und Entsetzen und Aufregung und Freude. Und dann – mein Auftritt im Scheinwerferlicht. Meine große Stunde war da – oder besser gesagt: meine großen Minuten. Mein heimlicher Wunsch ging in Erfüllung. Ich wusste nicht mal mehr, wie es dazu gekommen war. Ich schloss die Augen, öffnete den Mund und begann …

21. JETZT

0.15 Uhr

Matt geht an der Karaoke-Bühne vorbei und setzt sich ungefragt neben mich. »Hey, Leute«, sagt er.

Es ist wie erwartet ein peinlicher Moment. Man merkt ihm an, dass er nervös ist, von seinem üblichen Charme ist nichts mehr zu merken. Es ist, als säßen wir wieder im Auto und er spielte wieder mit seiner Uhr herum. Es scheint nichts Interessanteres auf der Welt zu geben als diese Uhr. Doch diesmal blickt er schnell wieder auf und seine Augen huschen zwischen Jake und Meg hin und her. Als würde er Eltern um Erlaubnis fragen, mit ihrer Tochter auszugehen. Er tut mir fast leid, am liebsten würde ich seine Hand nehmen und ihm sagen, dass alles in Ordnung ist. Doch ein kleiner Fiesling in meinem Kopf *will,* dass er sich vor Verlegenheit windet. Ich will ihn ebenfalls auf die Probe stellen.

»Matthew«, sagt Jake förmlich zur Begrüßung.

»Jacob«, erwidert Matt, und ich merke, dass er ein Grinsen unterdrücken muss.

»Noch mal hi«, sagt Meg.

»Hey, Meg«, sagt er zu ihr.

Wieder Schweigen. Mich hat er noch nicht direkt angeschaut, doch ich spüre seinen Körper neben mir. Ich kann die Luft zwischen uns spüren, den Abstand, der uns trennt und gleichzeitig zueinander drängt. Wir alle tauschen nervöse Blicke aus.

»Ein Glück, dass wir kein bisschen aufgeregt sind«, sagt Matt schließlich, und damit ist das Eis gebrochen. Vor Erleichterung lache ich los und mir wird ganz schummerig vor Verwirrung und Erschöpfung und … einfach allem. Endlich wendet er sich mir zu und unsere Blicke treffen sich. Er lächelt. Wieder dieser alte Funke, eine Art Stromschlag zwischen uns. Er fühlt sich jedes Mal neu an.

»Du bist also zurück?«, sagt Jake überflüssigerweise, nur um überhaupt etwas zu sagen.

»Ähm, ja, bin gerade wieder hergezogen. Ich werde ab Herbst an der UCF studieren.« Ich merke, dass der Tisch vibriert, weil Matt offenbar nervös mit dem Bein wippt.

»Wir auch«, sagt Meg höflich. Sie hält sich zurück. Meinetwegen.

»Hab's schon gehört. Freut mich sehr, dass ich dann gleich ein paar vertraute Gesichter sehen werde.« Matt verstummt, und man sieht ihm förmlich an, dass ihm plötzlich etwas dämmert. Er weiß ja gar nicht, ob sie überhaupt Kontakt mit ihm haben wollen. »Ich meine, wenn wir was zusammen machen oder so. Die Uni ist ja echt groß, deshalb ist es eher unwahrscheinlich, dass man sich zufällig über den Weg läuft …« Er verstummt erneut.

»Wir haben einen neuen Bassisten, nur damit du es weißt«, teilt Jake ihm ungnädig mit. Man merkt ihm an, wie schlimm es damals für ihn war, über Nacht einen neuen Bassisten finden zu müssen. Und wie hart, einen Freund zu verlieren – aber das würde er natürlich nie zugeben.

»Hab's schon gehört«, sagt Matt leise. »Er ist sicher besser als ich. Wisst ihr noch, wie oft ich falsch gespielt habe?« Nervös wie er ist, macht er sich so klein wie damals, als wir uns das erste Mal trafen. Ich würde so gern wieder alles ins Lot bringen für ihn, und ich wünschte, wir könnten wieder ganz von vorn anfangen.

»Wir hatten in der Zwischenzeit ein paar wahnsinnig gute Gigs. Es war viel los«, berichtet Jake, und ich sehe, dass Matt den Kopf noch mehr einzieht.

»Toll«, sagt er leise und unsicher. »Freut mich, dass die Band noch besteht.«

»Nicht mehr lange, da alle wegziehen. Aber egal«, verkündet Jake mit einem Blick zuerst auf mich, dann auf Matt. Er will ihn provozieren. Ich sehe zu Meg und bin froh, dass sie wie immer meine Gedanken lesen kann.

»Jake will demnächst eine neue Band gründen«, mischt Meg sich ein, um die Spannung abzubauen. »Falls du hierbleibst, kannst du ja vielleicht mitmachen«, sagt sie zu Matt. Das bringt ihr einen empörten Blick von Jake ein, in dem die Botschaft liegt: *Darüber müssen wir noch reden,* doch sie grinst frech zurück. Sie braucht seine Erlaubnis nicht, das wissen wir alle.

»Au ja!«, sagt Matt aufgeregt. Er beugt sich vor und sein

Bein hört auf zu wippen. »Das wäre toll! Ich meine, falls Jake mich dabeihaben will.«

»Mal sehen. Ich habe natürlich schon ein paar Bewerber, die vorspielen werden, deshalb …«

»Mann, Jake!«, falle ich ihm ins Wort, weil ich sein fettes Ego nicht mehr ertrage.

»Was ist? Stimmt doch!«, behauptet er.

»Gut, ich komme gern zum Vorspielen«, sagt Matt. »Ich habe zwar eine Weile nicht mehr gespielt, aber ich hoffe, dass ich es noch nicht verlernt habe.«

Jake winkt ab. »Du hast immer großartig gespielt!« Er schluckt. »Aber wenn du noch mal diese Verschwinde-Nummer abziehst …«

»Mach ich nicht!«, fällt Matt ihm hastig ins Wort, als hätte er mit dieser Drohung gerechnet. Als hätte er gewusst, dass dieses Thema zur Sprache kommen würde. Die Drohung hängt tatsächlich in der Luft, ich kann sie förmlich spüren. Die Sache, die uns damals auseinanderriss. Und die uns heute Abend komischerweise wieder zusammengebracht hat. Die Tatsache, dass Matt nicht nur mich, sondern uns alle im Stich ließ, kommt nun endlich auf den Tisch. Nicht alles, was ich in dieser Nacht erfuhr, doch zumindest dieser Teil. Der Teil, der uns alle betrifft. »Mach ich nicht, Ehrenwort!«, wiederholt Matt und sieht diesmal mich dabei an. Die Art, wie er mich anblickt, macht mich etwas nervös – als wollte er damit unterstreichen, was er sagt, doch es sind nur Worte. Die Art, wie Matt mich ansieht, macht offenbar auch Jake nervös, denn er platzt dazwischen, als wollte er Matt davor warnen, mich so anzuschauen, wenn er es nicht ernst meint.

»Ich fand es echt scheiße, dass du dich nie gemeldet hast«, faucht Jake. »Okay, Ella, ich weiß, dass du gesagt hast, wir sollten es nicht ansprechen, aber ich *muss!*« Matt starrt wieder nach unten, spielt mit seiner Uhr, und ich weiß nicht, wie ich mich fühlen soll. Sie wollen ihm wehtun, genau wie er uns damals wehgetan hat. Da möchte ich nicht mitmachen.

»Was Jake so beredsam zu sagen versucht …«, schaltet Meg sich nun wieder ein, und ich werfe ihr einen erschrockenen Blick zu, um ihr zu sagen, dass sie bitte nicht weiter auf ihm rumhacken soll. Ich habe ihm heute Abend schon genug zugesetzt. »… ist, dass wir dich zwar mögen, aber nicht wollen, dass du erneut von heute auf morgen von der Bildfläche verschwindest.«

»Mach ich nicht!«, verspricht Matt erneut, wie ein Junge, der ausgeschimpft wird. »Ich bin doch gerade erst zurückgekommen. Gebt mir eine Chance!« Seine Stimme klingt überraschend kräftig, und ich nehme an, dass es nicht gespielt ist. Sie haben ihn zur Rede gestellt. Sie haben ihn getestet.

Schweigen macht sich an unserem Tisch breit, während die Musik im Hintergrund weiterdudelt. »Und … wo wohnst du?«, erkundige ich mich, das Erstbeste, was mir in den Sinn kommt. Ich möchte gern das Thema wechseln, nicht weiter über Vergangenes reden. Ich habe heute Nacht schon genug erfahren.

»Oh, in einem Studentenwohnheim gleich beim Campus«, sagt Matt. Die Linien auf seiner Stirn glätten sich, und ich spüre, dass er mir für den Themenwechsel dankbar ist. »Jackson Point. Ist ganz okay, glaube ich. Mein Mitbewohner Anthony ist allerdings etwas … speziell.«

»Er hat mich auf der Party angebaggert«, sagt Meg, hauptsächlich für Jakes Ohren bestimmt.

»Echt wahr?« Jake mustert sie irritiert.

»Er ist in Ordnung«, sagt Meg. »Wir haben nur geredet.«

Matt sieht die beiden an und fragt sich sicher, ob sie zurzeit zusammen sind oder nicht. »Oh, da kannst du froh sein. Ich bin erst drei Tage hier, aber er hat jeden Abend ein anderes Mädchen angeschleppt. Immerhin habe ich dadurch ein paar neue Leute kennengelernt.«

Ich funkele ihn empört an; ich kann nichts dagegen tun. Ein schrecklicher Gedanke, dass er am Morgen als Erstes diese Mädchen sieht, auch wenn sie nicht seinetwegen dort sind. Als ich merke, dass ich eifersüchtig bin, wird mir eines klar: Die anderen hatten recht. Ich bin definitiv nicht über ihn hinweg. Denn dann wären mir diese anderen Mädchen, die ich nicht mal kenne, total egal. Aber noch viel weniger will ich daran denken, dass ich in drei Monaten nicht mehr hier bin. Was wird dann sein?

»Sie sind allerdings alle nicht mein Typ. Und sie stehen nicht auf alberne Pancake-Witze.« Er grinst mich an.

»Wie sind denn die Mädchen in Texas? Angeblich längst nicht so gut wie die hier in Florida«, reißt Jake uns aus unserem Blickkontakt.

»Jake!« Mein empörter Blick sagt hoffentlich mehr als tausend Worte.

»Och, ganz nett, würde ich sagen«, antwortet Matt. Ein komischer Ausdruck huscht über sein Gesicht, doch ich kann ihn nicht so schnell deuten, und er ist auch gleich wieder weg. »Aber definitiv nicht zu vergleichen mit den Mädchen hier in Florida!«

Ich schaue schnell auf den Boden, weil eine verräterische Röte in mein Gesicht steigt. Ich merke, dass Jake mich mustert, und zum ersten Mal seit Matts Eintreffen wird sein Gesichtsausdruck etwas weicher.

»Und? Kommt ihr oft hierher?«, fragt Matt, um das Thema zu wechseln. »Ich war noch nie hier.« Aha, noch ein Punkt, der uns trennt. Die Grenzlinie zwischen der Zeit, als er hier war, und der Zeit, als er weg war.

»Wir haben die Kneipe erst vor einigen Monaten entdeckt«, erklärt Meg. »Seither sind wir aber ziemlich oft hier gewesen. Letzten Monat haben wir Gabbys Geburtstag hier gefeiert. Himmel, was für ein Lied hat sie noch mal gesungen? Es war grässlich.«

»Nicht so grässlich wie Barker als Background-Tänzer!«, sage ich und lache, als ich daran zurückdenke, wie er versucht hat, einen auf Roboter zu machen.

»Oder Jake, der dachte, er könnte zwei Gläschen Schnaps gleichzeitig trinken«, steuert Meg noch bei.

»Es war ein Experiment!«, protestiert er. »Um zu testen, wie man schneller betrunken werden kann, nicht wahr?«, wendet er sich an Matt, und dieser zuckt nur mit den

Schultern. Klar, dass er sich nicht an Gabbys Geburtstagsparty oder den Robotertanz oder die Episode mit den zwei Schnäpsen erinnert. Er hat jeden Geburtstag und jede Party verpasst. Im Moment starrt er auf die Tischplatte und hofft, dass wir bald zu einem anderen Thema übergehen, da er zu diesem nichts beizusteuern hat.

»Hey, da fällt mir ein, wie wir El mit drei Bier abgefüllt haben!« Jake ist nicht mehr zu bremsen und lacht sich halb tot. »Mann, echt, du hättest sehen sollen, wie …« Meg legt ihm warnend eine Hand auf den Unterarm. »Was ist?« Er sieht sie fragend an. Sie schaut verstohlen auf Matt und mich und da fällt bei Jake endlich der Groschen. »Ach so, ja … Nun, viel hast du nicht verpasst. Ich meine, sie war immer noch El, aber irgendwie total happy. Egal.«

Egal trifft's sehr gut.

»Wenn du dieses Jahr an ihrem Geburtstag hier bist, wirst du es ja sehen«, fährt Jake fort. Auch wenn er es nicht offen ausspricht, ist es ein indirektes Angebot, etwas mit uns zu unternehmen. Aha, Jake taut langsam auf …

»Klar werde ich hier sein«, sagt Matt, gleichzeitig sehr entschieden und leicht gereizt. Er spürt nicht, dass Jake sich vorsichtig wieder öffnet. Ich bin mir sicher, dass Matt es satthat, sich ständig verteidigen zu müssen und »getestet« zu werden.

»Sagt mal, Leute, machen wir jetzt Karaoke oder nicht?«, fragt Meg, um die zermürbende Unterhaltung endlich abzuschließen. Problem gelöst und weiter geht's. Wird Matt wieder zu unserer Clique gehören oder nicht?

Mein Magen verkrampft sich, doch diesmal nicht vor Lampenfieber.

»Ja«, sage ich, vielleicht eine Spur zu begeistert. Ich bin einfach nur froh, dass wir endlich über etwas anderes reden, etwas, bei dem Matt hoffentlich nicht vor Scham am liebsten unter den Tisch kriechen würde. Und plötzlich fällt mir ein, dass ich an diesem Abend wieder vor Publikum singen werde, genau wie vor einem Jahr. Komischer Zufall …

»Ja, okay«, sagt Matt etwas besorgt. »Obwohl ich echt nicht gut singe. Deshalb hab ich Jake auch immer gern das Leadsingen überlassen.« Er sieht mich an. »Das heißt, wenn du nicht gerade am Mikro gestanden bist.« Damit erinnert er mich an einen der besten Momente, die wir gemeinsam erlebt haben. Trotz der monatelangen Trennung sind uns gemeinsame Erinnerungen geblieben. Ich merke, dass sein Bein sich unter dem Tisch meinem nähert, bis es mich schließlich berührt. Jeans an Jeans. Ein minimaler Kontakt, aber immerhin …

»Mal ehrlich, du kennst ja Jake: Er wäre auch dann Leadsänger geblieben, wenn du der tollste Sänger der Welt wärst«, sagt Meg, und wir müssen alle lachen.

»Ich hole das Buch.« Ich springe auf und gehe zum Karaoke-DJ, um das Buch mit den Songtexten zu holen. Ich bin gespannt, ob es so endet wie letztes Jahr.

»›Living on a Prayer‹ – schon gebongt«, verkündet Jake und zeigt auf den Song von Bon Jovi, den er immer singt. Bei Auftritten covert er ihn immer als Punk-Song, wenn er nicht gerade The Clash oder Arcade Fire covert.

»Komisch, dass mich das nicht wundert.« Meg verdreht die Augen und boxt ihm spielerisch in die Rippen. »Ich nehme ›Like a Virgin‹«, beschließt sie dann, schreibt es auf und sieht mich fragend über den Tisch hinweg an.

»Ich weiß aber ganz zufällig, dass du keine Virgin mehr bist«, sagt Jake und rückt mit einem provozierenden Grinsen näher an sie heran.

»Klappe!«, sagt sie und schubst ihn weg.

»Und du?«, frage ich Matt und beuge mich mit dem Buch zu ihm rüber.

»Weiß nicht.« Wieder spielt er mit seiner Armbanduhr herum und starrt auf die Songliste statt auf mich. Braucht er etwas Druck? Nun, den kann er haben. Er hat mich auch mal dazu gedrängt, öffentlich zu singen – das bekommt er jetzt zurück.

»Tja, mein Lieber«, sage ich, um ihn anzustacheln, »ich bin mir ziemlich sicher, dass immer noch der besagte Abend ist, und folglich bleibt dir nichts anderes übrig, als Ja zu sagen und irgendwas zu singen …«

»Wie konnte ich das vergessen?« Er schüttelt den Kopf.

»Die Liste ist nicht so toll, es sei denn, man steht auf Songs, die älter sind als die eigenen Eltern«, versuche ich zu scherzen, um ihm die Sache zu erleichtern. Ich blättere weiter und suche nach einem Song, den *ich* singen könnte, als ein Zettel herausfällt. Matt hebt ihn vom Boden auf.

»Oh, sieht aus, als wäre der letzte Mensch, der dieses Buch in den Fingern hatte, ein Fan von Green Day gewesen«, sagt er und reicht mir den Zettel, auf dem jemand namens Scott den Titel »21 Guns« notiert hat.

»... der dann aber zu feige zum Singen war«, ergänze ich Matts Satz. Wenn der Zettel noch hier im Buch lag, ist er nie beim DJ angekommen. Ich kenne den Song, sogar ganz gut. Meg und ich hatten vor einigen Jahren unsere Green-Day-Phase, und die lebte wieder auf, als Meg erfuhr, dass die Band ihre Songs zu einem Broadway-Musical umarbeiteten. Seltsamerweise hat es funktioniert. Eine Zeit lang schmetterten wir ständig »American Idiot«. Plötzlich macht es klick in meinem Kopf. Wieder ein Fundstück mit einer Botschaft für diese Nacht. Und obwohl ich nicht mehr an Matts Zettel und Fotos glaube, habe ich nun das Gefühl, dass der Zettel hier ein Hinweis sein könnte.

Ich weiß plötzlich genau, was ich tun werde. Ich sehe Matt an und wappne mich innerlich für den großen Sprung. Ich brauche keinen Anstoß von außen, kein Zureden. Ich bin bereit zu singen.

»Ich habe meinen Song!«, sage ich, streiche Scott durch und schreibe Ella darüber.

»Wirklich?«, fragt Matt und mustert mich. Er kennt den Song natürlich auch.

»Ja, wirklich!«, sage ich.

22. DAMALS

01.10 Uhr

Als ich im One Spin Records auf der Bühne stand, erinnerte ich mich an früher. Als ich noch klein war, hatte ich mir manchmal den Modeschmuck meiner Mutter umgehängt, die Lippen angemalt und mir aufwendige Inszenierungen ausgedacht, nur für mich selbst. Dann trällerte ich Songs aus dem Radio mit und stellte mir vor, ich sei Madonna oder Britney Spears. Ohne zu begreifen, was ich da sang, schmetterte ich drauflos, als stünde ich im Madison Square Garden. Später erfuhr ich, dass meine Mutter mir manchmal heimlich zugeschaut hatte. Sie wusste, dass ich aufhören würde, sobald ich merkte, dass ich beobachtet wurde, doch sie sah mir einfach zu gern zu.

Als ich die ersten Töne sang, dachte ich daran zurück. Als ich meine Deckung verließ und schutzlos dastand. Doch schon nach den ersten Silben merkte ich, dass ich mich gut fühlte. Niemand pfiff oder lachte mich aus oder sagte mir, ich sei schlecht oder würde falsch singen. Und das war … ein superschönes Gefühl. Ich begann zu strahlen.

Meine Stimme war nicht perfekt, bei Weitem nicht. Ich würde nie ein Rockstar oder eine berühmte Schauspielerin am Broadway werden. Doch ich sang weiter, weil es sich gut anfühlte. Ich stellte mir vor, dass meine Mutter sich irgendwo versteckt hatte und mir heimlich zusah. Selbst als ich aufgehört hatte, sie an meinem Leben teilhaben zu lassen – nachdem ich eine Freundin gefunden hatte, die mich besser verstand als sie –, war Mom immer noch an meiner Seite. So ähnlich wie Meg vorhin in der Umkleidekabine. Und auch Jake, Matt, Barker und sogar Gabby. Sie waren alle da und auf meiner Seite, sodass ich das kleine Kind von damals zu einem Star machen konnte. Dieses Wissen war alles, was ich brauchte, um ganz entspannt zu sein.

Aus voller Kehle schmetterte ich den Song. Ich schloss die Augen, gab mich ganz der Musik hin und ließ die Töne aus meinem Körper fließen. Ich tanzte auf der Bühne, bewegte mich um die Jungs herum. Ich sah in mein Publikum und ließ meine Stimme anschwellen. Keine Ahnung, ob sie klatschten oder mich auspfiffen. Doch das wäre mir sowieso egal gewesen. Es war *meine* große Stunde!

Und es war viel zu schnell vorbei.

Voller Energie sang ich die letzte Strophe, schenkte sie den Zuhörern. Erst bei der allerletzten Textzeile zwang ich mich wieder zurück auf die Bühne, zurück zu mir selbst. Die Jungs auf der Bühne warfen mir anerkennende Blicke zu. Ich sah Meg rechts von mir, die sich fast die Seele aus dem Leib schrie. Ich sah das Mikrofon, die Lichter. Ich sah alles. Und ich war ein Teil davon.

Und dann war es vorbei.

Ich stürzte zurück in die Realität, die ich kannte, und rechnete damit, mich gleich schrecklich verlegen oder beschämt zu fühlen … doch als ich ins Publikum schaute, spürte ich nichts davon. Ich fühlte mich nur wahnsinnig lebendig!

Der Applaus setzte ein, donnernd und laut. Niemand hätte mir diesen Auftritt zugetraut, kein Mensch. Es passte so gar nicht zu mir. Ich war nicht laut. Ich war nicht der Typ Mädchen, von dem man erwarten würde, dass es mit einer Band auftritt. Ich war Ella. Doch dieses andere Mädchen, das bisher tief in meinem Inneren versteckt gewesen war, hatte sich nun in die Welt hinausgetraut.

Noch nie hatte ich mich so präsent gefühlt, so sehr Herrin meines Lebens.

Adrenalin pumpte durch meinen Körper, als ich eine tiefe Verbeugung machte. Ich strahlte über das ganze Gesicht.

Ich sah zu Matt, der mir grinsend zuzwinkerte. Er schwang seine Gitarre auf den Rücken und kam zu mir gerannt. Gespannt sah ich zu, wie er immer näher kam. Er nahm mein Gesicht in beide Hände und beugte sich zu mir herab. Und wir küssten uns – diesmal ohne dass uns jemand herausgefordert hätte. Unsere Lippen wurden wie magnetisch voneinander angezogen. Unsere Körper pressten sich aneinander. Ich spürte seine Arme um meine Taille und schlang beide Arme um seinen Hals. In seinem Überschwang hob er mich hoch. Mein Herz klopfte zum Zerspringen, und es gab nur ihn – seine Lippen, seine Arme und seine Berührung.

Das Mikrofon rutschte mir aus der Hand und knallte auf den Boden. Dieses Geräusch brachte uns wieder auf die Erde zurück. Er setzte mich ab und legte seine Stirn an meine. Mit hochroten Köpfen sahen wir uns an und strahlten um die Wette.

»Oh, nehmt bloß keine Rücksicht auf uns. Knutscht ruhig weiter. Wir müssen den Gig ja nicht zu Ende führen oder so«, sagte Jake spöttisch. Verlegen fuhren wir auseinander. Ich konnte keinen mehr ansehen, mein Gesicht brannte, und ich hielt mir schnell die Hände davor. Ich konnte nicht fassen, was mit mir los war, was zwischen Matt und mir geschah, und das vor Dutzenden fremder Augen. Mein Puls raste, und obwohl mir die ganze Sache sehr peinlich war, konnte ich mein Strahlen nicht abstellen. Ich drehte mich um, rannte von der Bühne und direkt in Megs offene Arme.

»Süße, du bist ein Rockstar!«, flüsterte sie mir ziemlich laut ins Ohr.

Und in diesem Moment glaubte ich es wirklich.

23. JETZT

0.35 Uhr

Als wir unsere Songwünsche aufgeschrieben haben, bringe ich die Zettel zur Karaoke-Frau. Sie sieht mich kaum an, nickt und seufzt, als sie unsere Auswahl liest. Diese Songs muss sie sich vermutlich öfter anhören. Matt macht aus seinem Song ein Geheimnis, und brav wie ich bin, habe ich nicht zu ihm rübergeschielt.

Wir reden nur wenig, während wir darauf warten, dass wir an der Reihe sind. Heute Abend sind wenige Leute da, deshalb kann es nicht lange dauern, bis unsere Namen aufgerufen werden.

»Erstaunlich, dass zwei Musiker, die schon vor Hunderten von Leuten aufgetreten sind, wegen ein bisschen Karaoke so nervös sein können!«, spöttelt Meg, und ich grinse.

»Ach was, sind wir doch gar nicht«, protestiert Jake, doch man merkt es ihm an. Er rutscht auf seinem Stuhl herum und spielt mit allem, was auf dem Tisch liegt. Seine Serviette ist zerfleddert, sein Stuhl bewegt sich unaufhörlich. Meg legt ihre Hand auf seine, um ihn zu beruhigen. Diese einfache Geste verfehlt nicht ihre Wirkung.

»Und du?«, frage ich Matt.

»Nö«, sagt er, doch seine Stimme klingt etwas zu hoch. Er fummelt an seiner Uhr herum und blickt stur geradeaus. Seine Augen sind größer als sonst. Ich weiß nicht, was ihn nervöser macht – gleich singen zu müssen oder mit uns zusammen zu sein. Vielleicht denkt er aber auch an letztes Jahr. Es ergibt Sinn, dass wir hier sind und singen, in dieser Nacht der Wiederholungen. Wir wissen beide, wie die Geschichte weitergeht. Doch kann man Geschehenes überhaupt wiederholen? Ich schaue zu ihm rüber und sehe uns noch einmal auf dem Dach der Schule. Wie nah wir uns waren. Und wie nah er mir jetzt wieder ist, zurück in meinem Leben. Er ist so süß, wenn er nervös ist.

Ich habe allerdings nicht viel Zeit zum Überlegen, weil ich als Erste aufgerufen werde.

»WOOOH! ELLA, LOS!«, ruft Meg und wirft die Arme in die Luft. »AUF! AUF! AUF!«

»Oh nein«, stöhne ich und schlage mir die Hände vors Gesicht.

»ELLA!«, stimmt auch Jake mit ein, wohl wissend, wie peinlich mir das alles ist.

»Ich hasse euch!« Ich funkele sie wütend an, auch wenn ich mich freiwillig auf diese Sache eingelassen habe.

»Halb so wild«, sagt Matt und legt mir eine Hand auf die Schulter. Auf meinen Blick hin nimmt er seine Hand hastig wieder weg. Doch da merke ich, wie sehr mir seine Berührung fehlt und wie leer diese Stelle wäre, wenn es ihn nicht gäbe. Ich will seine Hand – und alles andere – wiederhaben.

Kurzentschlossen greife ich nun nach seiner Hand und drücke sie, genau wie vor einem Jahr. Er zuckt leicht zusammen, wie schon damals, und erwidert dann den Druck. Seine Mundwinkel zucken, als wollte er fragen: *Darf ich lächeln?*

Mit wackligen Knien gehe ich zum Mikrofon und denke an meine Freunde hinter mir und dass ich mich gleich blamieren werde. Ja, ich habe seit jenem denkwürdigen Abend noch öfter gesungen, aber mein Lampenfieber ist nie ganz verschwunden.

Trotzdem ist jedes einzelne Mal unvergesslich.

Ich nehme das Mikro vom Ständer und gehe auf die kleine Bühne. Alle sehen mich an, und ich spüre mein Herz bis zum Hals klopfen, Schlag um Schlag, als wollte es seinen eigenen Takt vorgeben. Da fällt mein Blick auf Matt und ich fühle mich plötzlich an den Abend vor einem Jahr zurückversetzt. Ich sehe die anderen Gäste, höre leises Gemurmel. Ich blinzele in das Scheinwerferlicht. Meine Handflächen werden feucht.

Aber drüben am Tisch sitzt Matt und sieht mich an, wie mich noch niemand jemals angesehen hat. Als sei ich sein großer Star. Als sei er bereit, mir die Welt zu Füßen zu legen und noch mehr. Er wird nicht mehr weggehen. Er bleibt. Vielleicht lohnt es sich, diesen Sprung zu wagen. Vielleicht können wir noch einmal ganz von vorn beginnen, die Vergangenheit hinter uns lassen und voller Zuversicht in die Zukunft blicken. Wieder gemeinsame Erinnerungen erschaffen, von denen wir ewig zehren können, sodass wir keine Erinnerungsfetzen von Fremden mehr sammeln müssen. Vielleicht ist es an der Zeit, dass wir beide anfangen zu leben, statt zu planen oder zu wiederholen oder dem aus dem Weg zu gehen, was wir uns wirklich wünschen.

Dann setzt die Melodie ein, und die Millionen von Stimmen, die sich in meinem Kopf streiten, verstummen abrupt. Nur eine einzige von ihnen ist noch da und ich kann sie deutlich hören. Und plötzlich weiß ich ganz genau, was ich will.

Als ich den Text anstimme und den Song für mich sprechen lasse, denke ich an die Stunden im Auto zurück, als wir uns noch kaum kannten, als wir unbeschwert waren. Und auch an die Zeit vor einem Jahr im Plattenladen, als wir noch vorsichtig und unsicher waren. Und obwohl es herrliche Erinnerungen sind, wird mir klar, dass ich doch lieber neue Erinnerungen erschaffen will. Ich will eine neue Geschichte schreiben, eine Geschichte mit offenem Ende. Ich werde Matt verzeihen.

Als Paar waren wir weit entfernt von der perfekten Erinnerung, die ich von uns hatte und im Kopf immer wieder durchspielte. Das weiß ich jetzt. Ich weiß auch, dass diese Nacht alles andere als perfekt war, und der Versuch einer Neuinszenierung der Vergangenheit macht nichts besser. Warum versuchen wir, die Vergangenheit wiederaufleben zu lassen, wo sie doch weit weg und vorbei ist und möglicherweise sowieso nicht unseren Erinnerungen entspricht? Warum versuchen wir nicht, es besser zu machen oder einfach zu sehen, wie es sich entwickelt?

Mein Herz beginnt zu rasen, als mir klar wird, dass ich mir eine Zukunft mit Matt wünsche.

Lay down your arms
give up the fight … you and I.

Lass die Waffen sinken, gib das Kämpfen auf … du und ich.

24. DAMALS

1.15 Uhr

Die Pepperpots spielten noch einen Song, bei dem ich aber nur mit halbem Ohr zuhörte. Ich sah die Bewegungen der Jungs, hörte die Musik, doch meine Aufmerksamkeit galt hauptsächlich Matt, und ich fragte mich, wie diese Nacht weitergehen würde, wenn er die Bassgitarre weglegte. Adrenalin pulsierte durch meinen Körper, und obwohl es schon so spät war, hätte diese Nacht meinetwegen endlos weitergehen können.

Dann endlich, mit einem letzten Akkord und einem letzten »Yeaaah!«, war der Song zu Ende. Ich hüpfte aufgeregt auf und ab. Die Leute schwärmten aus, gingen wieder zu den CD-Regalen oder warteten, um der Band Hallo zu sagen. Meg und ich blieben, wo wir waren; wir mussten uns nicht unter die Fans mischen – wir waren schließlich mit der Band da. Und ich gehörte seit heute Abend ja fast schon dazu …

»Du warst spitze!«, rief Gabby und fiel mir erneut um den Hals. Dieses Kompliment hatte sie mir schon mindestens siebenmal gemacht, und ich hatte nichts dagegen, denn es war an der Zeit, das Vergangene zu vergessen und nach vorn zu blicken. »Hey, was war mit dem Kuss? Gibt es da etwas, das ich wissen sollte?«, fragte sie mich augenzwinkernd.

»Ja, ja, ja«, antwortete ich kichernd und nicht halb so verlegen, wie ich es gewesen wäre, wenn wir uns *vor* der Show in aller Öffentlichkeit geküsst hätten. Auf der Bühne zu singen, hatte mir so einen Kick verschafft, dass ich in diesem Moment das Gefühl hatte, ich sei zu allem fähig, auch dazu, mich wieder mit Gabby zu versöhnen. Die Sache mit Nick gehörte der Vergangenheit an; ich hatte sie abgehakt, Matt war meine Zukunft. Und genau wie Meg würde auch Gabby mich dabei begleiten.

»Im Ernst, es war total süß! Matt passt tausendmal besser zu dir als Nick«, schwärmte Gabby weiter.

»Nicht wahr?«, warf Meg ein und blickte zwischen Gabby und mir hin und her. Ich nickte ihr verstohlen zu, um ihr zu verstehen zu geben, dass alles okay war und ich Gabby endlich verziehen hatte.

»Definitiv!«, sagte ich, und Meg legte uns beiden strahlend einen Arm um die Schultern. »Wir sind wieder zusammen«, verkündete sie triumphierend über unsere Köpfe hinweg, und Gabby und ich kicherten überglücklich. Denn ja, es stimmte.

Als wir uns wieder voneinander lösten, stand ich mit einem dümmlichen Grinsen da und betrachtete mit einem Auge meine zwei besten Freundinnen, während ich mit dem anderen zur Bühne schielte. Matt fing meinen Blick auf, und mein Puls begann zu rasen, als er auf uns zukam – doch am Mikrofonständer blieb er stehen und hielt nur anerkennend den Daumen hoch. Klar, sie mussten ja noch die Instrumente zusammenpacken.

»Und, was nun?«, fragte ich.

»Tja, was dich erwartet, wissen wir ja bereits«, sagte Meg und schmatzte in die Luft.

»Au Mann, das werde ich wohl noch ewig zu hören bekommen«, seufzte ich.

»Oh ja«, sagten Meg und Gabby unisono.

»Hey, schaut, da scheinen aber einige eifersüchtig zu sein«, sagte Gabby mit Blick auf eine Gruppe von Mädchen hinter mir und schnalzte mit der Zunge. Ich drehte den Kopf und sah, dass sie mich alles andere als freundlich beäugten. Beunruhigt wandte ich mich wieder zu meinen Freundinnen um.

»Logisch, dass sie eifersüchtig sind. Der süße Bassist ist schon vergeben? Das muss einem ja das Herz brechen«, kommentierte Meg und griff sich theatralisch ans Herz.

Jake sprang von der Bühne und kam – nein, stolzierte – auf uns zu.

»Können wir kurz darüber reden, warum dein Auftritt beinahe als Porno endete?«, fragte er mich gespielt streng.

»Ooooh«, stöhnte ich mit einem Augenrollen und merkte, dass ich wieder mal rot anlief. Doch bevor ich vor Verlegenheit im Boden versank, nahm er mich – verschwitzt wie er war – in die Arme, und ich spürte, dass er stolz war.

Er ließ mich wieder los, ging zu Meg, und nun bekam sie eine stürmische Umarmung.

»Ooooh«, rief sie ebenfalls und stieß ihn weg. Sie hatte schon einen Schweißtropfen von ihm abbekommen.

»Was ist? Ich dachte, ihr Mädchen steht darauf?«

»Auf Schweiß? Eher nicht.«

»Dann vielleicht nur auf mein umwerfendes Lächeln?«

»Da haben wir ihn wieder, meine Damen und Herren! Jake wie er leibt und lebt!«, spöttelte Meg. Jake drückte sie erneut an sich und rieb seine verschwitzte Stirn an ihrem Gesicht.

»Himmel noch mal!«, schimpfte sie lachend. »LASS DAS!« Sie versuchte ihn wegzustoßen, doch er dachte nicht daran, sie loszulassen, und lachte mit. So glücklich und übermütig hatte ich ihn lange nicht mehr erlebt. Ich glaube, Meg hatte recht gehabt – manchmal tat es einfach gut, sich anzubrüllen!

»Was ist?«, sagte er, wieder mit seinem gekünstelten britischen Akzent. »Wenn ich erst mal ein berühmter Rockstar bin, werdet ihr mit Sehnsucht an diesen Tag zurückdenken.«

»Oh, nicht wieder dieser blöde Akzent«, stöhnte ich.

»Wenn du mal ein berühmter Rockstar bist, werde ich allen verraten, dass du gar kein Brite bist!«, flachste Meg. Er hörte auf, sein Gesicht an ihrem zu reiben, und umschlang sie mit beiden Armen. Sie ließ es zu und lehnte sich an ihn. Dann drehte sie sich zu mir, immer noch in seinem Klammergriff – was sie wahrlich nicht oft zuließ.

Er legte sein Kinn auf ihren Kopf und trommelte mit den Fingern behutsam auf ihren Bauch. Oh-oh, die legendäre Saga von Jake und Meg war definitiv noch lange nicht zu Ende.

»Hey«, hörte ich da Matts Stimme hinter mir. Ich wirbelte herum und sah ihn mit baumelnden Beinen am Bühnenrand sitzen. Über den Rand seiner Brille hinweg, die ihm auf die Nasenspitze gerutscht war, sah er mich an. Er wirkte … schüchtern. Wie fast immer hingen ihm die Haare ins Gesicht und ich hätte sie ihm am liebsten zurückgestrichen. Ohne lange zu überlegen, ging ich auf ihn zu.

»Leute, verschwinden wir von hier. Ich pack's nicht, mir schon wieder eine Knutschorgie anzusehen«, stöhnte Jake. Gesehen habe ich es nicht, doch ich wusste, dass Meg ihm dafür einen Boxhieb verpasst hat.

»Hey, wir mussten uns eure vorhin auch ansehen, jetzt sind *wir* an der Reihe«, konterte Matt über meinen Kopf hinweg. Ich lächelte ihn etwas verlegen an, weil ich nicht wusste, was ich sonst hätte tun sollen. Wir waren uns so nah. Offenbar wusste er auch nicht weiter, denn er begann wieder mit seiner Uhr zu spielen.

»Ich gehe und helfe Barker beim Zusammenpacken«, verkündete Gabby.

»Ja, und ich sollte meine treuen Fans oder wen auch immer begrüßen«, sagte Jake.

»Ha! ›Wen auch immer‹ trifft es wohl am besten«, stichelte Meg, ging aber mit ihm. So kam es, dass Matt und ich allein dastanden. In einem vollen Raum. Neben einer

Bühne, auf der wir uns vorhin noch geküsst hatten. Keine große Sache, oder?

»Na«, sagte er schmunzelnd.

»Na«, erwiderte ich. Schweigen, Schweigen, Schweigen. Und dann lachten wir. Heftig.

»Komm her.« Er nahm meine Arme und zog mich zu sich. Ich stand plötzlich zwischen seinen Beinen, ganz nah bei ihm. Ich atmete seinen Duft ein, der mir jetzt schon vertraut vorkam, bettete mein Kinn auf seine Schulter und schmiegte meine Wange an seine. Selbstvergessen und selig standen wir da, bis unser Lachen irgendwann verebbte.

»Ich sollte mich vermutlich entschuldigen, dass ich auf der Bühne quasi über dich hergefallen bin. War etwas heftig, hm?«

»Etwas?«, wiederholte ich spöttisch und lehnte mich mit dem Oberkörper ein Stück zurück.

»Okay, *sehr.*« Er grinste. »Aber da wir uns zum ersten Mal auf einem Dach geküsst haben und im Rahmen eines Spiels, wollte ich, dass unser zweiter Kuss etwas intensiver ausfällt.«

»Woher hast du überhaupt gewusst, dass es einen zweiten Kuss geben würde?«, fragte ich schelmisch.

»Wusste ich nicht. Hab ich aber gehofft. Und dann, auf der Bühne, vor Publikum – was könnte denkwürdiger sein?«

»Hört hört! Jetzt hast du also eine ureigene Erinnerung!«

»Richtig. Tja, die Nummer mit dem einsamen Außenseiter kann ich vor den Mädchen ab jetzt nicht mehr abziehen.«

»Egal, es gibt massenhaft Anwärterinnen, falls du nicht mehr einsam sein willst.« Mit einer Kopfbewegung deutete ich auf die Leute um uns herum, die sich aber kaum für uns interessierten. Okay, einige der Mädchen starrten neugierig herüber, doch komischerweise war mir das weder peinlich noch schüchterte es mich ein. Stattdessen war ich ... stolz. Wenn ich in Matts Armen lag, war es mir völlig egal, was die anderen dachten.

»Hab ich gesehen. Sie haben mich mit den Augen *ausgezogen!*«

»Ach nee?«

»Quatsch. Ich wollte nur testen, wie es sich anfühlt, Jakes Ego zu haben.« Mit jedem Satz kamen sich unsere Köpfe wieder näher. Zentimeter um Zentimeter ...

»Bitte nicht Jakes Ego.« Noch ein Zentimeter ...

»Versprochen.« Immer näher, bis seine Lippen endlich wieder auf meinen lagen. Diesmal war es ein zärtlicher, behutsamer Kuss. Ich platzte fast vor Glück. Es war ein Gefühl, als könnte ich fliegen. Unser Kuss wurde intensiver und leidenschaftlicher, und wir drückten uns aneinander, als wollten wir uns nie mehr loslassen.

Erst als jemand direkt neben uns Beifall klatschte, fuhren wir auseinander. Es war Jake, wer sonst?

»Meinst du, wir werden irgendwann *nicht* von Jake gestört?«, sagte Matt lachend.

»Ich fürchte nein.« Ich seufzte. »Wir sollten gehen, bevor er noch mitmachen will.« Matt sprang von der Bühne, um sich unter die Menge zu mischen. Doch zuerst nahm er meine Hand – als wäre es die normalste Sache der Welt.

Händchenhaltend gingen wir zu Jake, Meg, Barker und Gabby hinüber, die mitten im Laden an einem Regal mit CDs lehnten und sich über den Auftritt unterhielten.

»Haben wir was verpasst?«, fragte Matt.

»Haben *wir* was verpasst, meinst du sicher, oder?« Jake grinste süffisant.

»Siehst du? Das wird uns ewig anhängen«, sagte ich zu Matt.

»Tut euch keinen Zwang an und macht ruhig mit eurer Knutscherei weiter. Wir sehen euch gern zu.«

»Jake!« Meg gab ihm einen Klaps auf den Arm.

»Hey!« Er packte sie um die Taille und zog sie an sich. »Leute, wie geht's jetzt weiter?«

»Wie spät ist es überhaupt?«, fragte ich.

»Kurz nach eins«, sagte Meg, nachdem sie auf ihr Handy geschaut hatte. »Mist, was können wir so spät noch machen?«

»Ich muss mein Schlagzeug einladen und dann verschwinden«, erklärte Barker. »Wenn ich Gabby nicht in Bälde zu Hause abliefere, bringt ihr Vater mich um.«

»Ach was, tut er nicht«, versicherte ihm Gabby, drehte sich dann aber zu uns um und gab uns lautlos »Tut er doch« zu verstehen. Ich musste mir das Lachen verkneifen.

»Gute Show, Jungs!«, sagte Barker und klatschte mit Jake und Matt ab.

»Echt schwach«, kommentierte Jake. »Dann bring deine Kleine eben nach Hause.«

»Macht mir nichts aus«, erklärte Barker. Gabby sah Jake kopfschüttelnd an und verdrehte die Augen. Bevor sie gingen, kam Barker noch schnell zu mir und umarmte mich zum Abschied.

»Damit hab ich nicht gerechnet«, flüsterte er mir ins Ohr.

»Ich auch nicht«, flüsterte ich zurück. »Aber ich bin froh, dass es so kam.« Er trat einen Schritt zurück und salutierte grinsend vor mir, was er immer tat, wenn er sich freute. Gabby kam auch noch mal herbeigelaufen und fiel jedem von uns zum Abschied um den Hals.

»Echt, du warst spitze«, versicherte sie mir ein weiteres Mal, und ich grinste übers ganze Gesicht.

»Komm, Schatz!« Barker legte Gabby einen Arm um die Schultern. Sie schlang ihre Finger um seine Hand. Als ich ihnen nachblickte, dachte ich über ihre Beziehung nach, wie stabil sie war und wie zärtlich die beiden immer zueinander waren. Irgendwie sah alles immer sehr privat aus. Und auf der anderen Seite waren da Meg und Jake mit ihrer Impulsivität und ihrer Leidenschaftlichkeit, die sie vor aller Welt auslebten. Ich glaube, zu mir passten beide Extreme nicht.

»Du, Meg«, sagte ich, weil mir plötzlich einfiel, dass wir ein Problem bislang erfolgreich verdrängt hatten. »Wo schlafen wir eigentlich heute Nacht?«

»Himmel, du hast recht.«

»Was soll das heißen?«, erkundigte sich Matt.

»Meg hat ihren Eltern erzählt, sie würde bei mir übernachten. Und meine denken, ich übernachte bei ihr. Unsere Eltern überprüfen das nie, weil wir sowieso dauernd mal da und mal dort sind. Heute aber nicht.«

»Und folglich können wir weder zu ihr noch zu mir gehen, denn sonst würden wir auffliegen, und sie wüssten, dass wir uns bis weit nach Mitternacht herumgetrieben haben.«

»Dann kommt doch mit zu mir«, bot Jake an und schob die Hände in die Taschen von Megs Jeans.

»Kommt nicht infrage.«

»Und wie wär's mit mir?«, sagte Matt arglos.

»Sorry, aber das geht mir doch etwas *zu* schnell. Ich finde unser Tempo schon beachtlich genug.« Ich grinste, obwohl mich sein Vorschlag durchaus reizte.

»Ich meine es ernst. Meine Eltern hätten nichts dagegen. Als ich sie vorhin anrief, hat meine Mutter es von sich aus vorgeschlagen, weil es schon so spät ist.« Aha, er hatte also vorhin mit seiner Mutter telefoniert. Er sah mich an. »Ich habe noch nie jemanden mit nach Hause gebracht. Also, als ich noch klein war, schon, aber nicht oft. Ich ging lieber zu den anderen nach Hause. Das hat meinen Eltern nicht gefallen, aber ich wollte nie, dass jemand Einblick in unser provisorisches Zuhause bekommt. Und deshalb weiß ich, dass sie sich wirklich freuen würden, obwohl es schon so spät ist. Als ich ihnen sagte, dass ich am Abend etwas vorhabe, haben sie mich praktisch rausgeworfen. Auweia, ich merke gerade, dass ich wie der totale Loser klinge. Ihr könnt immer noch Reißaus nehmen.«

»Du hast echt 'nen Knall, stimmt's?«, sagte Jake, ohne Meg loszulassen.

»Ich glaube, sie haben ein schlechtes Gewissen, weil wir dauernd umziehen. Da fällt es einem schwer, Freundschaften zu schließen.« Ich legte einen Arm um seine Taille und lehnte den Kopf an seine Schulter. Er brauchte es, ein bisschen geknuddelt zu werden. »Also, zu mir?«, fragte er.

Ich sah Meg an und sie zuckte mit den Schultern. »Wir haben keine andere Wahl. Aber nur, wenn du uns versprichst, dass deine Leute keine Vampire oder Ähnliches sind.«

»Nö, nur Zombies. Moment, ich ruf sie kurz an.« Er entfernte sich ein paar Schritte von uns und zückte sein Handy.

»Ich komme auch mit«, erklärte Jake. »Ich kann euch zwei Süßen doch in einem Haus voller Zombies nicht allein lassen.«

»Ich denke, diese Gefahr besteht nicht, Jake«, sagte ich lächelnd. In Wirklichkeit war ich ganz schön nervös. Ich fand es aufregend, bei Matt zu übernachten und seine Familie kennenzulernen. Aber ich wusste rein gar nichts über sie. Was, wenn sie verrückt waren? Oder mich nicht mochten?

»Egal, ich komme trotzdem mit«, beharrte Jake. »Erstens kenne ich Matts Eltern bereits, sie sind cool, und zweitens würden sie sich bestimmt wundern, wenn ihr Sohn mit zwei wildfremden Mädchen ankommt. Außerdem haben wir dann noch etwas mehr Zeit für das hier.« Wieder versuchte er, seinen Schweiß an Meg abzuwischen.

»Irgendwann bringe ich dich noch um, weißt du das?«, drohte Meg. Da trat Matt wieder zu uns.

»Geht klar. Jake, was ist? Willst du auch mitkommen?«

»Hey, wieso sind deine Eltern so spät noch auf?«, wunderte ich mich. »Sie sind also doch Vampire, stimmt's?«

»Klar, Kumpel, ich komm gern mit«, sagte Jake großspurig wie immer. »Jemand muss schließlich auf die beiden Ladys hier aufpassen. Du weißt ja, wie sie sind.«

»Aha.« Matt wandte sich wieder an mich. »Meine Eltern? Die hab ich gerade geweckt. Sie sind einverstanden, genau wie ich dachte. Haben sich fast *zu sehr* gefreut. Meine Mutter bezieht gerade die Betten und schiebt eine Pizza in den Backofen. Sie ist echt verrückt.«

»Oje, wir werden sterben«, stöhnte Meg. »Sie werden uns aufessen.«

»Aber immerhin werden wir in frisch bezogenen Betten sterben«, gab ich grinsend zu bedenken.

»Matt, hier sind meine Schlüssel. Fahr du mit Ella schon mal voraus«, sagte Jake und warf Matt seinen Autoschlüssel zu. »Ich weiß noch, wo du wohnst, und kann Meg zeigen, wo's langgeht.« Er grinste sie anzüglich an.

»Ach nee?« Sie boxte ihn leicht in den Bauch. Er zog sie mit sich zur Tür und Meg leistete nur der Form halber Widerstand.

»Okay, dann können wir ja auch los«, sagte Matt und umklammerte die Schlüssel.

»Alles okay?«, fragte ich, weil er plötzlich so nervös wirkte.

»Ja, alles bestens. Ich bin nur …«

Ich musterte ihn und fragte mich, was ihm wohl gerade durch den Kopf ging. War es ihm *doch* peinlich, mich seinen Eltern vorzustellen? Wahrscheinlich war es doch zu früh. Ich verspürte einen Anflug von Panik.

»Du, ich muss dich etwas fragen«, sagte er plötzlich sehr förmlich. »Willst du mal mit mir ausgehen? Ich meine, zu einem Date oder so? Himmel, das klingt ja total doof. Ich bin nicht gut in solchen Sachen.«

Ich lachte, weil ich nicht wusste, wie ich sonst hätte reagieren sollen. »Aber gern«, sagte ich dann und fiel ihm um den Hals. Sein Körper entspannte sich, als er seine Arme um meine Taille schlang. »Wir haben uns schon geküsst, Matt. Ich glaube, wir sind über das Stadium des ersten Dates hinaus.«

»Okay, gut.« Er lachte erleichtert auf. »Denn ich will nicht lügen, wenn ich dich als meine Freundin vorstelle.«

»Das willst du tun?« Verblüfft blickte ich zu ihm hoch.

»Klar, warum nicht? Ich weiß, wir haben uns gerade erst kennengelernt und alles … aber du bist ein wunderbarer Mensch. Du bist lustig und freundlich und mitreißend.« Er fasste mir unters Kinn und hob mein Gesicht an, sodass ich ihn wieder ansehen musste. »Ich mag dich wirklich sehr.«

»Ich dich auch«, sagte ich und besiegelte diese Aussage mit einem Kuss. Die alte Ella hätte sich das nie getraut, doch das war der neuen Ella, der, die sich ans Mikrofon stellte und sang, völlig egal. Die war nach ihrem Auftritt noch unglaublich in Fahrt und wollte nicht so schnell wieder abbremsen. Die Situation war völlig verrückt und aufregend, und ich wusste nicht, was das alles bedeutete, doch ich war mittendrin. Diesmal war nicht Meg der strahlende Star, sondern *ich.*

Wir standen noch mitten in dem Plattenladen, umgeben von zig Leuten, doch das war uns völlig egal. Wir umarmten uns, genossen den Moment und verschmolzen zu einem ganz neuen Wir. Eng umschlungen, unsere Lippen aufeinandergepresst. Und diesmal wurden wir *nicht* von Jake gestört!

25. JETZT

0.45 Uhr

Meg und Jake klatschen noch immer wie verrückt, als ich die Karaoke-Bühne verlasse. Sie machen mich verlegen, aber ich liebe sie trotzdem. Als ich zum Tisch zurückkehre, fällt Meg mir um den Hals, und ich lasse mich von ihr drücken und schließe die Augen, um diesen Moment zu genießen. Und das Gefühl, dass alles gut wird.

Als sie mich loslässt, kann ich endlich zu Matt schauen. Er lächelt mich an, doch seine Augen lächeln nicht mit.

»Na du«, sage ich und hebe verlegen eine Hand, um ihm zuzuwinken. Was kann man sonst tun, wenn man jemandem gerade öffentlich – durch einen Song – gesagt hat, dass man bereit ist, einen Neuanfang mit ihm zu wagen?

»Du warst toll, echt klasse«, sagt er, doch er sieht weder aufgeregt noch erfreut aus – wie ich erwartet hätte –, sondern fast traurig. »Ich … ähm, bin gleich wieder da.« Und dann steht er auf und verlässt die Bar. Ich stehe da wie bestellt und nicht abgeholt.

»Was sollte das?«, fragt Meg, doch ich zucke nur mit den Schultern, weil ich es selbst gern wüsste.

Und ich werde es herausfinden!

»Moment!«, rufe ich und laufe ihm nach, die Treppe hinauf und zur Eingangstür hinaus. Ich sehe ihn nervös auf dem Parkplatz hin und her gehen.

»Matt!«, rufe ich, und er wirbelt herum. »Was ist los?« Ich eile auf ihn zu, damit ich nicht länger schreien muss. Er ist stehen geblieben, doch er weicht meinem Blick aus. Er muss mich ansehen. Er muss mir erklären, was plötzlich in ihn gefahren ist.

»Schon gut, ich hab's kapiert«, sagt er leise.

»Was hast du kapiert?« Wenn er begriffen hat, was ich ihm mit meinem Song sagen wollte, müsste er sich dann nicht freuen? Hat er sich das nicht gewünscht? Oder bin ich total auf dem Holzweg?

»Ich habe mir nur gedacht …« Er rauft seine Haare. »Ich weiß nicht. Ich hatte es mir so schön vorgestellt.«

»Was?«, frage ich.

»Wieder hier zu sein. Ich meine, als Jake zu dir und mir sagte … aber was soll's?« Er nimmt sein hektisches Gerenne wieder auf.

»Matt, bitte! Wovon redest du?«

Er dreht sich wieder zu mir um, und ich merke, wie verloren er wirkt, wie einsam, aber ich weiß immer noch nicht, warum. »El, ich hab's begriffen. Was du gesungen hast. Ich werde dich und deine Clique wieder in Ruhe lassen. Mach dir deshalb keinen Kopf.«

»Was redest du da?« Ich halte ihn an den Schultern fest, damit er stehen bleiben muss. Er hebt den Kopf und sieht mich endlich an, unsagbar traurig. Er hat nichts begriffen, rein gar nichts. »Sag mal, streiten wir uns etwa, weil du einen Songtext falsch interpretiert hast?«, frage ich. Mir fällt ein Stein vom Herzen. Am liebsten hätte ich gelacht. Es mag ja leichter sein, mittels Noten und Liedern zu kommunizieren, doch es lohnt sich *nie,* niemals. Ich finde diese Situation fast zum Lachen.

Er legt den Kopf schief, und obwohl er immer noch sichtlich skeptisch ist, wirkt sein Gesicht etwas weniger verschlossen.

»Matt ... als du heute Abend so unerwartet vor mir gestanden hast, war ich total überrumpelt. Ich war zu ... überrascht und noch ...« Ich seufze und gebe mir einen Ruck, um es endlich auszusprechen. »... noch nicht über dich hinweg. Obwohl ich mich all die Monate darum bemüht habe, über dich hinwegzukommen. Aber ich konnte nicht einfach wieder dort anknüpfen, wo wir mal waren.«

»Müssen wir auch nicht. Ich wollte nur ...«

Ich ignoriere seinen Einwand. »Die Sache ist die, dass ich es gar nicht *will.* Ich habe keine Lust, Szenen aus der Vergangenheit nachzuspielen und sie schriftlich oder in Form von Armbändern festzuhalten.« Ich hebe mein Handgelenk hoch, um meine Worte zu unterstreichen. »Die Vergangenheit ist vorbei, und ich bin bereit, einen Neuanfang zu wagen. Ich kann dir nicht mehr böse sein.« Er starrt mich an und zieht fragend eine Augenbraue hoch. So peinlich mir diese Situation auch ist, ich sehe ihm in die Augen, um mein Geständnis loszuwerden. »Dafür mag ich dich zu sehr.«

»Wirklich?« Er flüstert dieses Wörtchen nur und die Erleichterung in seinem Gesicht ist kaum zu beschreiben. Ich nicke, zu mehr bin ich nicht fähig. Ich habe es satt, im Dunkeln zu stehen, ich will endlich ins Licht, will endlich auch strahlen. »Aber was war mit diesem Song?«, fragt Matt.

»Damit wollte ich dir auf meine Art sagen, dass ich mich mit dir versöhnen will. Ich will die Vergangenheit vergessen und wieder mit dir glücklich sein.« Ich schüttele den Kopf. »Aber ich fürchte, das kam nicht so ganz rüber, hm?«

»Nicht wirklich.« Er lacht. »Jetzt weiß ich, wie es dir mit meinen Zetteln ergangen ist ...« Als er fortfährt, wirkt er plötzlich wieder nachdenklich. »Du gehst ja bald weg ...«

»Stimmt«, sage ich. »Aber erst in drei Monaten. Und ich glaube, sie werden sehr viel schöner, wenn du dabei bist.« Ich lächele ihn an.

Sein Gesicht ist ein einziges Fragezeichen, doch er wagt nicht zu fragen: *Wirklich?* Ich will gerade auf seine unausgesprochene Frage antworten, doch er kommt mir zuvor.

»Warte, das wollte ich dir heute Abend eigentlich geben«, sagt er und zieht einen gefalteten Zettel aus seiner Hosentasche. Mein Magen zieht sich zusammen, denn ich hatte gehofft, wir seien über dieses Stadium hinweg.

Langsam falte ich den Zettel auseinander und sehe, dass er leer ist. »Was soll das sein?«

»Nichts. Ich will dir damit nur sagen, dass ich nicht mehr

durch Zettel mit dir kommunizieren will und auch nicht mehr von irgendwelchen Erinnerungen zehren möchte. Nach jedem Umzug haben Chris und ich auf unterschiedliche Weise versucht, uns anzupassen, doch nichts davon hat funktioniert. Ab jetzt möchte ich nur versuchen … im Hier und Jetzt zu leben.«

»Das finde ich gut«, sage ich und stecke den Zettel ein. Etwas Ehrlicheres habe ich noch nie von ihm bekommen.

»Gut, und was machen wir jetzt?«, fragt er. Er steht noch immer gut einen Meter von mir entfernt. Ich sehe ihn an und würde mich am liebsten in seine Arme werfen und ihn festhalten. Nicht, weil ich es früher schon gemacht habe, sondern weil es sich genau in diesem Moment richtig anfühlt.

Ich strecke meine Hand aus, bereit, den nächsten Schritt zu machen. Oder den ersten. »Hallo, ich bin Ella. Ich treibe mich gern nachts auf dem Schulgelände herum, mag alberne Witze und singe hin und wieder in einer Band.«

Lachend schüttelt er meine Hand. »Ich bin Matt. Ich mag auch gern alberne Witze und bin Bassist in einer Band. Und ich bin vor wenigen Tagen nach Orlando zurückgekehrt wegen eines Mädchens, das mir nicht mehr aus dem Kopf ging. Wie ich jetzt weiß, hält sie mich zum Glück nicht für einen Vollidioten.«

»Klingt, als wäre sie ganz nett«, sage ich und spüre, wie sein Daumen über meinen Handrücken streicht.

»Oh, das ist sie. Obwohl sie Schiss hat, wenn sie beim Gewitter von einem Dach klettern muss.«

»Hey!« Ich lache, als er mich langsam an sich zieht.

»Aber das macht sie wett, indem sie supersüß ist.« Wir sind uns jetzt ganz nah und mein Herz klopft voller Vorfreude.

»Schon besser«, sage ich leise und genieße diese freudige Erwartung. Ich will ihm noch näher sein und den Abgrund, der uns trennt, für immer überwinden.

»Und sie hat ein bezauberndes Lächeln«, fährt er fort und sieht mich eindringlich an, und ich begreife, was er damit sagen will. Das stand auf dem Flyer von dem Gig im vorigen Jahr. Damals – und auch viele andere Male – gab er mir irgendwelche Zettel, um mir mitzuteilen, was er dachte oder empfand – weil er zu schüchtern war, um es auszusprechen. Aber jetzt … jetzt wagt er es. Er springt ins kalte Wasser, öffnet sich und *redet* mit mir. Ich lehne mich ihm und seinen Worten entgegen, weil er die Barriere eingerissen hat und nichts mehr uns trennt.

»Vielleicht stellst du sie mir eines Tages mal vor …«

»Gut möglich«, sagt er und nimmt mein Gesicht in beide Hände. »Aber fürs Erste will ich sie noch ein bisschen für mich behalten.«

Er beugt sich zu mir herab, und gerade als mein Herz zu zerspringen droht, spüre ich seine Lippen auf meinem Mund. Es ist ein zarter, süßer Kuss, der sich anfühlt, als wäre ich zu Hause angekommen.

Lächelnd löst er sich dann wieder von mir und hält mich so behutsam, als sei ich aus Glas und könne zerbrechen. Ich schlinge meine Arme um seine Taille und blicke zu ihm hoch. Doch bevor wir uns erneut küssen, möchte mein Verstand noch etwas wissen.

»Bist du meinetwegen zurückgekommen?«, frage ich, als sein Gesicht mir ganz nah ist.

Er errötet, weicht aber nicht zurück. »Natürlich. Was ich vorhin sagte, war nicht gelogen, die UCF ist tatsächlich eine gute Uni, aber … Ich war mein ganzes Leben lang unterwegs und habe eine Heimat gesucht – und bei *dir* habe ich sie endlich gefunden.«

Die große Leere in mir füllt sich mit Wärme und mein Herz fängt wieder an zu schlagen und zu atmen. Ich lege beide Hände an seinen Hinterkopf, fasse in seine Haare. Sein Körper wird weich, gibt sich meiner Berührung hin, und unweigerlich kommt es zum nächsten Kuss.

Es sind keine zarten, süßen Erkundungsküsse mehr wie vorhin. Unsere Küsse sind fordernd und voller Leidenschaft und entschädigen uns für die ganzen verlorenen Monate. Er erdrückt mich fast vor Verlangen. Meine Arme liegen um seinen Nacken. Unsere Lippen wollen nicht mehr voneinander ablassen. Schon die kurzen Augenblicke des Luftholens sind uns zu lang. Die Erde dreht sich weiter, und die Minuten vergehen, doch wir bleiben, wo wir sind. Zusammen.

Ich will es. Ich stehe zu meiner Entscheidung.

Irgendwann aber lösen wir uns wieder voneinander, doch unsere Gesichter bleiben nah beieinander. Er legt seine Stirn an meine, spielt mit meinen Haaren, und ich spüre genau, dass er dasselbe empfindet wie ich. Er kann das dämlich-selige Grinsen auf seinem Gesicht genauso wenig abstellen. Wir lachen, was könnten wir sonst tun?

»Ähm ...« Wir sind so ineinander versunken, dass ich weder gemerkt habe, dass weitere Autos auf den Parkplatz gefahren sind, dass die Musik, die die Treppe heraufdringt, eine grässliche Version von »Buddy Holly« der Band Weezer ist, noch dass Jake und Meg keine zwei Meter weit weg stehen und zu uns herübersehen. Erschrocken zucken wir zusammen, lassen uns aber nicht los. Wir wollen uns nie mehr loslassen.

»Ich würde sagen, unsere Mission ist erfüllt«, sagt Jake und verschränkt die Arme vor der Brust. Meg strahlt über das ganze Gesicht. Wie es scheint, ist alles verziehen und vergessen. Na ja, wir sehen vermutlich so glücklich aus, dass sich jeder mit uns freuen muss.

»Wundert mich komischerweise nicht, dass Jake uns schon wieder stört«, flüstert mir Matt ins Ohr und zieht mich noch enger an sich. Ich versuche, mein Kichern an seiner Schulter zu ersticken. Es fühlt sich so *richtig* an. Diese ganze Situation. Ich spüre seine Lippen in meinem Haar und präge mir dieses Gefühl ganz tief ein. Wir müssen keine Zettel vom Boden auflesen, um uns an diesen Abend zu erinnern; die allerschönsten Erinnerungen haben wir gerade selbst geschaffen.

26. DREI MONATE SPÄTER

19.00 Uhr

Ich sehe die Lichter zuerst, die sich grell am Abendhimmel abzeichnen. Es sind die weißen, roten und blauen Lichter des Volksfests, die Besucher herbeilocken sollen. Das sich langsam drehende Riesenrad ragt am höchsten in den Himmel. Daneben steht eine Achterbahn, deren Schienen schrecklich oft und schrecklich steil auf und ab führen.

»Das Volksfest!«, rufe ich und denke prompt an den herrlichen Tag vor einem Jahr zurück, als ich mit Matt hier war und er mir keine Ruhe ließ, bis er mich zu einer Achterbahnfahrt überredet hatte.

»Genau«, sagt Matt lächelnd. »Passt doch, um deinen letzten Abend hier in Orlando zu feiern, oder? Meg und Jake dürften auch bald hier sein.«

»Du bist der Beste.« Ich drücke ihm ein Küsschen auf die Wange. Es ist tatsächlich mein letzter Abend hier in Orlando – und was könnten wir da anderes machen, als irgendwas Verrücktes mit Meg und Jake zu unternehmen?

Matt parkt auf einer nahen Wiese und wir gehen Hand in Hand zum Festgelände. Seit dem Abend auf dem Parkplatz vor Kiki's hat er mich kaum noch losgelassen. Und obwohl wir nicht wissen, was die Zukunft bringen wird, haben wir nicht vor, uns in nächster Zeit zu trennen.

Matt kauft die Tickets und wir betreten das Gelände. Der typische Volksfest-Geruch empfängt uns: eine Mischung aus Sägespänen und Süßigkeiten, Ponys und Gebäck. Zu unserer Linken ist ein Stand, an dem Zuckerwatte verkauft wird, in Pink oder Blau; rechts sind Losbuden, laute Spielautomaten mit blinkenden Lichtern und Stände, an denen man Flaschen umwerfen soll oder sich Nippes erschießen kann. Geradeaus geht es zu den Fahrgeschäften.

»Ich möchte schnell noch eine Sache machen, bevor die anderen hier sind«, sagt er mit einem spitzbübischen Grinsen.

»Und das wäre?«

»Wart's ab.« Er zieht mich zu einer der Wurfbuden.

»Ich weiß nicht, ob in meinem Zimmer im Studentenwohnheim ein riesiges Plüschtier Platz hätte«, sage ich grinsend. Er drückt meine Hand und küsst mich auf die Wange.

»Solche Sachen machen wir später. Jetzt will ich dein persönlicher Strong Man sein.«

»Oh, muss man dafür nicht Muskeln haben?«, feixe ich.

»Autsch, das war fies!« Lachend zieht er mich weiter. »Irgendwo da drüben müsste es sein.« Dann stehen wir vor einem Fotoautomaten.

»Fotos machen?«, frage ich und weiß nicht recht, was das soll.

»Komm, frag nicht lange. Mach einfach mit.« Ich nicke brav und gehe mit ihm in die Kabine. Wir ziehen den Vorhang zu, und es ist so eng, dass ich mich auf seinen Schoß setzen muss. Ich drücke mich an ihn, und als das Licht aufblitzt, schneiden wir die unmöglichsten Grimassen, um einander zum Lachen zu bringen. Wir steigern uns so in unser albernes Getue hinein, dass man auf der letzten Aufnahme sicher nur zwei verschwommene lachende Gesichter erkennen wird.

Dann das Ganze noch einmal.

Danach stellen wir uns vor den Automaten und warten. Als der erste Fotostreifen mit vier Aufnahmen ausgespuckt wird, schnappe ich ihn mir, und während wir auf den zweiten Streifen warten, studieren wir schon mal unsere lachenden Gesichter. Wie auf den Fotos, die Matt noch auf seinem Handy hat, wirken wir total glücklich.

»Ich sehe doof aus«, sage ich.

»Nein, du siehst süß aus«, behauptet Matt, und da kommt auch schon der zweite Streifen heraus. Doch er macht keine Anstalten, ihn an sich zu nehmen. Als ich mich bücken will, hält er meinen Arm fest.

Irritiert frage ich: »Was ist?«

»Lass sie da.«

»Warum?«

»Als nette Erinnerung für jemand anderen?«

Ich lächele, als mir einfällt, dass seine Sammelleidenschaft mit einem Foto von drei lachenden Fremden begann. Das machte ihn neugierig und gab ihm etwas, an dem er sich festhalten konnte, bis er schließlich Anfang dieses Sommers hierher nach Orlando zurückkam und damit aufhörte, alle möglichen Zettel vom Boden aufzuheben. Er braucht keine fremden Erinnerungen mehr, so wenig wie ich. Jemand wird unseren Fotostreifen heute Abend noch finden. Was wird derjenige oder diejenige sich dann denken? Vielleicht haben unsere Fotos eine ähnliche Wirkung und zeigen dem Finder – oder der Finderin –, dass es durchaus so etwas wie Glück auf diesem Planeten gibt. Vielleicht inspirieren sie ihn – oder sie – sogar dazu, auch mit dem Sammeln anzufangen?

»Was nun?«, fragt er und legt einen Arm um meine Taille.

»Achterbahn?«, schlage ich todesmutig vor.

»Wie? Plötzlich keine Angst mehr?«, fragt er überrascht.

»Angst? Die habe ich mir abgewöhnt«, sage ich, drücke seine Hand und ziehe ihn hinter mir her. Ich brauche kein Armband und kein Anfeuern mehr, um zu wissen, dass ich etwas schaffen kann. Obwohl die Armbänder nette Erinnerungsstücke sind, stelle ich mich jetzt dem Leben, so wie es kommt.

Wir müssen nicht lange anstehen. Es sind Massen von Leuten hier, doch die meisten interessieren sich offenbar mehr fürs Riesenrad oder die diversen Schieß- und Wurfbuden. Die Achterbahn ist nicht sonderlich begehrt. Was mir umso mehr Angst einflößt …

»Tickets?«, fragt der Mann mit dem rot-weiß gestreiften Hemd. Er wirkt erschöpft, seine Stimme klingt müde. Vermutlich hat er es satt, dauernd anderen dabei zusehen zu müssen, wie sie Spaß haben. Unter seiner zum Hemd passenden, rot-weiß gestreiften Kappe lugen graue Haarsträhnen hervor.

Matt zeigt ihm unsere Tickets und wir gehen auf einen schillernden grünen Drachen zu. Über unseren Köpfen hängt ein Schild: Drachenrennen. Die Schienen sehen alt und verwittert aus; sie sind nicht mehr silbrig, sondern haben einen abgenutzten Grauton. Der Drache wackelt, als wir uns hineinsetzen.

»Hoffentlich sind wir nicht zu schwer dafür«, sage ich etwas ängstlich.

Statt einer Antwort gibt Matt mir einen Kuss. Dann klappen wir die Bügel herunter und warten darauf, dass es losgeht.

»HEY!«, höre ich da jemanden rufen und sehe, wie Meg angerannt kommt. Jake folgt ihr etwas langsamer. »ELLA, LOS, LOS, LOS!«, ruft sie und feuert mich wie üblich an, und ich winke ihr strahlend zu. Und obwohl ich im Moment etwas Bammel habe, freue ich mich, dass sie gekommen sind.

»Bereit?«, fragt Matt leise, und ich greife wieder nach seiner Hand.

Das ist der Teil, den ich am meisten hasse. Die Aufregung vor dem Start. Ganz ähnlich wie vor einem Auftritt, wenn ich singe. Doch wenn es losgeht, ist alles vergessen. Immer.

Es beginnt ganz langsam, die Schienen führen aufwärts, es geht die erste Anhöhe hinauf, unweigerlich dem ersten Absturz entgegen. Wir hören das Klick-klick-klick der Räder, die eine trügerische Sicherheit vermitteln. Aber in Wirklichkeit zählen sie nur die Sekunden bis zu dem Punkt, an dem wir dem Erdboden entgegenrasen werden. Als wir uns der ersten Kuppe nähern, denke ich an den Abend zurück, an dem Matt und ich uns trafen.

Es war ganz ähnlich, ein langsames Ansteigen bis zum ersten Gipfel. Kleine Gesten und Andeutungen: Klick-klick-klick. Und dann – *wuuusch!* – verlieben wir uns, und wie! Die erste Biegung, so eng, dass man Angst bekommt, aus der Kurve zu fliegen, und es fühlt sich an wie der erste Kuss, der mir fast den Verstand raubte. Dann geht es eine Zeit lang nur gemächlich geradeaus, es folgt der jähe Absturz, und wir verlieren uns. Doch dann wieder eine Steigung, eine weitere Runde, die uns rasend schnell wieder nach oben katapultiert. Wir reden und lernen uns neu kennen. Und wieder geht es rasant in die Tiefe, doch ehe wirs uns versehen, stehen wir vor Kiki's und knutschen wie die Weltmeister. Es ist uns egal, wer uns sieht oder hört, als wir bei der nächsten Kurvenfahrt und beim nächsten tiefen Fall aufschreien. Und ich weiß, dass noch mehr kommen wird. Ich weiß, dass es weiter auf und ab gehen wird und wir Kurvenfahrten und Loopings machen werden – aber was soll's? Ich lasse die Augen geschlossen und genieße die Fahrt, höre Matt neben mir schreien. Zu wissen, dass er die ganze Zeit bei mir ist, macht alles so viel schöner. Wir werden es schaffen – das *weiß* ich.

Als wir die Bügel geöffnet haben, springt Matt auf, er sieht wild und aufgeregt aus, voller Adrenalin. So sieht er auch immer nach einem Gig aus. Normalerweise dauert es eine gute Stunde, bis dieses Hochgefühl nachlässt, und bis dahin ist er nicht zu bremsen. Genau wie ich, wenn ich mit der Band als Sängerin auftrete, was ich immer noch hin und wieder tue. Beim Aussteigen hält er meine zitterige Hand. Ich bin überdreht, außer mir vor Freude und platze fast vor Stolz. Ich freue mich noch mehr, als ich Meg mit einem kleinen Plüschbären sehe, den Jake für sie gewonnen hat, doch er tut so, als sei es keine große Sache. Es ist ein herrliches Gefühl, mit Matt hier zu sein und mit meiner besten Freundin und deren Freund, und obwohl es mein letzter Abend in Orlando ist, weiß ich, dass es noch lange nicht zu Ende ist. Ich spüre mein klopfendes Herz, den Wind in meinen Haaren und ich lache vor Glück. Es ist mir egal, was als Nächstes kommt, denn ich bin bereit dafür. Wenn ich mich traue, mit einer Achterbahn zu fahren, traue ich mir auch alles andere zu.

Und als Matt sich vorbeugt, mich auf die Wange küsst und fragt, ob ich noch einmal fahren möchte, was kann ich da anderes sagen als »Ja«?

DANK

Ich danke meiner Verlegerin, Karen Chaplin, dass sie mir und meinem Buch »Die Nacht, in der wir uns wiedersahen« eine Chance gab. Für ihre Begeisterung, ihre redaktionellen Anmerkungen und ihre Liebe zu meinen Romanfiguren. Sie hat mir geholfen, mein Buch in die Form zu bringen, in der es nun vorliegt. Ich danke auch dem gesamten HarperTeen-Team – ihr seid einfach großartig und ohne euch hätte es dieses Buch niemals gegeben.

Ich danke Michelle Andelman, der besten Literaturagentin der Welt. Danke, dass Sie von Anfang an an mein Buch geglaubt haben und genau wussten, wie man am meisten aus der Geschichte herausholen kann, für Ihre Tipps und Anregungen und Ihre Geduld angesichts meiner unzähligen (nicht wahr …?) E-Mails. Ohne Sie hätte ich das alles nicht geschafft. Ich danke außerdem allen Mitarbeitern der Agentur Regal Literary, die mein Buch aufgenommen haben.

Ganz herzlich danke ich auch meinen ersten Lesern, die mir von Anfang an mit Rat und Tat zur Seite standen:

Colure Caulfield für ihr scharfes Auge, Katie Harding für ihre Beiträge zum Plot, Joe Chandler, der die männliche Sichtweise beitrug, und Misty White, die meine Protagonistin Ella psychoanalysiert hat. Und ich danke euch, Megan Donnelly und Michelle Carroll, für eure unerschütterliche Unterstützung und euren Wunsch, so schnell wie möglich mehr zu lesen. Ich liebe euch alle!

Schriftsteller brauchen immer auch gute Freunde. Ich danke Jessica Martinez und Jenny Torres Sanchez für ihre Ratschläge, ihre Unterstützung und dafür, dass sie mich mit großer Geduld immer wieder aufbauten und mich Dampf ablassen ließen.

Ich danke den ursprünglichen Pepperpots: Joe Davenport, Dan Lugo und Ben Grey. Nach wie vor bin ich davon überzeugt, dass ihr die beste Highschool-Band wart, die die Welt je gesehen hat.

Ich danke allen bei Alafaya Library, die meine Begeisterung für Bücher für junge Leser (und alles andere) aufgegriffen haben. Dieses Buch muss bitte für immer in eurem Regal stehen bleiben.

Danke an meine ganze Familie und insbesondere Justin Gibaldi – mein »kleiner« Bruder, der doppelt so groß ist wie ich. Bleib, wie du bist, ein tätowierter Mechaniker mit einem großen Herzen. An meine Eltern, Paul und Tami Gibaldi, die keine Sekunde an mir gezweifelt haben. Danke, dass ihr an mich geglaubt habt. Danke auch dir, Jetta, du weißt schon, wofür.

Danke, Samir. Danke, dass du mir zuhörst, auch wenn

ich endlos rede und rede. Danke, dass du mich herausgefordert und an mich geglaubt hast und mein größter Fan bist. Ich liebe und mag dich.

Und dir, Leila – wenn es etwas gibt, was ich dich lehren möchte, dann ist es das: Glaub immer an deine Träume, denn wenn du sie verfolgst, werden sie vielleicht wahr.

ENDE